《马巨文集》3

玄武门实录

[美] 马巨　著

台海出版社

图书在版编目（CIP）数据

玄武门实录/（美）马巨著·—北京：台海出版社，2017.5

ISBN 978-7-5168-1411-6

Ⅰ．①玄… Ⅱ．①马… Ⅲ．①长篇小说—中国—当代
Ⅳ．①I247.45

中国版本图书馆 CIP 数据核字（2017）第 112332 号

玄武门实录

著　　者：（美）马巨			
责任编辑：王　萍		装帧设计：罗　洪	
版式设计：匠心永恒图文制作有限公司		责任印制：蔡　旭	

出版发行：台海出版社

地　　址：北京市东城区景山东街 20 号，邮政编码：100009

电　　话：010-64041652（发行，邮购）

传　　真：010-84045799（总编室）

网　　址：www.taimeng.org.cn/thcbs/default.htm

E-mail：thcbs@126.com

经　　销：全国各地新华书店

印　　刷：三河市信达兴印刷有限公司

本书如有破损、缺页、装订错误，请与本社联系调换

开　　本：710×1000　1/16

字　　数：223 千字　　　　　　　　　印　　张：12.5

版　　次：2023 年 4 月第 4 次印刷

书　　号：ISBN 978-7-5168-1411-6

定　　价：60.00 元

《马巨文集》序

5月22日，对于马巨来说，时间就永远定格在这一天，他最后望了一眼车窗外的世界，从此，他与这个世界就永别了；而我们，则是永别了这位作家。

没有人想到马巨会成为一位作家，甚至他自己。他原先不过是在网上发表小说的部分章节自娱自乐，没想到极受欢迎，从此一发不可止。我们可以想到马巨写经史，毕竟家学渊源，父亲马宗霍是书法家和经学家，章太炎的亲授弟子，中国文史馆馆员，著有《书林藻鉴》《墨子训诂》等书；当然马巨更可能写IT业，因为他后半生一直就在IT业内混生活；但是写小说么，羚羊挂角，无迹可寻。

马巨的性格也不像一个作家。我们印象中的作家，似乎是相貌淳厚，五官柔媚，说出的话模棱两可，句句真理；表达的观点玄而又玄，左右逢源。但是马巨不是这样，他的性格倔强，表达自己观点时言辞犀利，甚至有些咄咄逼人，让初次见面的人大为不爽，接触多了之后，才知道那是马巨说话的方式，而不是他为人的方式，他做人忠厚，待人热情，很替别人着想，不计较利益得失。因此，马巨这种性格不但不像作家，其实也不适合这个社会，现代的很多人都是说话冠冕堂皇，做事斤斤计较，听其言不观其行，犹如孔孟再生，听其言而观其行，不知何人所生。马巨的性格既然与此相反，作品中对人性的剖析也就刀刀见血。

时至今日，我们仍不清楚马巨写作的目的。一个只在网上发表作品的人，看来是无意去获得什么诺贝尔文学奖，提供自家墙皮让仰慕者收藏；也不会是要创造什么"马学"，用多种外文表述一个绰号以显示自己博学；马巨的写作就是有感而发，如鲠在喉，不吐不快。因此，对于小说的写作风格，读者可以见仁见智，但是对于小说中的史料取舍，读者就不必太认真，小说是古代，人性可穿越，马巨写的是人性。在他看来，古今中外，人性并无很大差异，古代未必比现代淳朴，现代也未必比古代进步。以现代的人心揣测古代，十中八九；把古代的事件放在现代，也大同小异。总之，人物的穿越或无可能，人性的本质却一脉相承。

马巨的历史小说，会让很多读者对于中国古代的美好臆想为之幻灭。近年来，某些吹捧"大帝"的系列小说或是歌颂"明主"的电视剧大为泛滥，让没有读过历史的老百姓真以为中国古代曾经存在过这样载歌载舞的时期，其实那不过是某些人沿袭古代文人的终南捷径，手挥五弦，目送飞鸿，意在言外。在马巨看来，只要是专制政体，就不会存在什么"明主"，只要是权力没有束缚，掌权者就可以为所欲为。一个小女子开辆豪车都可以在大街上撒野，一个君主掌握着无上的权力会有什么顾忌？所谓"明主"，只是在尚未掌握权力时，做个姿态说些动听的话，忽悠老百姓和知识分子，树立"明主"的形象以便攫取政权。一旦权力到手，本性立现，如同山大王打劫之前，豪言壮语激励部下，抢劫之后，无非也就是坐地分赃。"原来一场貌似惊天动地的宫廷政变，其实也不过就是如土匪的打家劫舍，最终目的无非是谋财害命而已"（《玄武门实录》）。很多历史记叙对君主不乏溢美之词，没别的，正如三国时陈琳在《为袁绍檄豫州》中大骂曹操全家一样，所谓"矢在弦上，不可不发"。天威难测，怎么写不由自己做主；胜王败寇，赢的人说了算。那所谓的士大夫的气节呢？士可杀而不可辱，或许在春秋时期还有些痕迹，那时各国纷争，知识分子周游列国，唯才是用，也不存在什么爱国之说。到了战国时期，只剩下几个大国，人才的出路窄了，人才的下场已经不太好看了，孙膑受刖，吴起去国，商鞅灭族，白起自尽，士可杀也可辱。秦一统天下，人才就只有一个出路，学成文武艺，货与帝王家。水不流则腐，人才不能流动，人才就难免成为奴才。如果说，秦一统天下之前，士可杀而不可辱是知识分子的最高境界；那么，秦一统天下之后，士可辱而不可杀就是知识分子的最低要求。从此君臣关系如同主仆，什么"礼贤下士""君臣相得"，不过是彼此作秀，相互利用。"奴才要是不以为能蒙骗主子，一准跳槽，主子要是不以为能操纵奴才，一准叫奴才滚蛋，双方都自以为得计，方能如此融洽相安。"（《刺客列传·专诸篇》）。古今中外的人性一如既往，看看现在大公司的上下级关系，就知道马巨的小说其实很实用。

那是细雨濛濛的夜晚。天很黑，酒很凉。我们喝着威士忌闲聊天下，他感叹说在美国找不到人和他聊这些，我笑着说在中国我也找不到人和我聊这些，不觉半瓶威士忌已尽，我要再开一瓶威士忌，他止住我说，从云南回来再打开，慢慢聊一个晚上。然后……，然后就是他在云南翻车的噩耗。我赶到香格里拉给他清洗遗体，看到他孤零零躺在冰冷的水泥台上，悲恸在心中一点一点凝固，你说好回来后再饮威士忌畅谈呢？容音犹在，如今阴阳两隔，竟成永诀。

马巨生前的计划是写系列的历史小说，不幸的是，天不佑人，计划在5月22日这天嘎然而止；所幸的是，已经写好的作品可以出版，让读者能够暗自体味马巨对人性的分析，以及小说中的悬念，语言的俏皮。因此，《马巨文集》的出版，既是对马巨的纪念，也是让读者欣赏到另一类的历史小说。

念天地之悠悠，独怆然而涕下。睹书思人，情难自己，是为序。

马奕

1

　　唐高祖武德九年六月初三，天色已经大亮，金星却仍然清晰可见。一阵晨风吹来，立在观象台上的太史令傅奕打了个冷战，他疾步走进观象阁，翻开书案上的"天文日志"。傅奕不是顺手翻开日志的，他翻开的那一页上夹着个书签，傅奕把书签拨到一边，书页上显出一行小楷。那是他前日写上去的，写的是："六月丁巳太白经天"。

　　古人用干支纪日，那一年的"六月丁巳"，就是六月初一，也就是前日。"太白"，指太白星，也就是金星。"经天"，是古代天文学术语，换成一般的说法，就是"昼见"。再说白些，就是"天亮了还看得见"的意思。

　　傅奕取笔蘸墨，在这一页的第二行上写下"六月己未太白复经天"九个字。"六月己未"指"六月初三"，也就是当日，折算成阳历，正是公元626年6月30日。"复"，是"又一次"的意思。

　　写下这九个字以后，傅奕搁笔捻须，双眉紧锁，陷入沉思。天上的星宿，除去太阳之外，只有月亮昼见不足为奇。太白昼见，不仅是非同寻常，而且是非同小可，更何况是一现而再现！身为史官，傅奕必须向皇上提交一份书面报告不可。可这报告应当怎么写呢？根据《汉书·天文志》的记载：太白昼见是有人造反并且成功的预兆。如果隐瞒这一点，能免欺君之罪么？傅奕拿不准。如果点明这一点呢？会被指为妖言惑众么？傅奕也拿不准。欺君，是死罪；妖言惑众，也是死罪。横竖是个死，傅奕能不忧心忡忡么？

　　"裴寂裴大人来了。"傅奕正犯愁之时，听见司阁在阁外喊了这么一声。

　　"谁来了？"傅奕失口反问。其实，他并非没听清，只是不敢相信运气居然这么好。

2

裴寂是什么人？这人来头不小。不小到什么程度？简直可以说：没有裴寂就没有大唐。

裴寂出生之时，正值南北朝之末。南北朝是中国历史上最重门第的时代，门第显赫的家族，称之为望族。南朝门第，王谢并称；北朝望族，崔氏第一。裴氏虽不及崔姓之鼎盛，仍居望族之上流。裴寂的祖父裴融，出仕北周，位至司沐大夫；父亲裴瑜，也在北周任职，死在绛州刺史任上。裴瑜死时裴寂尚少，家道骤然中落，徒剩望族之名，不免穷困之实。三代赤贫，穷得心灰意冷，难有野心勃勃。三代巨富，富得骄奢淫逸，也难有野心勃勃。如裴寂之家境，则恰好是激励野心的温床。据说裴寂自幼不甘寂寞沉沦，想必正因为此。

裴寂十一岁那一年，北周外戚杨坚篡夺皇位，建立隋朝，史称隋文帝。拥护隋文帝的少不得加官进爵，反对隋文帝的自不免贬窜窜刑戮。不过，这些事儿本来只限于达官显宦，年少如裴寂，应当是够不着。然而隋文帝登基不久即广为笼络望族，以巩固其新建的政权，年方十四的裴寂居然也以荫授蒲州主簿。所谓"以荫"，就是"凭借仕宦出身"的意思。

主簿在秦汉本是掌握机要之职，降至隋朝却已成闲差。裴寂在这闲差上混了六七年，眼见没什么前途可言，遂请托人情，打通关节，终于谋取到左亲卫这职位。左亲卫是京师禁卫军的军职，得赴京师长安上任。裴寂辞别故里，取道西岳华山前往长安。华山其实并不是赴长安的必经之路，裴寂的绕道华山，也并非有登高览胜的闲情逸致，只因当时盛传华山脚下的玄武观抽签测字格外灵验。多年偃蹇的裴寂，也想去那道观抽签测字，看看天意究竟如何。

裴寂踏进玄武观之时，正殿之内男女摩肩接踵，拥挤非常。裴寂不想凑这热闹，独自折入后进，穿过一扇月亮门，见到一个清静院落。入门一望，有北屋三间、石阶三级。阶下一株侧柏，两手不能合抱，显然是有年头了。裴寂拾级而上，进到殿里，见正面供着一个老先生的泥塑，塑像前有块木牌，油漆剥落，满覆尘网。裴寂张口吹去灰尘，看清木牌上写着"河上公"三个小楷，字迹已经模糊，显然是也有年头了。河上公是西汉文帝时人，隐居黄河之滨，时人因而称之为河上公。河上公是第一个为《老子》作注解的人，堪称老子学术流派的首位功臣。玄武观的正殿既然供的是老子，偏殿供河上公，顺理成章之至。不过，河上公并不为一般不学无术者所知，所以，正殿香火鼎盛、人气喧哗，而这偏殿却冷落凋零、乏人问津，也是顺理成章。裴寂不是一般人，知道河上公的来历，也读过河上公的《老子注》，不禁发一声叹息。叹息过后，正襟肃立，面对河上公的塑像行三鞠躬之礼。礼毕，缓步退出侧院，又到后园走了一走，歇了一歇，再转回前院，看看游客渐渐少了，这才重新踏进正殿，走到神龛之下，静神屏气，毕恭毕敬地从竹筒里抽出个签来，捏在手上一看，签上写的是个"渊"字。

裴寂略一思量，把竹签交给主持测字的老道。

"敢问这'渊'字，与在下的前程有何关系？"

老道双目微闭，先作思索之状，然后摇头晃脑，道出这么一句话来："'夫千金之珠，必在九重之渊。'不知这话，客官可曾听说过否？"

"这话出自《庄子·列御寇》，怎么会没听说过？"裴寂说罢，不屑地一笑。

不料，这一笑，恰好给了老道一个把柄。

"哈哈！既然如此，客官定是饱学之士。这'渊'字的奥秘嘛，自己当然琢磨得出，何必还要追问老朽？"

老道笑毕，伸过手掌来讨赏。

裴寂无可奈何，掏出碎银，打发了老道，拂袖而去。心想这趟华岳之行，算是白跑了。不料当夜在旅次得梦，梦一白头老翁道："想知前程，怎么不来问我？"

"敢问老前辈是谁？"裴寂问。

"咱不是刚刚见过面的么？怎么就忘了？"

刚刚见过面？难道是河上公？裴寂想起玄武观偏殿的那座塑像，与这老翁还真有八九分神似，正想问个明白，却被老翁抢先道："老朽是谁，何足挂齿！至于足下的前程嘛，不必忧虑，眼前虽然偃蹇，日后必定位极人臣。"

"位极人臣？"裴寂不敢置信，失口反问。

"不错。"

"当真不错？"

"我哄你干什么？"

"那么，日后呢？究竟是什么时候？"

"四十有七，遇渊而起。"

遇渊而起？听见老翁吐出这"渊"字，裴寂不免一惊，又急忙追问道："敢问'遇渊'两字何所指？"

"遇渊么，就是遇贵人。"

"贵人是谁？"

白头老翁用手向前一指，道："你看，那不是来了么？"

裴寂引领企足，举目四望，却一无所见。正待发问，冷不防被老翁在背后拍了一掌。但听得"扑通"一声响，一头跌落深渊。裴寂大惊，张口迭呼救命，却喊不出半点声音。正情急万分之时，猛然醒悟，原来不过一梦。

梦与现实的不同，在于梦有醒的时候，现实却是不舍昼夜，至死方休。现实中的裴寂，由左亲卫升任齐州司户参军，又由齐州司户参军迁为侍御史，再由侍御史转而为驾部承务郎，二十七年来一直在宦海中下层沉浮不定。隋炀帝大业十三年，裴寂终于盼来了第四十七个春秋。不过不巧，那一年适逢隋炀帝驾离长安，巡狩江都，盗贼蜂起，天下大乱，名副其实为一少见的多事之秋。时局动荡之际，裴寂接到出任晋阳行宫副监的调令。

皇上与权贵纷纷南下，自己却偏偏北上，这不分明是与时运背道而驰么，还上哪儿去撞见贵人？令下之日，裴寂这么一想，不禁发一声叹息，又不禁哑然失笑。这自然不能是欢笑的笑，只能是苦笑的笑。二十七年前的一席梦话，居然还记得这么清楚、琢磨得这么认真，能不苦笑么！

裴寂怏怏行抵晋阳，上任不足一月，右骁卫将军李渊奉命出任太原留守兼领晋阳行宫正监。消息传来，裴寂心中不禁一惊：这李渊不仅是世袭的唐国公，而且是隋炀帝的表兄，不折不扣的一位贵人，难道"四十有七，遇渊而起"的说法，竟然应在这李渊身上？

但凡信神信鬼的人，大都信奉"宁可信其有，不可信其无"的准则，裴寂也不例外。更何况要逢迎李渊，对裴寂说来，恰好易如反掌。李渊好饮酒，裴寂的酒量恰好略胜一筹；李渊好下棋，裴寂的棋道恰好略高一着。饮酒，裴寂只须隔三间五假装先醉二三回；下棋，裴寂只须隔三间五故意输他二三子。如此这般，不费吹灰之力，裴寂就跨越了与李渊之间的上下级关系，成为李渊的腻友。

据说男人与女人的关系，倘若停留于神交而不肉袒相见，则始终不能成为知己；男人与男人的关系，倘若停留于琴棋书画诗酒而不陪嫖伴赌，也始终不能成为知己。裴寂深悉个中奥妙，棋瘾酒瘾发过之后，经常陪伴李渊去青楼赌场里消磨时光。裴寂一向行不改姓，即使去这类场合，依旧自称裴氏，只是隐去真名，按照当时流行以排行相称的习惯，改称裴三。裴寂这么看重自己的姓氏，李渊看在眼里，觉得有些好笑，不过，他没有出声，只是说：我有重任在身，不敢造次，不能学你，我得连名带姓一起藏下才成。于是，晋阳十大青楼、五大赌场就忽然冒出裴三、张十八这么两个大腕：一掷千金，连眼睛都不带眨一下。

嫖要钱，赌更要钱。陪着李渊这么一掷千金，几个月下来，裴寂虽然不曾落到捉襟见肘的地步，却眼看着锦囊渐趋羞涩。长此以往，如何是好？裴寂不禁心中犯愁。

"嗨！你放着个肥缺的主意不打，可不是自寻烦恼么？"

说这话的人姓高，名斌廉，当时官居龙山县令，既是裴寂的新交，也是裴寂的深交。怎么算新交？裴寂本来不认识高斌廉，来晋阳才认识，相交的日子总共不过数月。数月之交怎么就成了深交？这就不那么简单了。裴寂记得他与高斌廉是在鸿运赌场认识的。那一日他本来约好了李渊，结果久等李渊不来，独自一人玩得极其没劲，手气也格外差。眼看快要输个精光，正想离开的时候，冷不防被人在肩上拍了一掌，裴寂扭头一看，却不认识。

"嘿嘿！我看你看了半天了，你手气忒背，要不要换换手，输了算我的，赢了咱俩平分。"拍裴寂肩膀的人说。

据说人到赌场妓院，心态都会发生一些微妙的变化。比如说吧，陌生者相见，大都一见如故，或者如旧友重逢、格外兴奋。这话是否确实？没考证过，不敢置喙。不过，裴寂让那陌生人拍了一掌，并没有生气，听了那陌生人的建议，也居然肯首，这倒是不假。

裴寂站起身来，冲着面前所剩无几的筹码指了指，对那人说："就这么多了，你看着办吧！"

那人并不谦让，就在裴寂腾空的位子上坐下来，喊一声："全红！"随即把自己手中的筹码与裴寂剩下的筹码一起推到赌桌的中央。

那时候赌场流行一次扔六个骰子，以六个骰子清一色"四点"朝上为最大，因"四点"都是红色，故称为"全红"。按理说，从全是"一点"到全是"六点"，出现的机会应当均等，可现实中出现"全红"总是绝无仅有，远远小于其他的清一色。为什么？嘿嘿！那是赌场的绝密，从不为外人道，无从得知。

听见那人喊出"全红",一桌子赌客都吃了一惊。一阵骚动过后,赌客们各自下注,赌什么的都有,唯独没人敢跟那人的"全红"。等各人都把赌注下定了,扔骰子的人脸色显得格外慎重,把竹筒里的骰子摇了又摇。骰子撒出,众人聚精会神一看:但见三颗"四点"朝上,一颗稍事旋转,也以"四点"朝天定位。另两颗旋转多时不定,眼看就要黑面朝上之时,偏偏先后碰到桌边,翻过身来,不多不少,恰好皆以"四点"落定。一桌子赌客都惊呆了,那人却不动声色,慢慢地站起身来,对裴寂拱一拱手,淡淡地说一声:"托裴大人福,咱中了头彩。"

往后的事呢?裴寂记得那日大赢之后他请那人去集雅士酒楼喝酒。在路上那人自报了姓名籍贯官职,然后说:裴大人当然不是什么裴三。说罢,嘿嘿一笑。裴寂知道高斌廉既是官场中人,不便再隐瞒,也就道出了自己的真实身份。再往后呢?两人又一起去过几次鸿运赌场,每次高斌廉都坚持做东,不让裴寂破费。其实,谁做东都无所谓,因为上次那般奇迹虽然没再出现过,可每次高斌廉的手气都忒好,不仅自己大赢,也令裴寂大有斩获。赢了钱,高斌廉又邀裴寂去青楼销魂,花费高斌廉一手包办不在话下,连打赏丫鬟的小费高斌廉都绝不让裴寂解囊破费。

高斌廉这么巴结我图什么呢?裴寂有时不禁琢磨。难道他结交我就像我结交李渊?李渊是个大人物,即使在华山不曾抽着那签、不曾做那梦,我裴寂说不定也会巴结李渊,不是么?可我是个什么东西?不就一行宫副监么?难道值得一个县令这么巴结?该不会是想通过我接近李渊吧?裴寂这么推测过。这推测不是没有根据的,因为裴寂记得很清楚,他认识高斌廉,是在他成为李渊府上的常客之后。不过,经过检验,这推测却不能成立。

什么样的检验?裴寂有一次邀高斌廉同他一起去赌场。"唐国公也会去",裴寂特意这么告诉高斌廉。高斌廉本来答应得好好的,听了这句话,却急忙找个借口推辞了。有这么个认识李渊的大好机会竟然放弃,那推测还能成立么?裴寂是个心细的人,那推测既然不成立,他就唤来一个亲信,吩咐他暗中打听高斌廉的行踪。没多久,裴寂得着亲信的回报,不免一惊,原来这高斌廉竟然也是李渊府上的常客。

"这不可能吧?我怎么从来没在唐国公府上碰见过他?"裴寂不信。

"主公出入唐国公府,走的是正门。高大人出入唐国公府,走的是旁门。"亲信这么解释。

"高大人出入旁门?难道他去见的不是唐国公,竟是府里的什么下人?"

"他去见的的确不是唐国公，可也不是什么下人。"

"什么意思？"裴寂追问。

"高大人经常去见唐国公的公子。"

原来如此，裴寂点点头，挥手叫亲信退下。

李渊原配夫人窦氏生四子，长子建成，次子世民，三子玄霸，四子元吉。当时玄霸已死，只剩下建成、世民与元吉三位。裴寂这亲信所谓的公子，究竟指三位中的哪一位？裴寂没有问，不是裴寂不想知道，是因为用不着问就可以知道。大公子建成木讷寡言，不善交际。四公子元吉架子十足，不屑与人来往。只有二公子世民广交游，三教九流，无不接纳。所以，但凡人称"唐国公的公子"，说的都是二公子李世民。

不过，查出这一真相，并不是疑窦的终结，反而是疑窦更深了。自从疑窦加深，裴寂虽然表面上不动声色，骨子里却对高斌廉格外小心。那一日听见高斌廉提起"肥缺"两字，裴寂心中一动，暗自窃喜：哈哈！有门了。这家伙之所以巴结我，难道是出自李世民的指使，要打这"肥缺"的主意？

高斌廉所谓的"肥缺"，当然指的就是裴寂手上这晋阳行宫副监的职位。这职位之所以是个肥缺，因为行宫正监之职照例由高高在上的人兼任，挂名而不主事。行宫的人员、物资、钱粮等等的管理实权，皆握在副监之手。别的油水不说，光是一年过手的彩缎就不下十万匹。不过，无论肥缺如何肥，并不意味着什么都不干就会有沉甸甸的银子滚滚而来。银子怎么到手？不贪污无从到手。可贪污行宫的经费物资，非同小可，查出来就是个死罪。当然，会不会被查？查不查得出？既看贪污者的手段，也看贪污者的人事关系。如果既能把假账做得滴水不漏，又有正监与之合伙，搞他个上下其手，有谁会来查？又有谁能查得出？

看见裴寂沉思不语，高斌廉道："你怕？怕什么？俗话说：天高皇帝远。如今皇上远在三千里外，况且李密割据河南，围攻东都甚急，南北道路阻塞，皇上实际上已经困在江都动弹不得，还会有谁来管这晋阳行宫的闲事？"

高斌廉说的李密，先跟从杨玄感造反，杨玄感失败之后，侥幸逃得性命，投奔瓦岗寨的翟让，旋即取代翟让为瓦岗军之领袖，攻取兴洛仓，开仓赈济饥民，声势大振，自称魏公，改元大赦，行事俨然如天子。

"你是不怕，我可是有人管着的。"裴寂说。

"你是说唐国公？"高斌廉反问。

"可不，不是唐国公，还能是谁？"

"唐国公嘛，你不用操心，我可以替你打保票。"

"怎么？难道你是他老子不成？"

"开什么玩笑！不过，李二公子倒是早就想交你这个朋友。这话他同我说过不止一次了。"

"李二公子想交我这个朋友，叫他老子传个话不就成了，怎么用得着你？"裴寂说罢，哈哈大笑，刻意夸张的笑。

裴寂笑够了，抬眼看高斌廉，以为会看到一张尴尬的脸。出乎裴寂的预料，高斌廉的脸上并无半点尴尬之色，有的只是十分的严肃与七八分的犹豫。

"李二公子偏偏不想让他老子知道他这意思。"隔了半晌，高斌廉终于说出这么一句话来。

不想让他老子知道他这意思？果然是想背着他老子从我这儿捞钱，真是胆大包天！听了高斌廉的话，裴寂这么想。不过，裴寂并没有拒绝，一个乳臭未干的毛孩子我裴寂难道还对付不了？

3

虽说裴寂长李世民近三十岁，其藐视李世民为"乳臭未干的毛孩子"，还是大为夸张了。那一年，李世民已经满了十八。隋唐之际不比如今，十八岁的人早已是成人，裴寂自己不就是十四岁就出任蒲州主簿的么？更何况这李世民还显然远较同龄人更为成熟，否则，怎么会有广交游的名声在外？

李世民都结交了些什么人物？史称："群盗大侠，莫不愿效死力"。"盗"与"侠"不是应当势不两立的么？怎么会都愿为李世民效死？据《旧唐书》，李世民能够"折节下士，推财养客"。原来如此！简简单单的八个字，说透古往今来"盗"与"侠"之别。区别何在？原来并无区别，竟都是一个等级的贱货：只要有什么公子王孙肯于慷慨解囊，再懂得如何做一番谦恭的表面文章，就都一个个心甘情愿为之生、为之死。

"裴寂已经答应见我，你说咱该怎么开口？"

说这话的人是李世民，说这话的地点是晋阳玄武门外的校场，说这话的时候李世民正骑在马上，左手把弓，右手拉弦，箭在弦上。说完这句话，李世民并不等待答复，却把抓着羽箭的五指轻轻松开，羽箭脱弦而出，破空有声。等到纯白的羽箭"砰"地一声穿透一百步外猩红的鹄的，李世民身后响起喝彩的掌声。只有两个人与两匹马的校场顿时回声四起，既令校场显得格外空荡，也令气氛渗透出些许诡异。诡异？不错。不过，那只是击掌人心中蓦然升起的感觉，既看不见，也摸不着。

"君集，你也来玩一把？"

校场里既然只有两个人，被李世民唤作"君集"的人，自然也就是击掌喝彩的人。这人姓侯，正是史册所谓的"大侠"之一，年纪与李世民相仿，同李世民的交往还不足两年，关系却已经是如鱼得水了。

"我就不露怯了。"侯君集说，"先叫老高送份礼过去吧。"

侯君集有自知之明，玩弓箭不是他的长处，他懂得藏拙。世上懂得藏拙的人不多，因不懂藏拙而身败名裂的却多如过江之鲫。既懂得藏拙，换做别人，也许就足够做为一个人物了，可做侯君集却远远不够，因为侯君集不仅有"大侠"的名声，而且还有"智囊"的雅号。所以，侯君集说过"不露怯"这句话之后，就还说了第二句。这第二句话透出些智慧的意思，因为这句话不仅与藏拙无关，也与送不送礼并不相干，目的只在于赢得点儿思考的时间。思考什么？当然是如何回答李世民的问题。这问题很难么？怎么连号称"智囊"的侯君集也不能即刻应对如流？不错，这问题不仅令侯君集犯难，而且还令侯君集有几分紧张。正是因为有几分紧张，侯君集才会觉得校场的回声渗透出几分诡异。

侯君集所说的"老高"，不是别人，就是哄骗裴寂的高斌廉。哄骗？不错。高斌廉其实并没有什么过人的赌术，也没有什么忒好的赌运，他不过是买通了鸿运赌场的老板，叫扔骰子的人替他做做手脚而已。高斌廉是经侯君集的介绍而成为李世民的亲信的，叫高斌廉去哄骗裴寂，以及如何哄骗，也都是侯君集的主意。

"嘿嘿！人说'英雄所见略同'，果不其然！我已经叫老高备了一份薄礼送过去了。"

李世民说罢，淡然一笑，笑过了，又把手伸到腰下的箭壶，不过，只用手指攥着箭杆，并没有把羽箭抽出箭壶来。

李世民这话令侯君集略微吃了一惊，他没料到他那句为争取时间而临时挤出来的、自以为是废话的话，居然正合主子的意思。因为这一惊，他忽然觉得李世民比他以为的要高明许多。这本应当是好事，跟个不高明的主子，怎么能够指望有前途可奔？不过，他却莫名奇妙地感到一些不快，于是匆匆地说："推开天窗说亮话吧。"

听见侯君集说出这八个字，李世民把握在箭杆上的手指松了。他本来并无兴趣再射一箭，只是想多给侯君集一点儿时间。他知道侯君集很看中"智囊"那雅号，正像他老子李渊知道裴寂很看中裴姓那名望一样。他不想叫侯君集因为一时想不出该怎么回答而觉得丢了面子。觉得丢了面子的人，不会自我感觉良好，自我感觉不好的人，难得为主子尽力效死。这道理，李世民懂得极透。

侯君集的回答，同李世民自己的想法不谋而合。不过，这并未令李世民感到高兴，恰恰相反，李世民因此而产生一些忧虑。因为这想法是没有退路的想法，好比兵法上的"置之死地而后生"，虽曰"妙计"，其实是别无选择之计。

李世民的忧虑被一阵急促的马蹄声打断，扭头一看，从校场门口跑进一匹马来。骑在马上的人嘿嘿一笑，令李世民厌从心起。来的不是别人，正是李世民的弟弟李元吉。

"你来这儿干什么？"

李世民没好气地问，口气里透出明显的厌恶，明显到甚至令他自己都略微吃了一惊：我为什么这么烦元吉？这问题李世民反复琢磨过，只是始终不得其解。

"我来这儿干什么？嘿嘿！我来揭穿你的谎言。"

"胡说八道！"

"我叫你来校场同我比试比试握槊的本事，你总是推托说没时间，你怎么有大把的时间陪着猴儿来射箭？你难道不是在说谎？"

但凡是李世民的亲信门客，都免不了被李元吉取个外号。比如，段志玄因为左颊有块青斑，元吉唤他做"段黑"；高斌廉因为身材矮小，元吉唤他做"高短"；侯君集仪表堂皇，无可挑剔，元吉就拿他的姓氏开刀，唤他做"猴儿"。

"放肆！君集是我的朋友，你竟敢如此无礼！"

"啊哟！看把你急的。你的朋友又怎么样？你就认识你的这帮狐朋狗友。你心中还有我这弟弟吗？"

"别搭理他。咱走。"

李世民说罢，把马一夹，泼水溜烟一般走了。李世民所谓的"咱"，自然并不包括李元吉，所以，跟着李世民走了的是侯君集。把李元吉一个人撂在校场，恨得咬牙切齿。

"呸！"李元吉往草地上重重地吐了口吐沫，然后骂了句不堪入耳的脏话。

李元吉骂过了，气犹未消，举起手中槊，喊一声"冲！"不是折回大门，冲出门去找李世民算账，而是拍马冲向前方的稻草人。李元吉面前是一条大约五百步长的跑道，一百步开外，跑道右侧立着一行稻草人，稻草人与稻草人间隔约摸十步，不是庄稼地里吓唬鸟儿的那种稻草人，是专为练习矛槊刺杀而绑扎的稻草人，基础坚固，浑身厚实，只有咽喉一处要害。所谓要害，其实是个机关，一经刺中，必定扯断颈部，令稻草人人头落地。这咽喉要害，正是骑手刺杀的目标。倘若骑手失手刺空，那当然只配成为别人饭后茶余的笑料。如果错过咽喉而误中稻草人身体其他部位，矛槊被稻草缠住，如何能于瞬间拔出？撒手慢了，必定人仰马翻，那狼狈，自不待言。撒手快的，虽免于跌倒，等于是被稻草人缴了械，剩下赤手空拳，能不认输？所以，千万别小瞧人家拿这些稻草人出气。没几下真功夫，出气不成，徒自取其辱。李元吉自认为一槊在手，可以横行天下。这话固然幼稚，却并非胡乱吹牛。不信？只见李元吉策马飞奔，举槊猛刺，沿途三十个稻草人，个个人头落地，无一幸免。见了这场面，能不信么？

李元吉冲到跑道的尽头，把马勒住，回首眺望，踌躇满志，想发一声大笑，吐尽方才的怨气，却忽然听到击掌喝彩的声音，吃了一惊，举目四望，这才发现远处将台之上立着一人，头戴纱帽，身着长袍，手捉一柄麈尾。虽然看不清那人的面貌，就凭那身打扮与站立的姿态，李元吉知道那人不是别人，正是他的长兄李建成。

"你什么时候来的？我怎么都没发觉？"

"一心不能二用。你方才专心致志于稻草人，怎么还能顾得上我！"

"下来同我玩一回？"

"你找世民玩还差不多，我一向不好此道，你又不是不知道。再说，你看我这身衣服，能玩么？"

李建成这身衣服令李元吉颇不以为然。整日打扮得文绉绉的，附会风雅，犯得上么？在李元吉心中，将门之子，就要有纠纠武夫之风。他觉得建成过于文弱，不配为将门之子，尤其不配为将门之世子。世子是要袭爵接班的，像李建成这模样，也配接班？真是天不我予呀！李元吉这么感叹。什么意思？"元吉"就是"大吉"的意思，老天爷要是叫他李元吉生为李氏的长子，为世子的，就是他李元吉。如此不就名副其实地万事大吉了么？这就是李元吉感叹之意。这意思自然不便说出口，所以，他就什么也没说。

李建成见李元吉并不回话，转身退入将台上的门楼，缓缓步下门楼里的楼梯。等他摆弄着麈尾、慢条斯理地走出门洞的时候，校场里已经空空如也。夕阳西下，在草地上拖下一条长长的影子，不是别人的影子，是他自己的影子。李世民与侯君集早就走了，这他知道。他进来时正碰见他们两人出去。李世民冲他喊了声"大哥"，马不停蹄地走了。侯君集倒是把马勒住，在马背上对他毕恭毕敬地行礼请了个安。李元吉呢？怎么也走了？也不想理我？李建成有几分气愤，更多的却是不安。李世民结交匪类，多为不法，能不惹祸？李元吉好勇斗狠，槊不离手。槊，兵器也；兵器，凶器也。能不横死！这么想着，李建成不禁摇头一叹。两个弟弟都这么不争气，幸亏自己是长子，否则，我李氏西凉昭武王一脉能不断送在自己这一辈身上？

李建成所谓的"昭武王"，指李渊的七世祖李暠，西凉的开国之君，死后谥号昭武。史称李暠好读书，境内文风独盛。由此可见，李建成的喜好儒雅，也许其来有自，未见得就是附会。心里一直怀着曾经割据一方的祖宗西凉王李暠，说明什么？说明他李建成并非没有野心。既有野心，怎么还视李世民的广交游为结交匪类？难道是虽有野心，却无野胆？至少，李世民是这么看他。他自己呢？他自己当然并不这么看。他以为只有他才懂得应时而动、侍机而发的道理。

"机会是等来的，不是奔来的。强出头，往往适得其反。"有一回，他这么告诫弟弟李世民。

"不错。机会是得等，可机会来时，也得把握得住。怎么才能把握得住？孔子曰：'工欲善其事，必先利其器。'奔，就是利其器。有利器在手，才能不失良机。像你这样整天无所事事，那叫守株待兔，不叫等待时机。"李世民反唇相讥，他从来就没有服过这个长他十岁的长兄。

"好，好。我不同你争。我无所事事？我倒要看看你能干出什么出息来！"

古人云："道不同，不相为谋。"果不其然。兄弟二人从此不再说正事，见面时只打个招呼，说几句无关紧要的废话。虽然不再争论，却渐渐如同路人，不再有手足的情分。

李建成独自一人在校场徘徊片刻，觉得十分无聊，拍马回城。行到玄武门门口之时，不经意地抬头一望：斜阳残照，把城楼门匾上"玄武门"三个金字抹得一片鲜红。怎么宛如血染？李建成蓦然警觉：莫非是什么不祥之兆？

九年后的那一日，李建成策马进入长安宫城的玄武门之后，猛然回想起这一日的这一警觉。可惜已经晚了，身后的城门已经关闭，历史的退路已经关闭。如果他的猛然回想发生在进入玄武门之前的话，玄武门之变会流产么？随后的历史会改写吗？

4

次日夜晚，无星无月，有云有风。段志玄斜靠在庆春坊夹道北口的墙根，凉风裹着湿气吹打在他那张黑黢黢的脸上，令段志玄觉得极其难耐。不过，他没伸手去擦脸，怕把脸上抹的油烟给擦掉了。把脸抹黑，不是想要掩盖左颊上的那块青斑，是要装扮成叫化子，所以，他不仅把脸抹黑了，身上的衣裳也褴褛不洁，手上还拿着一根但凡职业叫化子都少不了的打狗棍。不过，他那打狗棍可不一般，其实不是棍，是把利器，里面藏着机关，按下把手上的暗键，棍头就会冒出一把双刃尖刀来。也不是防狗用的，是打劫用的。黑夜里出来扮成叫化子打劫，本是段志玄的职业。以打劫为业，那不是强盗么？不错。段志玄正是史册所谓的"群盗"之一。当然，能够成为李世民"折节下士，推财养客"的对象，段志玄绝不是强盗群中的喽啰，而是庄子笔下所谓"盗亦有道"的大盗。他手下有一伙人，多至数百。晋阳周边还有几伙强人，虽然不是他的手下，为头的也都尊奉他为老大。

作为这么一个大盗，段志玄亲自上阵的时候本来不多，自从被李世民延为上客，更是金盆洗手，彻底不再干这种勾当了。不过，这倒不是因为段志玄从此而拿起了架子，只因李世民不允许。"咱都是干大事的，偷鸡摸狗这类小把戏，咱不屑于为。"每逢接纳一名新人，无论那新人原本是"大侠"还是"大盗"，李世民都不忘记在初次见面即将结束的时刻，交待这么一句。如果那新人把这话当作耳旁风，对不起，李世民就会立即把那新人当做一瓢脏水泼出门外，绝对不再与之往来。

那么，这一晚段志玄出来干什么？手痒了？想当一瓢脏水？非也。他是在奉命等人。奉李世民的命？不错。"那人不一定来。其实，不来最好。如果来了，就绝对不能留下活口。记住了？这事儿绝不能让任何人知道，所以非得你亲自出手不可。也绝对不能留下任何蛛丝马迹，让人怀疑到你头上。明白了？"李世民这么叮嘱段志玄。李世民叫人办事，一向干脆利落，这回怎么这么婆婆妈妈？紧张了，还是不够老练？段志玄在心中暗自如此揣摩过一番。既然是暗自，那揣摩的意思自然不曾呈现到脸上。他脸上的表情，是那一贯的冷若冰霜。沉着稳重是段志玄的招牌，他知道这招牌的重要性，绝不会因为一时大意而把这招牌给搞砸了。所以，听了李世民这婆婆妈妈的叮嘱，他只是慎重而严肃地点了点头，令李世民极其满意。

段志玄斜靠在庆春坊夹道北口墙根等人的时候，裴寂迈出了玄武观的大门。怎么？这儿也有所玄武观？不错。玄武是道教的神明，当时道教盛行，五湖四海之内以玄武命名的道观，恰似满天星斗，多如过江之鲫。不过，与华山的那玄武观不同，晋阳这玄武观是仅供主持道士修炼、不对闲杂人等开放的所在。谁是闲杂人等？按理说，除去这道观的主持、道号"无名道人"的道士之外，谁都是，因为这道观里只住着无名道人一个人，连个看门的小厮都没有。所谓理应如此，往往就是说事实恰好并非如此。这无名道人俗姓王，单名晔，乃是段志玄的拜把兄弟。闭门修道原本只是个幌子？还是结识了段志玄之后才变成了幌子？史无记载。总之，段志玄干那些"偷鸡摸狗"的勾当的时候，这玄武观其实就是段志玄坐地分赃的所在。夜里出入这玄武观的不仅有段志玄，也有段志玄的亲信。自从段志玄投在李世民手下，他就把这玄武观让给了李世民，成了李世民策划秘密活动的所在。

不消说，这时的无名道人，也已经成了李世民的门客。不过，他不是李世民的一般的门客，是个特殊的门客。除去段志玄，李世民的手下没有几个人知道他的存在；就是知道的，也不知道他的真实姓名，只知道他的道号，就连侯君集这样的亲信也不例外。为什么要这么神秘？李世民说：我眼下还没看出来怎么用他合适，所以先让他隐姓埋名、无所事事，将来说不定有大用。"将来"是什么时候？段志玄没问。因为他知道谁都说不好，包括李世民本人在内。"大用"又意味着什么呢？段志玄也没问，因为他明白那必然意味着机密。能否参与机密，不是靠打听。恰恰相反，靠的是不打听。这一点，段志玄清楚得很。

那一晚，当裴寂在高斌廉的陪同下来到玄武观时，心中不禁纳闷：哪儿不好说话，非挑这么个鬼地方？裴寂觉得那地方"鬼"，因为玄武观前的那条石板路格外僻静，两人一路走来，只听见脚踏石板的声音。两人一路走来？没乘车，也没骑马，为什么不乘车？裴寂问。乘车不是得有车夫么？多一个人，多一张嘴。对吧？高斌廉说。什么意思？裴寂想，不过他没问。他隐隐约约感觉到这次约会不比寻常，有什么秘密？这感觉、这猜测，令他感到兴奋。他不想因为问得太多而扫对方的兴。所谓扫对方的兴，其实也就是扫自己的兴。难道不是么？他本来还想问为什么不骑马的，这么一想，他就闭上了已经张开的嘴。

"万一裴寂问我为什么不骑马，我该怎么说？"临去接裴寂之前，高斌廉、李世民、侯君集三人在一起作最后准备之时，高斌廉问。

"这问题还真不好回答。"想了一想，李世民说。

"就说咱不想目标太大，惹人注意吧。"说这话的是侯君集。他知道这话并不高明，可他觉得他必须得给个建议。否则，还配称之为"智囊"？

"你不觉得这话太牵强么？"高斌廉反问。

"牵强就牵强吧。"一阵沉默过后，李世民说，"他总不会因为这话牵强就不来，对吧？再说，如果他坚持要骑马，你就让他骑。总之，无论如何，你得把他接来。"

"万一裴寂当真骑马来？段志玄一个人靠得住么？"高斌廉走后，侯君集问。

"没问题。"李世民说。

当真没问题？不错。李世民的确这么认为。不过，并不是因为相信段志玄万无一失，而是另有安排。另有安排？难道侯君集不知道？不错。不仅侯君集不知道，段志玄也不知道。早在段志玄行到庆春坊夹道北口墙根之前，长孙顺德与刘弘基就已经在夹道前方不远的柳树林里隐藏好了。同段志玄不一样，长孙顺德与刘弘基的身边各有一匹马，两人也没装什么叫化子，手上没拿什么打狗棍，穿的是军装，腰下挎着弓箭。

长孙顺德与刘弘基是什么人物？两人都是在逃的右勋卫，当时同在李府藏匿。左右亲卫、左右勋卫、左右翊卫，合称三卫，入选者大都为望族或高官子弟。据史册记载，长孙顺德之祖长孙澄，北周秦州刺史；父长孙恺，仕隋，位至开府。刘弘基之父刘昇，隋河州刺史。可见两人也都正符合这样的标准。为什么逃？居然又是不谋而合，都是为了逃避征高丽之役。不过，毕竟有一点不一样：长孙顺德的逃奔晋阳，出于计划，属于投亲靠友，长孙顺德是长孙晟的族弟，而长孙晟恰是李世民的岳父。论辈份，长孙顺德是李世民的长辈，论年龄，则相差无几，二人早在长安就深相交结。而刘弘基的逃奔晋阳，则出于偶然，属于慌不择路。他与李世民既非远亲，亦非近邻，从未谋面，只是架不住有缘份，凑巧在晋阳相遇，凑巧一见如故。

那日午后，李世民在玄武观吩咐过段志玄之后回到府中，长孙顺德与刘弘基已经在书房等他。你们两人不是一直嚷嚷着要出去透透气么？今晚怎么样？李世民问。怎么？有事？刘弘基反问。李世民盯了刘弘基一眼，心想：

这家伙还真鬼，他怎么就猜着是有事？不过，想到这儿，他不无得意地笑了。他不鬼，我要他干什么？可见我看人的眼力还不错嘛！你说呢？李世民不理睬刘弘基，扭头问长孙顺德。英雄所见略同。嘿嘿！长孙顺德打个哈哈，一副心不在焉的模样。这模样也令李世民满意。都跟刘弘基那么鬼，那还对付得过来？也得要几个像长孙顺德这样什么都不在乎，你吩咐什么他就干什么的主儿。好！那我就交待任务了，都给我听好了。李世民说，语气比同段志玄、侯君集、高斌廉等说话要不客气得多。不是小觑二人，是与二人的关系更加随便，更加自然，不用注意分寸就必然会恰到好处。因为什么？因为出身相同。同为高官子弟，故自有一种天然默契在。

"这事儿对谁也别透露，段志玄知道了会误以为我信不过他。千万别告诉侯君集，这人的嘴不紧。记住了？"交待过任务，李世民又特别慎重地叮嘱了这么一句。

"倘若用不着咱出面，那当然能瞒得下。万一用得着咱，还能瞒得过谁？"长孙顺德反问。

"咱就不能说咱是凑巧路过？"刘弘基笑。

"怎么那么巧？你把人家都当傻冒？"长孙顺德反唇相讥。

"傻不傻是人家的事儿，用不着咱操心。咱这么说，信不信由他。总比不打自招强吧？"

"没错。还是弘基鬼。"说这话的是李世民。

那一晚，李世民的双重保险安排都属多余。裴寂不仅没坚持骑马，也根本没从玄武观的后门出。当裴寂独自一人从玄武观前门出来，再次踏上那条僻静的石板路时，他连自己的脚步声都没听见。声音其实还在，而且应当更加清晰可闻，因为夜更深、人更静了。可裴寂不仅没听见自己的脚步声，甚至走到家门口的时候才突然发现已经到了家门口。一路是怎么走回来的，居然想不起来了。裴寂为何如此魂不守舍？因为李世民在玄武观里对他讲的一席话。

"在官场，裴爷是我爹的下属。论私交，裴爷却是我爹的知己。咱现在既然是在说私话，我当然不能把裴爷当外人。我就不客气，推开天窗说亮话了。"

根据裴寂的回忆，李世民的那席话是这么开场的。说完这样的开场白，李世民咳嗽一声，好像是清清嗓门，又好像不是。高斌廉识趣，找个借口退出房间，顺手带关身后的房门。其实，李世民要对裴寂说些什么，高斌廉早就知道。回避，纯粹是个姿态，做给裴寂看的姿态，目的不外乎令裴寂觉得李世民对自己推心置腹而已。觉得自己被对方视为心腹，自己就往往于不知不觉之中成为对方的心腹，凡人都难免如此。对于这一点，李世民清楚得很。正因为李世民很清楚这一点，所以李世民笼络"群盗大侠"，从来得心应手，不费吹灰之力。李世民看透这一点，受谁的指点？谁也没有，无师自通。但凡领袖人物，都有一些无师自通的本能。倘若没有无师自通的本能，只配当配角，当不了领袖。

等到高斌廉的脚步声下了台阶，出了院门，最终消失于宁静之中，李世民又咳嗽一声，说出下面这样一席话：

自从杨玄感造反以来，群雄乘机而起，天下大乱。如今杨玄感虽被扑灭，因动乱而搅起的尘埃却并未能落定。君不见杨玄感的余党李密吞并瓦岗之众，围攻东都正急么。除李密之外，杜伏威横行江淮之间，刘武周攻取雁门、定襄两郡，梁师都略定雕阴、弘化、延安三地，薛举割据陇西，窦建德称霸河北，林士弘侵吞豫章，李子通蚕食淮南，唐弼称王扶风，如此等等，仅仅举其大略而已。其余小股流寇草贼，多得不胜枚举。而皇上却赶在这会儿南巡江都，贪图风月、流连忘返。更听信佞臣虞世基之言，以为群雄造反不过如鼠窃狗盗。其平定，指日可待。可依我看，如今的局面其实正好可以套用当年蒯通对韩信说过的那句话，只须换下一个字即可。不知裴爷以为如何？

当年蒯通对韩信说了句什么话？据《史记》的记载，那句话是："秦失其鹿，天下共逐之，于是高材疾足者先得焉"。只须换下哪个字？李世民虽然没有明说，裴寂自然明白他那意思是把"秦"字换成"隋"字。

"咱不是来谈如何从我那肥缺中捞取油水的么？"裴寂反问，显出一丝惊讶。不是装的，李世民这一席话的确令他吃了一惊。不过，吃惊之后的感觉不是恐慌，而是兴奋。这话透漏出的意思，比从他那肥缺中贪污一笔公款要有意思多了。不是么？

"嗨！裴爷怎么把斌廉那话当真？他那么说，不过是试试裴爷的胆量。"

试试我的胆量？这话令裴寂略微感到不悦。不过，他像段志玄一样，也是个喜怒不形于色的高手，他把这反问藏在心里，说出口的话是："原来如此！公子行事谨慎得很呀。好！干大事，最关紧要的就是谨慎。"

听了这话，李世民笑了，可并非因为他同意裴寂的说法。在李世民看来，冒险比谨慎更为重要。不敢冒险，还能成什么大事！不过，他觉得决定该不该冒险，那是为人主的责任；为人臣的，应当以谨慎为要。裴寂的话，恰好符合他心目中的为人臣的准则，这才是他之所以笑的原因。

笑过了，李世民反问："敢问裴爷所说的'大事'，究竟何所指？"

哈！还当真谨慎得很呀！不是说要推开天窗说亮话的么？怎么这么吞吞吐吐？裴寂心里这么想，嘴上却不紧不慢地道："除去逐鹿中原，还能是什么别的事？"

李世民不答，只是点头一笑，算是默认了。

"既然我猜的不错，斗胆问一句：这是唐国公的意思呢？还是公子自己的意思？"

"这有区别吗？是我爹的意思，裴爷就肯助一臂之力？是我的意思，裴爷就撒手不管？不会吧？"

"岂敢！只是唐国公如果不肯，这事不就不好办了么？"

"不错。不过，我爹肯不肯，就看裴爷肯不肯帮忙了。"

"是么？那这忙我裴某帮定了！"

话说出口，裴寂不禁一惊。怎么回答得这么痛快？也不问问要帮个什么忙？难道是那"位极人臣"的梦想在作怪？李渊当不成皇帝，我裴寂怎么能位极人臣？想到二十七年前的那场梦，裴寂的嘴角呈现出一丝笑意。这笑意其实只是反映出裴寂潜意识中的无奈，可是世民会错意，以为那是信心十足的透露。

这会错意的意义十分重大。如果裴寂根本不肯帮忙，那好办。李世民会以安全为借口，亲自将裴寂送出后门。玄武观的后门是一条比前门的石板道更加僻静的石板小巷，小巷的尽头就是庆春坊夹道的北口。裴寂一准会在小巷的尽头碰见一个叫化子，这将是裴寂一生中最后一次碰见叫化子。

"如果裴寂的回答模棱两可，或者语气与表情透露些许犹豫或勉强呢？那咱该怎么办？"两日前当李世民与侯君集商量如何见裴寂时，侯君集这么问过。

李世民略一思量，没有正面答复，却道："小时候常觉得曹孟德为人太狠毒，如今自己办事了，才明白孟德之所以说'宁我负人，勿令人负我'，自有其不得不如此的道理。"

李世民说的就是曹操。曹操当真说过这句话么？其实难说，也许只是后人的附会或栽赃。不过，李世民既然这么说，李世民肯定会这么做。听见李世民说出这样的话，侯君集不禁对李世民认真看了两眼。他忽然觉得李世民的眉宇之间透出一些……怎么说呢？是英气，还是杀气？其实，是什么气并不重要，重要的侯君集觉得那股气咄咄逼人，令他彷徨、令他失落。二十六年以后，当侯君集跪在刽子手面前等着吃那一刀的时候，他蓦然回想起这时的这一幕：如果当年他没那么认真看李世民两眼，或者说虽然看了，却没产生那种彷徨与失落，他会因为谋反而吃这一刀么？不幸，他没有时间思索出任何结论。这想法浮现的时刻，也正是屠刀落下的时刻。一刀落下，身首异处，魂飞魄散，即使思索有了结果，能不化为乌有？

当然，裴寂并不知道他那信口而出的回答以及因潜意识中的无奈而显露出来的微笑，可能救了他一命。那一晚，当他回到家中，斜倚在睡榻之上久久不能入睡的时候，他的思想基本上集中于这么一个问题：晋阳行宫中的宫女不下千人，同他裴寂打过照面的不下数十，令他裴寂心跳加速的有那么十来个。在这十来个之中，叫谁去陪李渊上床最合适呢？

什么？叫隋炀帝的宫女去陪李渊睡觉，那不是叫李渊去找死么？胆小的主儿可能会这么大惊小怪。可李世民与裴寂都不是胆小的主儿。在他两人看来，这主意虽然是逼不得已之策，却绝对不叫"找死"，而叫"置之死地而后生"。"置之死地"，意思很简单，就是先陷李渊于死罪。"而后生"，意思是也不复杂，就是在把李渊逼得走投无路的时候，指出一条生路来。什么生路？除去造反，还能有什么别的生路？

5

　　李渊是个任人"置之死地而后生"的庸才么？那得看问谁。倘若问其夫人窦氏，则绝对不如此。

　　窦氏生前贵为公主之女、国公之妻，死后追赠皇后之号，却居然未曾留下芳名，可惜，可悲，可叹，可见女人在历史上地位之低。不过，窦氏虽然不曾留名，却留下一段佳话，也留下一个成语，或者可令窦氏死而无撼。

　　据史载：窦氏风华绝代、见识过人，致令求婚者多如梅子黄时雨。窦氏之父，定州总管窦毅，既不肯轻易许诺，又不便轻易拒绝，因为来的都是公子王孙，既得罪不起，也不容错过。正左右为难之时，却听见窦氏大笑。

　　"小丫头有什么高招？"窦毅问爱女。

　　请画工在两扇门屏之上各画一只孔雀。求婚者至，叫他立在一箭之地以外，给箭两支，但凡射不中孔雀两眼的，一概免谈。这就是小丫头的主意。

　　窦毅听了，击掌叫好。消息传开，窦氏门外立即车马填巷。可三日过后，尚无一人中选。第四日依然如故，眼看黄昏将近，人去巷空之际，远远地来了一骑人马。走近时，窦毅认得是已故唐国公、前安州总管、柱国大将军李昺的公子李渊。李渊不修边幅，策一匹劣马，缓缓而行，与先前乘肥衣锦、蜂拥而至的公子王孙判若天渊。窦氏从门楼上望见，心中窃喜，暗自祝道：但愿这人中的。李渊果然身手不凡，箭无虚发，不负窦氏之愿。从此"雀屏中选"遂成择婿许婚的代名词。

　　不过，窦氏之所以绝不会认为李渊是个任人"置之死地而后生"的庸才，倒不是因为李渊射箭有一手，而是因为李渊虽有九分风流，却并不十分听话。比如说吧，李渊在扶风太守任上，有人献西域骏马数匹。

　　窦氏说："这几匹马留在咱这儿，充其量也就是几匹马，不如献给皇上。"

　　"献给皇上就不是马了？"李渊反唇相讥。

"皇上好马,是人皆知。马在皇上那儿当然还是马,可马从咱这儿走了,说不定就会变成升官的机会。再说,皇上为人小气得很。你把骏马留下,让他知道了,说不定这几匹马就不再是马。"

"不再是马?什么意思?难道还会变成妖怪?"

"妖怪倒是变不成,只怕会变成小鞋,蹩疼你的脚。"

"大丈夫死都不怕,还怕脚疼!"李渊丢下这么一句话,翻身上马,掉头不顾,把窦氏噎得半天喘不过气来。

李渊当真那么勇往直前、视死如归,还是不免男人的通病,不肯在女人面前示弱?不久,这问题就有了答案,因为不久,窦氏就死了。窦氏一死,李渊立即吩咐手下备车,把那几匹骏马送往京城。当时李世民、李元吉两个公子都还处在少不更事之年,贪图骑马之乐,齐声嚷嚷不肯。小子懂个屁!听见李渊这么一声大喝,方才吐着舌头开溜。骏马献上不久,李渊即获擢升卫尉少卿的调令。这回懂了吧?李渊得意之余,把两个小子唤到面前,口授一番如何逢迎拍马、如何逢凶化吉的高招,令两个小子佩服得五体投地。当然,李渊传授高招时,只字不曾提起这高招原本不过是女人的传授。

裴寂踏出玄武观前门后的第六日,午后的斜阳懒洋洋地洒在树影婆娑的庭院里,李渊从书房里踱出来,本来是想伸个懒腰,却不料打了个哈欠,眼泪流出来了,鼻涕也差不多要流出来了。两个贴身侍女一左一右慌忙奔过来,各自递上一条绣花手帕。李渊先接过右边侍女递过来的手帕,把鼻涕擤了,再接过左边侍女递过来的手帕,把眼泪擦干。

怎么搞的?不行了?李渊暗自吃了一惊。其实,怎么搞的,用不着问,李渊心中明白得很:都是因为裴寂送来的那两个小妖精。妖精?不错。这是裴寂的原话。五日前,裴寂来访,杀却两盘棋局之后,漫不经心地说有两个小妖精相赠。妖精从哪儿来?李渊随便一问,裴寂不答。两人相对一笑,心照不宣。当日夜晚,妖精来了,果然千娇百媚,风情万种。当夜云雨几度,风流达旦,自不在话下。尔后夜复一夜,令李渊享尽温柔乡的亢奋,也自不在话下。

五十多岁的人了,接连五个夜晚与这么两个妖精轮番混战,换上谁能不涕泪纵横?转念这么一想,李渊捞到一根自我安慰的稻草,觉得方才那一惊纯属多余。于是乎,潇洒自如地伸了个懒腰,深深地吸入一口院子里的新鲜空气。正想步下台阶,到后园去散散心,司阍进来禀报说刘文静来了。

刘文静是谁?李世民的日记中有这么一段记载:

刘文静，祖籍彭城，世居京兆。祖懿，周石州刺史。父韶，死隋王事，赠仪同三司。文静袭父爵，现任晋阳令，李密之姻亲。其为人也，才雄志大，老谋深算，病在轻狂。能与成大事，难与共富贵。

这段日记是一个月以前的某日写的，那一日，太原留守副史王威接到隋炀帝的密令，将刘文静秘密押入晋阳监狱候审，不是因为犯了什么罪，只因受累于李密。李渊从李世民处得到这消息，大吃一惊。隋炀帝不怎么信任他，这他李渊早就明白，否则，何必委派什么副使？而且还不止委派一个副使而是委派两个副使。除去负责行政的副使王威，还有一个负责军事的副使高君雅，分明是架空他这留守嘛！可他万没料到像关押刘文静这样的大案，会居然将他彻底排除在外，连个消息都不给。这就不仅是不信任他的问题了，简直是视他为嫌疑同犯了嘛！

"你这消息可靠？"李渊明知李世民得到的消息不会有错，还是忍不住问了这么一句。

"看牢房的凑巧是段志玄的手下，绝对错不了。"

"段志玄？段志玄不是个贼么？你怎么同他这样的人混在一起？"

"爹听谁说的？我哪能同手脚不干不净的人来往。"李世民支吾其词。

李渊这话令李世民一惊，他原本以为他爹除了食色，其他的事情一概不予关心。原来那不过是装蒜，想蒙谁呢？目的何在？韬光养晦？他想知道，可是他没问，因为他知道必定问不出个结果来。

"你有办法把文静给劫出来吗？"李渊问，没再追问段志玄的事儿。

"这事恐怕得靠贼才成吧？"

"咱可是在说正经事儿。"李渊瞪了李世民一眼，"不是儿戏。劫出来之后，你先把他藏好。等我想妥了办法再从长计议。成不？"

"成是成。不过……"

"怎么？有难处？"

"难处倒没有。我只是好奇，想知道爹怎么这么关心这刘文静。"

"李密造反，文静绝对不知情，你不觉得文静这牢坐得冤枉？"

就这么简单？李世民不信。于是，他故发一声冷笑，道："冤枉？不见得吧？听说同李密结成亲家，刘文静可没少下功夫。"

"什么意思？"李渊追问，好像有些不悦。

"图谶上不是说'杨花飞落李花开'么。"

图谶之说，起源于汉。所谓"图谶"，换成今日的白话，就是合图形、符号、隐语为一体的政治谣言。据说自魏晋以来民间盛传的图谶，图上画的是一枝凋零的杨花与一枝含苞欲放的李花，图下写的是"杨花飞落李花开"这么一句谶语。究竟何所指？本来众说纷纭，莫衷一是。可等到杨坚称帝之后，"杨氏将亡，李氏将兴"的解说遂成为主流。不过，也有人嗤之以鼻，说所谓"图谶"，本来只有图形符号，图下的所谓"谶语"，乃后人所妄增。比如说吧，那"图"上的两枝花，何尝不可以视之为桃花与杏花？或者两枝先后开放的梅花？凭什么就知道一定是杨花与李花？

这质疑虽然言之成理，"杨氏将亡，李氏将兴"之说，却依然不胫而走，传得沸沸扬扬，以至令隋炀帝寝食不安。御用方士安伽陁看在眼里，以为遭遇千载难逢的谄媚良机。于是献策，请将天下李姓斩尽杀绝。孰料隋炀帝虽然昏庸，却还没昏庸到相信像李姓这样的大姓也可以斩尽杀绝的地步。听了安伽陁的疯话，隋炀帝捧腹大笑道：高！高！你真是太有才了！笑毕，左右开弓，两个大嘴巴打过去，打得安伽陁鼻青脸肿。打完了，喊一声"滚！"从此安伽陁遂从人间蒸发。

隋炀帝有个宠臣，复姓宇文，单名述，拍马与中伤，皆是一流高手。多年前宇文述与右骁卫大将军李浑结下私怨，一心想叫李浑不得好死，只愁找不着借口。看见炀帝痛打安伽陁的那场好戏，计上心来，对隋炀帝道：安伽陁真是个蠢材！天下姓李的多了去了，哪能个个与图谶相符？陛下须有所取舍，方能易如按图索骥，叫那贼人上天无路，入地无门！

"怎么取舍？你有了主意？"隋炀帝问。

"陛下没忘记当年先帝为什么迁都的吧？"

宇文述所谓的"当年"，指开皇三年；所谓的"先帝"，指隋文帝。那一年，隋文帝因梦见洪水淹没长安而迁都大兴。

"记得又怎样？"隋炀帝当然并不曾忘记那年的迁都之举，只是一时没能琢磨出迁都与图谶之间的关系。

"臣以为先帝洪水之梦，正是图谶的注脚。谶见姓，梦示名。"说到这里，宇文述把话顿住，瞟一眼隋炀帝。但凡宠臣，都有这种察言观色的本能。

"嗯，不错。言之成理。说下去。"

"将作监李敏，乳名洪儿，姓符谶语，名与梦合。其叔、右骁卫大将军名浑，也与洪水脱不了干系。依臣之见，……"

"什么干系？"隋炀帝打断宇文述的话。

"洪水滔滔，夹泥沙而俱下。既夹泥沙，焉能不浑？"

"好！说得好！"隋炀帝击掌大笑，点头称是。

于是，宇文述奉旨，诬李浑、李敏谋反，杀浑、敏及其宗族三十二人。

隋炀帝自以为是赢家，从此高枕无忧。宇文述得以解却心头之恨，当然也自以为是赢家。其实，真正的赢家，并非炀帝与宇文述，而是李渊。至少，李渊自己是这么想。

所谓洪水，就是大水。《管子》曰："渊者，龙鱼之居。"龙鱼藏身之所，能不是大水么？所以，图谶与梦，加起来分明指的是我李渊嘛！听到李浑、李敏的死讯，李渊如此这般暗自庆幸了一番。俗话说：大难不死，必有后福。果不其然，李浑死后，接替李浑出任右骁卫大将军的，不是别人，正是李渊。

李渊擢升右骁卫大将军不久，便获太原留守之命。上任伊始，地方官员循例造访。大都走个过场，寒暄既毕，旋即告辞。晋阳令刘文静，却不落这俗套。李渊唤侍女上茶，刘文静竟然装傻，好像不懂这意思就是逐客。居然端起茶杯，接连喝了几口，然后道："俗话说：大难不死，必有贵人。刘某今日得见贵人，幸甚！幸甚！"

李渊听了，心中一惊。怎么？难道这刘文静之见，与我不谋而合？略一迟疑，挥手叫贴身侍女退下，然后故作懵懂之状，支吾其词道："什么大难？什么不死？"

真糊涂吗？真糊涂支开侍女干什么？分明是此地无银三百两嘛。刘文静暗自窃笑。李渊既然已经明白，何不干脆捅穿？这么一思量，于是就明白说道："刘某不善委婉，休怪刘某直言。唐公姓见图谶，名应先帝之梦。宇文述是个蠢才，皇上是个呆鸟，这才令唐公躲过一劫，难道不是么？"

"嘿嘿！这话可千万说不得！你刘文静不要性命，我李渊还不想死。"

"有什么好怕的？生死有命，富贵在天嘛！是真命天子，谁杀得了？不是真命天子，难道还不是如李浑、李敏一般，早已化作刀下冤魂了？"

刘文静把话说到这份儿上，李渊应当如何对付？把刘文静抓起来，送交皇上，以表明自己的忠心？李渊没那么傻。隋炀帝既然可以因为听信宇文述对图谶的解说而杀李浑与李敏，难道就不会因为听信刘文静对图谶的解说而杀我李渊？把刘文静杀掉灭口？这办法可行。但犯得上么？刘文静显然并无陷害我李渊之意。倘若有，还来同我说这些话？刘文静的目的其实很明显，不过是想怂恿我李渊起兵造反。事成，我李渊贵为皇帝，他刘文静少不得贵极人臣，这就是他刘文静的动机。李渊这么一思量，这两条对策，自然就都不在李渊考虑之列了。那么，积极响应刘文静的怂恿如何？李渊也没那么冒进。胜算是多少？起兵应当采取什么样的方略？万一不成，如杨玄感那样身败名裂、三族见诛。值么？李渊心中琢磨的，是这些问题。其实，起兵造反的想法他李渊早就有过，不完全是因为相信那图谶，也因为当时的混乱局势予人的诱惑实在难以抵制。之所以不曾采取行动，主要是因为手下缺少辅佐之人。长子建成，过于忠厚，守成有余，争天下不足。次子世民固然勇谋兼备，毕竟太年轻，不够成熟。再说，成大事也不能全靠自家人，外人拥戴我李渊么？李渊没有十足的把握。

看见李渊沉默不语，刘文静明白他的话正中李渊的心思，于是进而说道："太原精兵三万，尽在唐公控制之下。刘某在晋阳之日久，与本地豪强深相结交，唐公一旦举义，刘某立可纠集大户庄客不下十万，供唐公驱使。如今朝廷重兵在东都与李密相持不下，关中空虚。唐公乘虚直捣长安，暂立留守长安的代王侑为天子，遥尊远在江都的皇上为太上皇，效仿当年曹孟德挟天子以令诸侯之故计，何愁大事不济？"

这一席话令李渊对刘文静刮目相看。简直就是当年诸葛亮隆中对刘玄德的翻版呢！有这么一个人物相辅佐，何愁大事不济？

"说得好！"李渊顿时精神大振，站起身，走到刘文静席前，拍拍刘文静的肩膀，笑道："不过，时机还没成熟，细节也还有待研究。"

刘文静点头称是，不曾争辩。虽然他并不赞同李渊这意见，但他明白：毕竟李渊是主角，他刘文静只是配角。主角说还不到时候，配角就只能等待。从此以后，刘文静就成了李渊的心腹，经常密谈至夜深。谈些什么？自然是不足为外人道的秘密。二人共享不足为外人道的秘密，这才是刘文静下狱，令李渊不堪忧虑的真实原因。

"先别管什么图谶，把人劫出来再作道理。"李渊这么吩咐李世民。

当日夜晚，段志玄把刘文静劫出监狱，护送至玄武观向李世民复命。李世民与刘文静早就见过面，只是以前不曾单独谈话。这一晚，二人深谈达旦。李世民回到府中之后，在日记写下如上所述之印象。

"你怎么来了？"李渊将刘文静让到书房，指使侍女回避过后，不胜惊讶地问。

"已经暴露，何必再藏？"刘文静说，语调之中，并无丝毫惊慌。

"谁把你卖了？"

"我说的不是我。"

"什么意思？"

"你的事儿已经暴露。"

"我的事儿？我有什么事儿？"

"王威写了一封密奏，告发你淫乱行宫。"

"这不是胡说八道么！"

"恐怕你有口难辨。"

"此话怎讲？"

"王威在晋阳行宫里安排了线人，对裴寂的一举一动了如指掌。裴寂五日前从行宫带走了两名宫女，对吧？如今安在？在唐公府上，不错吧？"

李渊沉默片刻，终于默认了，问道："这消息你从哪儿听来？"

"替王威送密奏的，碰巧是段志玄的手下。"

怎么又是段志玄？李渊有些不敢置信。不过，他无心思细想，慌忙问道："那密奏呢？你带来了？"

"别紧张。"刘文静笑了一笑，然后才慢条斯理地说，"二公子已经把它给烧了。"

"那就好！那就好！"

"好虽好，不过也只是为唐公赢得点儿时间。这事儿外面已有风声，早晚瞒不住。"

刘文静对李渊说的这些话，其实只有"外面已有风声"这一句不假。至于其他，都是李世民、刘文静、裴寂三人商量之后，用来哄骗李渊进入其"置之死地而后生"的计策而编造的假话。风声之所以走漏，当然也并非事出偶然，乃是李世民按照刘文静的主意，吩咐段志玄故意放出去的。"唐公精明，一味弄虚作假，恐有闪失。惟真真假假、真假掺半，才能万无一失。"三人商量之时，刘文静提出这样的看法。事后证明，刘文静的确是不愧"老谋深算"四字。李渊果然并不轻易上当，只是在探明宫女事件确已暴露之后，方才决意起兵。

不过，不愧"老谋深算"四字，并非刘文静之福，恰是刘文静之祸。为人主的，大都可以容忍勇力出己之上的臣下，却大都不能容忍智力出己之上的臣下。李渊以容忍著称，登基之后只杀过一个功臣，而这见杀的功臣不是别人，正是不愧"老谋深算"四字的刘文静。当然，刘文静之所以见杀，也与其好争风、强出头的性格脱不了干系。那一日，李世民的意思，原本是打算叫裴寂去见李渊，刘文静却坚执不可，道："宫女既是裴寂进献的，还叫裴寂去说，能不尴尬么？"李世民心知刘文静的意思无非是要抢这劝进的头功，嘴上不便说破，于是转身问裴寂："裴爷的意思呢？"裴寂熟读《老子》，顺水推舟道："还是文静考虑得周全。"这么轻描淡写一句话，既为刘文静日后见杀种下祸根，也为自己日后保全首级打下基础。

6

唐高祖武德九年六月初三凌晨，裴寂匆匆登上长安南城城墙上的观象台。此时的裴寂，官居尚书左仆射、司空。尚书左仆射是从二品的实位，司空是正一品的虚衔。一身而兼任这么虚实两职，堪称位极人臣了吧？司空任命状下达的当日夜晚，裴夫人这么问裴寂。当时裴寂正在书房静坐，两手胸前交叉，双目似张似闭，听见夫人这么一问，裴寂憟然惊醒，信口答道：差不多吧。口气平淡之极，三十年前梦见自己会位极人臣时的那种兴奋，荡然无存。

"差不多是什么意思？难道还差一点儿？"夫人反问，口气中透出些许不悦。

"君不见三公之上尚有天策上将么？"

唐代以太尉、司空、司徒为三公，都是正一品。当时太尉虚设，司徒一职，则由齐王李元吉兼任。

"嗨，他是什么人？你怎么能同他比！"

我同他比？我有那么傻吗？裴寂心中冷笑，不过他嘴上并没有分辨，任凭夫人不以为然地撇撇嘴，把他当傻瓜。

天策上将究竟是个什么样的职位？史册语焉不详，只说位在三公之上。以情势揣测，表面上可能如三公一般，并无实际执掌可言，而实际上却是权势无限，视担任者的实力而定。谁是那个担任天策上将的"他"呢？正是李世民。李世民凭什么获此高位？凭借的并非是老子李渊的偏爱，而是攻取东都洛阳的战功。那一战，李世民先在洛阳城外生擒前来救援王世充的窦建德，继而迫使被困在洛阳城内的王世充投降，一举而破灭李渊的两个最强劲的对手，为大唐建立铺平道路，功劳之大，无与伦比，获此高位，当之无愧。

不过，屡试不爽的老生常谈是：功高震主，绝不是福。李世民的主子，

28

就是李世民他爹，难道这话也适用么？不错。李渊也许并不在乎这"震"，甚至感觉不到这"震"，然而，未来的主子必定在乎，也必定感觉得到。未来的主子是谁？除去太子李建成，还能是谁？一般人必定会这么想。不一般的人呢？那就难说了。谁是不一般的人？天策上将府的属员一个个都是不一般的人。怎么这么巧？不是巧，是必然。天策上将府的属员，都是经过天策上将李世民亲自挑选的，不能心甘情愿为他李世民效死的，能入选么？

入选的都有谁？有先前提到过的侯君集、段志玄、高斌廉、长孙顺德、刘弘基等等那一伙，自不在话下。不过，这时候李世民的嫡系人马，早已不止那一伙；李世民的首席谋士，也已经不再是侯君集。是谁呢？史册通常房杜并称。房，指房玄龄。杜，指杜如晦。如果一定要排出个名次来，还真不好排。房玄龄结识李世民在先，杜如晦结识李世民在后，杜如晦的见重于李世民，还多少出于房玄龄的推荐。由此观之，当以房为第一，杜屈居次席。不过，玄武门之变成功之后，李世民立为太子之时，论功行赏，却以杜如晦为太子左庶子，以房玄龄为太子右庶子。当时以左为上，以右为下。可见在李世民眼中，居首位的乃是杜如晦而并非房玄龄。

据《旧唐书》，房玄龄祖籍临淄，曾祖翼，北魏镇远将军、袭爵壮武伯。祖父熊，官位不显，止于州主簿。父彦谦，《隋书》有传。将军之号，名目繁多，贵贱难考。大抵言之，以大将军、骠骑将军、车骑将军为上，征东、征南、征西、征北等四征将军次之，镇东、镇南、镇西、镇北等四镇将军又次之。至于镇远将军等等，通称杂号将军，品位不定，在北魏为正四品，还算是中流之上等。郡守在两汉本是要职，降至魏晋，则已成刺史之下属，不再是堪比诸侯的高位。伯爵，不高不低，恰居公、侯、伯、子、男五等爵位之中。要言之，房翼虽非达官显贵，也还可以算个人物。降至房熊，既不曾承袭爵位，又不曾谋得高官，无论原因为何，总之，只能说是家道中落。再经微不足道之房彦谦而至于房玄龄，祖上的余荫早已化作不可凭依的虚荣，只能算个破落高干子弟了。这状况有些类似裴寂，只是比裴寂更加不如，因房姓并非望族，不像裴寂尚有门第可以依仗。

所谓天无绝人之路，隋文帝恰于此时开创科举。本来应当是无可凭借的房玄龄，于是凭借自幼博览群书的优势，在十八岁的那一年举进士，授羽骑卫。羽骑卫即羽林军的骑兵，负责京城卫戍。三年后任期届满，擢升隰城县尉。任县尉五年，以为又可迁升之时，却忽遭横祸。那一年，隋文帝杨坚死，太子杨广即位，史称隋炀帝。炀帝之弟、汉王、并州大总管杨谅觊觎皇位、起兵造反，虽然旋即失败，却殃及池鱼，但凡并州总管府下辖地方官员一概不免。隰城县不巧正属并州总管府辖区，房玄龄因而受到株连，罢官除名，发配上郡。

俗话道：祸不单行。果不其然。房玄龄发配上郡之后，先丧父，接着自己一病不起。奄奄一息之时，房玄龄把老婆叫到榻旁吩咐后事。

"我呢，眼看是不成了。"房玄龄有气无力地说，"你呢，还不老，也还不丑，犯不着为我耽误了你。我死后，你赶紧……"

赶紧什么？也许房玄龄是想说：赶紧嫁人？不过他没说出口，不是他不想说，是被钏儿给截住了。钏儿是房玄龄老婆的小名，大名既不见经传，只好以小名相呼了。

"你瞎说些什么呀！"钏儿顺手抄起床头柜上衲鞋底的锥子，作势吼道，"再胡说八道，看我一锥把你给捅了！"

钏儿的泼辣，房玄龄早已领教过。要是放在平日，房玄龄一准立即闭口，不敢再放屁。可如今不比平日，再不说，可能就没机会说了。于是，房玄龄斗胆分辨道："钏儿别急。古人云：'人之将死，其言也善。'你就容我这一回，让我把话讲完。"

"放屁！你怎么会死？高侍郎不是说，你日后会位极人臣的么？"

"嗨，那不是……"

这一回，不是钏儿插嘴，打断了房玄龄的话，是房玄龄自己把话顿住了。怎么说呢？他瞟一眼钏儿，本想从钏儿的眼神中找出点儿能否坦白从宽的启示，却意外地发觉钏儿的眼神有些呆滞。十八年前的那双勾魂眼呢？哪去了？

十八年前，房玄龄与钏儿在长安相识。那一年，房玄龄二十一，钏儿一十六。那时候，钏儿是惜春酒楼的女侍，房玄龄的羽骑卫任期将满，已经在吏部面试过，不出两月就得离开京城，赴隰城就任县尉之职。

"你还不赶紧找个媳妇，等到了隰城那鬼地方，还想泡京城的妞儿？门儿都没有！"说这话的人叫温大有，房玄龄在羽骑卫的死党。

"这还用你说？"房玄龄嗤之以鼻，"我这不正在琢磨么？嘿！你看！那个怎么样？"

那一晚，温大有与房玄龄正坐在惜春酒楼东南角落里，温大有顺着房玄龄的眼光看过去：柜台前的一个席位上坐着三个身穿左亲卫制服的年轻人，正同一个女侍打情骂俏。温大有望过去的时候，那女侍恰好冲这边抬起头来。

"嗯，不错。丰胸、细腰、长腿。"温大有说。

"哈！果然在行，一眼就把要害之处都觑着了。不过，我最欣赏的，还是她那双勾魂眼。"

温大有端起面前的酒杯，一饮而尽，把酒杯在桌上放稳了，对着房玄龄认真看了两眼，好像在看生人。看完了，慢条斯理地问："你觉得你有戏吗？"

"怎么？我难道不比那三个小子长得帅？"

"你看你，泡妞也泡了快三年了吧？怎么还没入门？"

"什么意思？"房玄龄的语调中透露出些许惊慌，他有自知之明，在对付女人方面，他的确不如温大有。

"什么意思？女人嘛，不怎么在乎长相。你没看见那三个小子都是左亲卫么？这惜春酒楼，咱少说也来过二十次了吧？哪个妞同咱这么亲热过？"

"三卫"之中，亲卫地位最高，左亲卫又在右亲卫之上，名副其实的"上上"。羽林卫不入"三卫"之列，更下右翊卫一等，名副其实的"下下"。地位本身的高低还在其次，更主要的还在于职位的不同所反映出来的背景与前途之别。但凡在禁卫军经常光顾的酒楼里充当女侍的，对于这些无不了如指掌。左亲卫光临，一个个投怀送抱、趋之若骛；见羽林卫来了，但凡有些姿色的，就都装出一副庄重的面孔，好像大家闺秀似的。

"你这话也许有些道理。不过，有何难哉！只要我想要，必定把这妞儿搞到手。不信？你敢跟我打赌？"

次日夜晚，房玄龄与温大有又进了惜春酒楼，比平时来得早，大厅里空空如也，四五个闲着无聊的女侍立在柜台前唧唧喳喳地说笑。房玄龄与温大有在老位子上坐下，一个新面孔走过来，冲房玄龄与温大有屈膝一笑。

"钏儿呢？"房玄龄问。

"哟！还看不上我！"新面孔退下，临走时没忘记故作扭捏地撇撇嘴。撇嘴也是女人献媚的一种方式，也许她还不清楚羽林卫的地位低下，也许还不能从制服上分辨禁军的级别。

钏儿闻声走过来，脸上挂着职业的微笑。所谓职业的微笑，就是笑得得体，笑得适度。笑声、笑貌都无可指责，只是缺乏热情。

"先来一壶惜春的招牌陈酿，一碗昨晚叫的那个什么来着……"

房玄龄当然记得昨晚叫的是什么，假装忘了，是想试探一下自己究竟在钏儿心中有无印象？有多深的印象？钏儿不接话，只是不冷不热地笑了一笑。

房玄龄在打她的主意，这她早就看出来了。"这小子长得还算机灵，可惜只是个羽林卫。羽林卫能有什么出息？任期满了，能捞个县尉就算不错。"前两天她同惜春的伙伴闲聊时，这么说起过房玄龄。

看见钏儿不答话，温大有心中窃喜，正等着看房玄龄如何自找台阶的尴尬，却听到一个声音道："嘿！我就知道你会在这儿泡妞！"钏儿自然也听见这一声喊，侧过身来一望，惊喜顿生。哈哈！来了个有来头的主儿。钏儿怎么知道那人有来头？因为那人头上戴的，是辰桥市梦华轩最新推出的纯丝便冠，一顶索价五铢钱十枚，非大富大贵之家，有谁买得起？见了这么个有来头的主儿，钏儿赶紧屈膝行礼，搔首弄姿，笑盈盈地请安。那人却全不理会，只顾同房玄龄寒暄。寒暄过后，又道：我家三叔叫我传句话给你，他说你相貌非常，日后必然位极人臣。前日在吏部面见时因人多口杂，不便说。

说完这几句话，那人走了。温大有吃了一惊，问道：这人是谁？房玄龄道：高侍郎的侄子高十三郎。高侍郎？钏儿也吃了一惊，插嘴问："难道是吏部侍郎高孝基？"连一个酒楼的女侍也知道吏部侍郎高孝基的大名？不错。根据隋朝的制度，五品以下官员的任免，皆由吏部侍郎斟酌处理。在惜春酒楼泡妞的那些禁卫军的前程，无一例外，皆操在高孝基之手。高孝基这三个字，因而也就成了惜春酒楼里最常听到的词汇之一。钏儿不仅知道高孝基是吏部侍郎，而且也知道高孝基有知人之鉴，因为出入惜春酒楼的禁卫军一个个都说他善相人，万无一失，有的甚至把他比做东汉末年的高人、绰号"水镜先生"的那个司马德操。

"除了高孝基，还能是谁？"房玄龄淡然一笑，好像高孝基那"位极人臣"的预测，与他房玄龄并不相干。

俗话说：人逢喜事精神爽。果不其然？钏儿本来早就不记得房玄龄昨晚叫了个什么菜下酒，现在却忽然想起来？你昨晚叫的是肠血粉羹，加辣，对吧？她说。房玄龄昨晚真的叫了碗肠血粉羹？也许钏儿并没有想起来，只是信口胡诌。她知道不管她说什么，房玄龄都不会说不是。傻瓜才会在乎昨晚究竟叫的是什么，高侍郎看上的人，能是傻瓜？

钏儿这思维其实并非无懈可击，因为那个所谓的高十三郎其实是个冒牌的假货。高十三郎既然是假的，他替高侍郎带的那几句"位极人臣"的预测，当然也就真不了。至于假高十三郎头上的那顶纯丝便帽，钏儿倒是没看走眼，的确是辰桥市梦华轩最新推出的真品。不过，房玄龄没花十枚五铢钱，只花了十枚小钱，因为他没买，只租赁了一日。

钏儿没能识破这骗局，当日夜晚半推半就地让房玄龄上了她的床。次日夜晚，房玄龄单独一人来惜春酒楼，当着钏儿伙伴们的面送给钏儿一对金镯子、一双金耳环、一只金戒指。温大有没露面，不过，房玄龄买首饰的钱，都来源于温大有的钱袋，他赌输了。两个月后，钏儿心中怀着"位极人臣"的梦想，脸上挂着委屈求全的神情，下嫁为隰城县尉的夫人。

　　房玄龄自己也没少做那"位极人臣"的梦，编造高侍郎那段假话，其实就是潜意识中有那种梦想的反映。不过，既然知道那不过是欺人之谈，房玄龄对梦想成真的期望，自然远不如钏儿那么高。自从除名为民、发配上郡之后，那梦想早已彻底破灭，倘若不是钏儿如今又提起，还差不多真是忘得一干二净了。看着钏儿呆滞的眼神，房玄龄忽然感到无限的凄凉与内疚。如果当初我没下那套，钏儿会嫁给我么？肯定不会。会嫁给谁？也许早已嫁了个当真受高侍郎赏识的高人，如今飞黄腾达、成了诰命夫人都说不定。想到这儿，房玄龄叹口气。

　　"钏儿！那不过是哄你的假话。"

　　"什么哄我的假话？"钏儿反问，一时没能反应过来，不明白房玄龄说的究竟是什么。

　　"高侍郎没说过我会位极人臣。"

　　"胡说！"这回钏儿听明白了，只是不能置信，她确有不能置信的理由。"我亲耳听见高十三郎说的。你忘了我当时在场？"

　　"那个高十三郎是假的。"

　　"那个高十三郎是假的？"钏儿摇头，"就算他假得了，他戴的那顶辰桥市梦华轩的丝帽难道也假得了？"

　　"那顶帽子倒不假，不过，不是他的，是我花十枚小钱租来的。"

　　听了这话，钏儿陷入沉思。十八年前那一晚的那一幕，反复出现在她眼前，一次比一次清晰。那个所谓的高十三郎的道白也反复在她耳际响起，只是越听越像是戏中的台词。十八年前我怎么就没听出来？想起十八年，钏儿打了个冷战。人生能有几个十八年？十八年耗尽我的青春，换来了什么？一个虚无缥缈的梦想？一个十八年后化作骗局的梦想？哈哈！我真是瞎了眼！这么一想，钏儿攥紧手中的锥子，猛然举起右臂。

　　房玄龄没有挣扎，平静地闭目等死。早晚是个死，与其躺床上病死，还不如死在钏儿之手，奔赴黄泉之时也好找回点儿心理平衡。不是么？

　　房玄龄当然并没有死。如果他当真死了，会怎么样？玄武门之变照样会发生，只是史册上会少一篇传记，以玄武门之变为题材的文学作品会少一个配角，如此而已。

为什么没有死？甚至也无痛觉？分明闻到血腥了嘛！房玄龄纳闷，睁眼一看，不由得大吃一惊。原来钏儿那一锥，不曾刺下他房玄龄的喉管，却不偏不倚，正中钏儿自己的左眼。鲜血如泉，淌下钏儿的面颊。往后的情形如何？房玄龄只记得当小苍公疾步奔进房来时，钏儿已经躺在原本属于他房玄龄的病榻，锥子已经在地上，眼睛已经包扎好。

"你给她包扎的？"小苍公问。

房玄龄想摇头，因为他记不起那是他干的。不过，不是他，能是谁呢？当时房间里只有他和钏儿两人在，况且，那包扎用的布料，不正是从他自己的衣袖上撕下去的么？这么一想，他就懵懂地点点头。

"究竟怎么回事？"

小苍公一边问，一边撕开房玄龄那胡乱的包扎，对准伤口洒上一些海螵蛸，贴上膏药，重新用纱布把钏儿的左眼包扎好。等到把钏儿料理停当，站起身来之时，小苍公忽然一惊，问道："嘿嘿！你怎么起来了？"

不怪小苍公吃惊，原来房玄龄已经卧床半年不起。什么毛病？盗汗、低烧、头晕、目眩、耳鸣、口干舌燥、四肢乏力等等，但凡说得出的症状，都有。换过医生无数，个个束手无策。最后找到小苍公。小苍公之所以称之为小苍公，据说是神医苍公之后。神医之后果然不同凡响，把过脉之后，摇头发一声叹息，说道："百年不见的奇症！"

什么叫"奇症"？其实就是不知道是什么症。房玄龄心中明白，只是懒得戳穿。戳穿了有什么用？既然不知道是什么症，自然也就无从对症下药。不过，小苍公既是神医之后，自有办法。处下方来，房玄龄拿过去一看，无非是人参、琥珀、燕窝、三七之类。吃下去绝对无妨，虽然盗汗、低烧、头晕、目眩、耳鸣、口干舌燥、四肢乏力等等症状一样也不见减轻。

我怎么起来了？房玄龄听了一愣。可不是么？怎么忽然能起来？怎么不仅能起来，还能跑到门口吩咐看门的小厮去找小苍公？

"快过来让我把把脉！"小苍公道。

把过一遍，小苍公摇头不语，又把一遍，仍旧摇头不语，再把第三遍，还是摇头，不过，却终于开了口。

"你本来已经病入膏肓，无药可救。如今却好了，一点儿症状都找不着。想必是夫人的贞洁之气，感动了上天。"

夫人的贞洁之气？不错。不是小苍公信口胡诌。只怪方才小苍公问起事情的缘由之时，房玄龄撒谎，诡称钏儿以锥刺眼，是想表明誓不再嫁的决心。小苍公说罢，又替钏儿处下方来。临走时还再三叮嘱房玄龄务必好好侍候钏儿，以报再生之恩。贞洁之气虽属谎言，再生之恩倒是不假。也许因为吃了一惊，惊出一身冷汗，令处处原本不通之处忽然畅通，无论如何，房玄龄的痊愈，同钏儿那一锥脱离不了干系。这一点，房玄龄明白得很，其实用不着小苍公的叮嘱。

不过，房玄龄虽然真心实意要报答钏儿的救命之恩，实行起来却有点儿力不从心。不是仍旧浑身乏力，只是一处不得力。也许是半年卧床留下的后遗症，也许是那大吃一惊留下的后遗症，也许是钏儿的那只瞎眼令他心有余悸，总之，痊愈之后，浑身都硬朗了，唯独男人的根本硬朗不起来。钏儿其时正当虎狼之年，房玄龄卧病之时，无可奈何，如今房玄龄既已痊愈，叫她如何能忍耐这般软侍候？没过几夜，终于忍受不住，喊一声"滚"，一脚把房玄龄踹下睡榻。

"那一晚，我差点儿没去寻死。"房玄龄说。

那是十天后的傍晚，地点是渭水北岸李世民麾下的军营。坐在房玄龄对面聆听房玄龄倾诉心声的，是十八年前在长安惜春酒楼见证房玄龄哄骗钏儿上钩的温大有。当真只差一点儿没去寻死？其实不然。想要死，谈何容易！钏儿那一锥不是只戳到眼睛上么？真想死，就会往喉管戳。至于房玄龄的所谓寻死，那就更差一大截了，只是躺在书房的便榻上那么一想，连起身去找把刀或找把锥子的冲动都不曾有过。

不是没有冲动，只是不关自杀。五日前，温大有托人捎带话来，说他温大有如今投在李渊旗下，不日将随义军西下长安，又说他已经在李氏父子面前极力推荐过房玄龄，望房玄龄能早日参与义举。当时房玄龄躺在病榻动弹不得，哪有这门心思？这时忽然想起，顿时起了投奔温大有的冲动。这冲动很快就淹没了寻死的心思，令房玄龄兴奋得一夜不曾合眼。次日一早，这冲动便变成了实际行动。等到钏儿起来之时，房玄龄已经走了。钏儿只看到一张字条，上面写了几句什么不混出个名堂就不再回来云云的废话。废话？不错。不过，这当然只是钏儿的感觉。她立即就把那字条撕个粉碎，扔到地上，还啐了口唾沫，显然是没把它当成任何有意义的东西。

所谓"义军"、"义举"的"义"，当然只是李渊给自己脸上抹的粉、贴的金。在隋炀帝眼中，他李渊不过是个逆臣、叛贼。四个月前，李渊在晋阳发动一次小规模的政变，杀掉太原留守副使王威与高君雅，自称大将军，册封世子建成为陇西公、左领军大都督，次子世民为敦煌公、右领军大都督；任命裴寂为大将军府长史，刘文静为大将军府司马。两个月后，李渊按照刘文静当初提出的策略，挥戈西南，直捣长安。临行前，任命李元吉为镇北将军，留守晋阳。既克潼关，李渊将大军一分为三：令李建成统领左军自新丰趣灞上，令李世民统领右军渡渭水、下阿城，李渊自己则统领中军自下邽西上。

令下之日，李世民既感到兴奋，也感到失落。眼看攻克长安在望，兴奋，在意料之中。失落，从何说起？当年汉高祖攻克秦都咸阳，就是先占灞上的地利。咸阳、长安，近在咫尺，形势相同。灞上既是攻下咸阳的险要，当然也就是攻下长安的险要。如今爹不叫我取灞上，却叫建成攻取灞上，分明是有意让建成领取攻克长安的头功嘛！从李渊的大营回到李世民设在渭北的营地，一路上这想法始终在李世民的脑中盘旋，挥之不去。既然如此，能不失落？

回到渭北营中，夜幕已然降下。灯火昏黄之中，李世民看到温大有领着一个陌生人走了进来。

"你看我把谁领来了？"温大有向李世民拱拱手，哈哈一笑。

李世民虽然有礼贤下士的名声在外，也还没随便到任谁都能同他这么不拘礼节的地步。温大有之所以能，因为温大有与其兄温大雅都是李渊的机要秘书，故李世民有意与之相交结。

"你先别说，让我猜一猜。"李世民也哈哈一笑，笑罢，对房玄龄上下打量一番，然后扭头对温大有说，"莫非就是你时常提起的'卧龙'不成？"

"果然厉害！玄龄，恭喜你遭遇明主。"

"你怎么能这么胡乱比拟？"房玄龄显出一副惊恐不安之色。

"高孝基不是说你是难得的奇才，将来肯定会官至丞相的么？"温大有说，"高孝基是当今的'水镜'，高孝基眼中的丞相，难道就不是当今的'卧龙'？"

"可不！高孝基的话，那还能有错！房兄就不必过谦了。"李世民随声附和。

房玄龄一边向李世民拱手施礼，一边道，"房某承蒙高孝基谬赏。不过，诸葛武侯躬耕于南阳之野，不求闻达于诸侯。房某不请自来，毛遂自荐，去卧龙远矣。"

"此一时也，彼一时也。再说，什么毛遂自荐？你这不是分明抹杀我温某举荐你的功劳么？"温大有说，说罢，又哈哈一笑，笑过了，冲李世民与房玄龄拱一拱手，道，"你们慢慢谈。唐公处还有事等着我去处理，我就先告辞了。"

如此引见房玄龄，出于温大有的主张，不过，事先征得房玄龄的同意，房玄龄那惊恐不安之色，只是做戏而已。温大有提出这主意时，房玄龄原本有些犹豫。

　　"钏儿就因为高孝基那些谎话瞎了一只眼，怎么还好意思再提？"

　　"谁叫你当年连我也一起蒙在鼓里？我信以为真，在李世民面前把你吹捧为当今的'卧龙'已经不知多少次了。叫我这会儿往哪儿退？再说，你要是不去见李世民，也倒罢了。既去见，就得让他相信你绝对不同凡响。否则，他手下才俊如云，不缺你这么一个无关痛痒之辈。"

　　"你替我物色的主子，怎么不是唐公，不是李建成，却偏偏是李世民？"一阵沉默过后，房玄龄问。既然这么问，可见房玄龄已经默许了温大有继续吹牛说谎的主意。

　　"唐公已经有裴寂、刘文静为其心腹。你去了，难成心腹。本想把你推荐给李建成，不料昨日唐公令文静去辅佐李建成统领左军。刘文静这人，才干有余，气度不足。你去了，既难得脱颖而出，又难免不遭排挤。李世民以侯君集为其谋主，侯君集这人，有些小聪明，但读书不如你读得多，办事也不及你老练。取而代之，应当不成问题。再说，李建成城府颇深，令人琢磨不透。李世民嘛，虽然雄姿英发，毕竟比咱们年轻将近二十岁。"温大有说到这儿，把话停下，嘿嘿一笑。什么意思？房玄龄没问，两下心照不宣。

　　"这么说，你是费心替我找了个最合适的主子了？你自己怎么却跟定了唐公？"

　　"我嘛，身不由己，我是我大哥引见的，他叫我跟谁，我就只好跟谁。再说，我不像你，不做那位极人臣的梦，混个一官半职也就心满意足了。"

　　"咱俩是什么关系？你就别再跟我说这些废话了。"房玄龄一笑，"你跟定了未来的皇上，却说什么不想位极人臣。如今明摆着李建成是未来的太子，李世民什么都不是，既不叫我跟未来的皇上，又不叫我跟未来的太子，偏叫我跟个什么都不是的主子，怎么反倒能位极人臣？"

　　"他要是个现成的太子，凭什么就非得用你作丞相？这么简单的道理，你怎么就不明白？高孝基还真是看了走眼，嘿嘿！"

　　"听你这意思，难道是说李世民有争夺太子的野心？"房玄龄略一沉吟，问道。

　　温大有笑而不答，却道："想好了？你要是不想见这个什么都不是的李世民，还来得及。"

房玄龄有退路么？就这么回去？怎么面对钏儿？不成！转而他投呢？投奔谁？如今虽说群雄并起，看来还只有李密有些希望。不过，李密久围东都洛阳不下，不知越东都而袭取京兆长安，可见其胆识也有限。再说，自己在李密面前不是也没有熟人引见么？大有是我的死党，大有、大雅兄弟又是李渊的心腹，放着这么条路不走，明智么？先见见李世民又何妨，如果他不是那块料，再转投别处也还来得及。这么一琢磨，房玄龄就拿定了主意。

"大有兄盛称房兄庙算无遗，不知房兄于攻取长安，有何高见？"送走温大有，李世民这么问房玄龄。

"《孙子》曰：'不战而屈人之兵，善之善者也。'倘若能劝降，兵不血刃而下长安，那自然是上策。不过，刑部尚书、京师留守卫文昇与右翊卫将军、禁军都督阴世师两人都是皇上的亲信，恐怕会婴城自守，不会投诚。一场血战，在所难免。房某在京城充任羽骑卫时，卫文昇是羽林将军，阴世师是羽林郎将，房某同这两人都打过交道，卫文昇刚愎自用，阴世师有勇无谋，都不足惧。以我之见，克京师之难，不难在克，而难在既克之后。"

房玄龄说到这儿，把话停住，端起席前的茶盏，连喝两大口。也许当真说得口渴了，也许只为制造一个暂停的机会，令李世民得以稍事思考。

"不难在克，而难在既克之后。嘿嘿！这话有意思。"李世民果然利用这机会仔细品味了一下房玄龄最后的那句话。

"那就恕房某直言了。"觉察到李世民有怂恿他继续说下去之意，房玄龄于是放下茶盏，重新开口。"唐公起兵晋阳，号称'义举'。不知这'义'字，究竟怎么讲？说是行伊霍之事吧，怎么不列举独夫之罪？说是清君侧吧，怎么不南下天子所在的江都？子曰：'名不正则言不顺，言不顺则事不成。'如果既克京师之后，仍旧说不出这'义举'究竟是什么名堂，房某担心大事难成。"

"那房兄的意思是？"

"既克京师，有两件事情刻不容缓。第一，立即立代王为天子，遥尊皇上为太上皇。以新天子之命，授唐公以丞相之职。如此这般，才能效仿当年曹孟德挟天子以令诸侯的故智。其次，当严禁烧杀抢掠。否则，民心一失，驷马难追，大事去矣。当年汉高祖之所以能成功，论史者大都归因于先入咸阳。其实，关键并不在先入后入，而在既入之后，立即约法三章，笼络民心。名既正，民又安。如此，则何愁大事不济？"

立代王之计，刘文静早就提起过，堪称英雄所见略同。至于笼络民心之说，则为房玄龄独到之见。方才我笑称他为卧龙，没想到他居然当之无愧。这么一思量，李世民不禁对房玄龄刮目相看，大喊一声"来人!"不是唤人送客，是唤人吩咐伙房速备佳肴陈酿，要与房玄龄共进工作晚餐。

"既据关中之后，房兄以为咱下一步该怎么走?"酒过三巡之后，菜肴打理得差不多之时，李世民问。

"一般而言，不必有什么既定方针，当以应时而动为上策。就像下棋，走得死板，不如走得轻灵。不过，窃以为东都洛阳是咱心腹之患，若不趁早拿下，则还夜长梦多。"

"然则计将焉出?"

"李密围攻东都，虽然久攻不下，城中吏民将士必定苦不堪言，咱如果以救援东都为名，出兵东向，破走李密，则东都必然开门相迎，可以不攻而获。不过……"

房玄龄说到这儿，将话打住，端起酒杯，小酌一口，道："嗯! 好酒。方才喝得太快。慢慢喝才品尝出滋味来。"

李世民虽然不能说是"老奸"，"巨猾"二字却当之无愧。房玄龄如此这般举动，怎能瞒得过他! 李世民心中暗笑：什么意思? 借酒壮胆? 还是想赢得些许考虑的时间? 这么一想，李世民就故意装作懵懂，也举起酒杯，小酌一口，然后咋咋舌头道："嗯! 不错，房兄果然是内行。"

看见李世民装蒜，房玄龄想：外间传说李世民是个人物，果然名不虚传。既然如此，咱就再往深处说一层。于是，房玄龄先咳嗽一声，既提醒对方注意，也镇定一下自己，然后启齿道："办事也同喝酒一样，得讲究方式方法。克京师长安的首功，公子可能是拿不着了。倘若取东都洛阳的首功又叫别人拿走，公子岂不是落得个英雄无用武之地的结局么? 所以，这取东都洛阳之计，如果是行之于公子之手，那就是上上之策。如果是换成别人主其事，也许就成了下下之策。"

弦外之音是什么? 李世民明白得很，哈哈一笑，道："好! 房兄说得好! 我记取了!"

既然以为房玄龄说得好，当然不会是这么一句夸奖就算了。李世民当下便署房玄龄为渭北道行军记室参军。所谓"记室参军"，就是掌管机要的幕僚长。房玄龄感激涕零，从此死心塌地跟定李世民，事无巨细，皆竭尽全力效劳。

一个月后，长安既克，李世民提出房玄龄的救援东都之计。李渊深以为然，不过，李渊不同意李世民独自出征的安排，却以李建成为左元帅，以李世民为右元帅，共同都督诸军十万东出潼关。

"以世子为正，以我为副。胜，不是我的功劳；败，我难逃责任。形势如此，想必就是房兄所谓的下下之策了？"临行时，李世民这么问房玄龄。

房玄龄笑道："公子既已知之，何须再问？"

两个月后，李建成与李世民兵临东都城下。李密见建成与世民的军锋甚锐，不敢造次，小战即退。城中吏民将士颇有愿为内应者，正如房玄龄所料。李建成秣马厉兵，准备入城。李世民却道："且慢！关中新定，根本未固，即使能得东都，如何能守？不如趁李密退却之机，全师而还。"

"这就奇了，救援东都之计，难道不是你提出来的？"李建成听见李世民如此说，大吃一惊，"你当初口若悬河，说拿下东都如何如何重要，怎么兵临城下就变成'即使能得东都，如何能守'了？"

"嗨！大哥怎么如此不识时务？"李世民嗤之以鼻，"咱出师之时，东都是在为太上皇守城。如今外面流言纷纷，说太上皇已经死于宇文化及之手。形势突变，东都留守王世充态度究竟如何？无从知悉。咱于此时仓皇入城，难道不是凶多吉少么？"

见李建成犹豫不决，李世民又道："撤退的计划，我已经安排妥当。大哥先行，我断后，保证全军而退，万无一失。待关中稳定、外面的局势清楚了，咱再来取东都不晚。大哥不是常说'机会是等来的'么？这回还真让你说对了。嘿嘿！咱得等，不能勉强。"

你什么时候听过我的话？还真是太阳打西边出来了。李建成心里这么想，不过，他并没有这么反驳。洛阳城中的内应是否可靠，他李建成并无十足的把握。救援东都之计，本是李世民提出来的，如今还是李世民提出撤，倘若李渊追问起来，他李建成可以不负责任。况且，李世民既然不想攻取洛阳，他李建成孤掌难鸣，搞不好，搞个功败垂成，一失足成千古恨。这么一琢磨，李建成就说："你不想进城，我也不勉强，回去你自己向老爹交待好了。"

史称房玄龄之功，在运筹帷幄。究竟何所指？语焉不详。其实，致令这次东征无功而还，正是房玄龄立下的最大功劳。当然，这功劳只能上李世民的功劳簿，没法儿上唐史的功劳簿，所以史册就只能是语焉不详了。史又称：每平贼寇，其他人竞取财货，唯房玄龄留意人才。这么说，经由房玄龄推荐的人才，应当不在少数。检索史册，却只见杜如晦、杜淹二人而已。

7

杜如晦是杜淹的侄子，杜淹是杜如晦的叔父。不过，房玄龄的推荐杜如晦与杜淹，却与两人的叔侄关系了无瓜葛。不仅了无瓜葛，而且推荐的目的也截然不同。怎么个不同法？那还得先从两人如何投在李渊旗下说起。

房玄龄的投奔李世民，大有走投无路的意思。所以，一旦见信于李世民，房玄龄感激涕零，虽然年纪足够做李世民他爹，却始终视李世民如自己的再生父母，不敢有半点违拗。

杜如晦的情形就大不相同了，他的进入李氏王朝，套用一句时下的话来说，是统战的结果。李渊拿下长安之后，立即着手办了三件事。第一件，是立留守长安的代王为傀儡天子。这主意是刘文静最早提出来的，后来房玄龄又说过一次。其实，李渊心中早就是这么打算的，只是没好意思自己说出口。刘文静没看透这一点，老是以此居功，也是日后不免脖子上吃一刀的原因之一。第二件，是与关中居民约法十二章，收买老百姓之心。这主意是房玄龄最先提出来的，不过，他没机会直接同李渊说，李渊一直以为这是李世民自己琢磨出来的，这令他对老二刮目相看，这当然也可以算是房玄龄的功劳，不过，也是只能记在李世民的功劳簿上的功劳。第三件，就是搞统战。这主意出自名门望族出身的裴寂，顺理成章之至。孟子曰：为政不难，不得罪于巨室。裴寂引用孟子这话提醒李渊：光是有百姓的拥护还不够，别看巨室人数不多，论影响力，却远远超过寻常百姓人家。

"嗯，言之有理。"李渊说，"不过，巨室们的脾气，你是知道的。都不怎么愿意同寻常人家打交道。所以嘛，这延聘巨室的事情，还得看你这名门望族出身的了。"

裴寂当仁不让，立即行动。长安地区都有哪些巨室？裴寂屈指一数，京兆杜氏首屈一指。杜杲，周隋两朝元老，官至工部尚书。杜杲之子杜徽，河内太守。杜徽长子杜咤，昌州长史，官位不显，只因早亡；次子杜淹，官居御史中丞，炀帝跟前的红人，如今留守东都洛阳。长安城中可有人留下？裴寂问手下一名包打听的亲信，就是当初替他打听高斌廉底细的那一个。亲信答曰：杜淹之侄杜如晦，正在长安家中赋闲。听了这汇报，裴寂喜上眉梢，立即吩咐手下备车，前往杜府登门拜访。

"那这杜如晦的事儿，就交给秦公了。"裴寂说。

裴寂说这话的时候，身在秦公府的议事厅，口中的"秦公"，自然就是秦公府的主人。谁是秦公？就是几个月前刚刚被李渊擅自封为敦煌公的李世民。如今当老子已经挟天子以令诸侯，敦煌公这名字就显得小气了，于是改封为秦公。裴寂为什么不把杜如晦推荐给李渊？因为他觉得他同李渊的关系已经足够牢靠，需要进一步讨好的，不是李渊本人，而是李氏的下一代。再说，在李渊面前多几个出身望族的谋士，于他裴寂能有什么好处？好像是弊多于利嘛！为什么不把杜如晦交付给世子李建成呢？那理由就更加明显了。自从在晋阳玄武观与李世民秘密相见的那一夜起，裴寂就一直把自己视为李世民的人，是李世民的人，就不能是李建成的人。这一点，裴寂看得很透。虽然李建成如今是太子，但他裴寂相信将来接班的必定是李世民无疑。凭什么这般信心十足？凭他自己的本事。有他裴寂为内应，难道李世民还赢不了么？

"裴爷以为这杜如晦人才如何？"李世民顺口这么一问，显然只把这事儿当统战，并不十分认真。

"据说高孝基以丞相之才相许，应当是一流无疑。"

哈哈！又来一个高孝基以丞相之才相许的？哪可能这么巧？李世民暗笑。不过，他没有摇头，嘴上说："哦，好，很好。"心中其实不信。

古人云：智者千虑必有一失，更何况李世民这么暗笑之时并未深虑。结果是：他错了，这杜如晦还当真是高孝基以王佐之才相许的人。就在房玄龄除名为民、发配上郡的那一年，杜如晦进了吏部的门槛儿。不是像房玄龄那样靠举进士进去的，靠的是门第。那会儿科举刚开张，有门第可以依仗的人，大都对科举掉头不顾、嗤之以鼻，谁会去奔那条费力而不讨好的路？

未见杜如晦的面之前，高孝基已经看过杜如晦的履历。嘿！这不就是杜淹的侄子么！高孝基认识杜淹，而且推荐过，那是好几年前，当时高孝基还在雍州司马的职位上，官位虽不高，善于知人的名声则早已鹊起。但凡受其推荐者，皆获朝廷任用。杜淹当时正走霉运，呆在家中穷极无聊。霉运从何而来？十足的咎由自取。事缘隋文帝重用一个名叫苏威的人，这人出身权贵而偏好隐居山林。杜淹从而揣摸道：皇上喜欢隐士，咱也去玩一把沽名钓誉？光这么揣摸不要紧，当时杜淹毕竟少不更事，还把这揣摸在他那群狐朋狗友中散布。杜淹的狐朋狗友是些什么人？都是当朝权贵的公子公孙。其中一个叫韦福嗣，礼部尚书韦世康之子，与杜淹格外投机。两人于是共同前往太白山"隐居"，以为不日就会如苏威一样受到皇上的礼遇。谁知杜淹这一高招早已经由狐朋狗友之口，间接传到隋文帝的耳朵。当皇上的岂能容忍乳臭未干的小子耍这种花招，当即龙颜大怒，批下一道圣旨，把杜淹发配江表。待到隋文帝归天，没人管这事儿了，杜淹这才悄悄儿逃归长安。后来凭借高孝基的推荐，在朝廷上混了个承奉郎。

"目前虽然官运不亨，日后必定显赫。"当年高孝基对杜淹前途的预测。

"显赫？显赫是什么意思？位极人臣？"当年杜淹这么追问。

听了这么一问，高孝基又对杜淹仔细打量一番，然后道点头道："嗯，差不多。"

"差不多？那就是说还差一点？"杜淹穷追不舍。

高孝基一笑，不再回答。

"哈！真是奇了。一门而出两权贵，况且还会同时！"见过杜如晦，高孝基拍案称奇。

什么意思？杜如晦听了这话不由得一怔。他同叔父杜淹向来不睦，从没听说过杜淹见赏于高孝基这段故事。不过，叔侄不睦，是家丑，家丑不可外扬，杜如晦自然不会泄露。对于高孝基的拍案称奇，他只是报以微笑。微笑其实只是表示迎合，却往往被人误解为认可、赞同、知悉，连高人如高孝基也不例外。高孝基忽略了杜如晦的惊讶之色，不曾追究，却道："孟子曰：'天将降大任于斯人也，必先苦其心志，劳其筋骨。'你先屈就一个卑职，体验体验下层的辛苦。然后自然亨通。"

什么是高孝基心中的卑职？"滏阳县尉正好空缺，你要是愿意，这职务就你的。"

初出茅庐就捞个县尉，自然是比房玄龄先当三年羽骑卫才获晋升县尉强多了。况且这县尉得来不费吹灰之力，不像房玄龄，拜托人情、打通关节、劳民伤财，然后才得到。

得来容易，放弃也容易。哼！真须什么"苦其心志，劳其筋骨"而后才能有成么？他孟轲自己怎么奔走一辈子还是一事无成？杜如晦不怎么信孟轲，也不怎么信高孝基，在滏阳县尉这卑职上熬了不足两年就辞官而去，打道回长安。回到长安之后，云雨之日，关起门来在家读书写字；晴和之时，少不得去游乐原上跑马射箭，比在滏阳县尉任上的日子不知道要潇洒多少倍！

辞官归隐，往往成为美谈，最为后人津津乐道的归隐者，当数陶渊明。陶在归隐之时写过一篇《归去来辞》，开张第一句就说："归去来兮！田园将芜胡不归？"一语道破天机。原来之所以能够想归就归，是因为有田园在家等着，绝对不会饿饭。杜如晦的说走就走，自然也是属于这一类。倘若如房玄龄的寒酸，连讨个老婆都要靠骗，能这么潇洒么？

"用这位杜公子为兵曹参军如何？"听过裴寂对杜如晦的介绍，李世民问。

兵曹参军是个可上可下、可轻可重的职位，完全取决与主子的关系。裴寂不好说不，事情就这么定了。

杜如晦就任秦公府兵曹参军的第一天，自以为到得正是时候。什么叫做正是时候？早到，显得巴结；准时，显得老实；过晚，显得傲岸。巴结令主子窃笑；老实令主子小觑；傲岸令主子不平。稍晚而不过晚，那才是正好。当然，这是杜如晦的定义。一般来说，这定义不错。可凡事都有例外。杜如晦踏进秦公府的第一天，就出了点儿意外。

出了什么意外？不是杜如晦算错了时间，是人算不如天算。李世民那天有要务在身，不便久等。杜如晦登上秦公府议事厅台阶的时候，正碰上李世民跨出议事厅的门槛儿。不是迫不及待地出来相迎，而是急着要出门。看见杜如晦来了，李世民勉强停住脚步，匆匆点个头，寒暄一两句，然后就吩咐跟在身后的房玄龄道："杜公子就交待给你了。"

"何事如此着急？难道是要去杀人？"杜如晦好像是问，又好像是自言自语。

李世民只顾疾步下他的台阶，头都没有回。也许是心不在焉，所以虽然近在咫尺却不曾听见杜如晦的话？也许是虽然听见了，却不便回答或不想回答，所以故意装作没听见？总之，他走了，不曾回话。

目送李世民出了院门，房玄龄道："秦公的确是去监斩，不知杜兄怎么就能猜得这么准？"

"不是猜，是揣测。"

房玄龄一向以遣词精确自喜，没想到碰到一个更加咬文嚼字的主儿，一股不平之气油然而生。似笑非笑地吐出这么一句："原来如此。佩服！佩服！不知杜兄是否还能揣测出今日要杀的是谁？"

听出房玄龄的不以为然，杜如晦刻意哈哈一声大笑，笑过了，不紧不慢地说："有何难哉！此人籍贯雍州，姓李名靖。是耶？非耶？"

听了这话，房玄龄大吃一惊。难道杜如晦从哪儿得了秘密消息？不可能吧？房玄龄为什么以为不可能？因为李世民方才亲口告诉他：杀李靖，完全出于李渊的私怨，不便公开，所以才叫他李世民亲自去秘密处死，以免走漏消息，招惹非议。

"杜兄真是高人！房某自愧弗如远甚。"

房玄龄说这句话的语气与说上一句时截然不同，这回是由衷的佩服，不是口是心非。他不能不服，当今的卧龙，料事如神的卧龙，就在这议事厅上，可惜，不是他自己，是他对面的那一位。杜如晦感觉到这一变化，他深悉"来而不往非礼也"之道，于是，也改换成真诚的语调，不等房玄龄发问，主动说出自己揣测的缘由。

"前日杀阴世师，昨日杀滑仪。两人的公开罪状，皆是不肯投诚。可外间有流言，说其实是假公济私，因两人皆与丞相有隙。今日杀人，外边并无半点风声，可见防范得滴水不漏，想必是连假公济私的戏都做不出来，只好秘密处死了。谁令丞相恨得这么深，却又偏偏找不出个可杀的借口？据杜某所知，除李靖之外，别无他人。"

房玄龄正要接话，隐隐听见急促的脚步声，举头望去，门外闯进一个人来。待到看清楚时，才发现原来不是别人，正是秦公府的主人。这么快就斩决了？不可能。忘记了什么文书？也不可能。该带的文书，都是他房玄龄亲自检查过后，亲手交到李世民手中的。为什么半道折回？房玄龄正琢磨之时，李世民开口了。

"杜兄怎么知道我要去杀人？"

嗨，原来是为这事！房玄龄放心了。

"秦公放心，没人走漏消息。"他说。

这话好像是答非所问，其实却是恰到好处。李世民之所以半道折回，正是因为担心有人走漏风声。他瞟了房玄龄一眼，嘴角显露出欣赏的微笑。微笑过后，他扭头看杜如晦。这家伙凭什么知道我要去杀人？瞎猜的？有这么巧么？李世民的这些心思，全都落入房玄龄的眼中。他知道李世民不喜欢被蒙在鼓里的感觉，于是赶紧咳嗽一声，郑重其事地补充道："没人走漏风声，只缘杜兄料事如神。"

接着，房玄龄又把方才杜如晦说过的话，重新组合了一下，以更加精炼的句法，向李世民作了汇报。

"原来如此！"李世民缓了口气，挥手示意，叫房玄龄与杜如晦在他对面坐下，口喊一声："上茶！"

茶端上来，李世民端起茶杯，冲茶杯吹了口气，又把茶杯放下，问杜如晦："以杜兄高见，这李靖究竟该杀还是不该杀？"

李靖该不该杀？这疑问，李世民昨晚想了半夜，刚才杜如晦来之前，又与房玄龄讨论了一番，之所以半道折回，其实也正因有这疑问在心，挥之不去。

李靖该不该杀？这么简单的问题还用得着问么？杜如晦心中窃笑。难道是想试探试探我，看看我是不是个服帖好使的奴才？这么一想，他就想起了陶渊明的那篇《归去来辞》，想到杜家的田园，想到居家赋闲的潇洒。于是，整整衣襟，正色道："如今正是用人之际，能不杀，则不必杀。况且，据我所知，李靖并无可杀之罪。杀不以罪，徒失人心，得不偿失。何可杀之有？"

说罢，他端起茶杯，品尝一口，放下茶杯，摇头一叹，道："嗯，茶叶虽好，水质不佳，可惜了。"

他以为他会看到李世民的难看的脸色，却不料先听到房玄龄的颇有些激动的声音。

"秦公也以为如此。"房玄龄道，"不好办的是，丞相以为非杀不可。"

原来如此！杜如晦听了这话，哈哈一笑，道："有何难哉！"

"此话怎讲？"问这话的是李世民。

"丞相之恶李靖，如果是秘密，那就不好办了。如今丞相之恶李靖，朝廷上下皆知，这不就好办了么！"

怎么就好办了？李世民心中纳闷，又不好意思问，于是，也端起茶杯，浅尝一口，抬起头来，冲房玄龄道："我于茶道是个外行，我还真品不出个什么名堂来！"

房玄龄明白李世民的意思是在求援，赶紧接过话茬，对杜如晦道："杜兄的意思，难道是说把李靖当作当今的雍齿？"

李世民的思维虽然不及房玄龄敏捷，毕竟不傻，得了房玄龄的提示，立刻明白了杜如晦的意思。立即放下茶杯，击掌道："高！高！杜兄果然是高人！我这就去见丞相，把这意思说给丞相听。"

雍齿是什么人？汉朝初立时，刘邦由一个小混混儿当上了皇帝，跟他一起爬上来的那一伙，也大都是些目不识丁的乡巴佬，眼见刘邦登上了皇帝宝座，哥儿们自己的爵位却还虚无缥缈，一个个急得如热锅上的蚂蚁，整天撮合成堆，吵吵闹闹。刘邦手下有个旧贵族出身的张良，看出苗头不妙，对刘邦说：皇上得赶紧给这帮家伙吃颗定心丸。否则，论功行赏的酝酿程序还没走完，这帮家伙就要造反了。定心丸？刘邦嗤之以鼻，我要是有定心丸，还不早就分配下去了！张良说：怎么没有？雍齿不就是么？刘邦听了一愣：雍齿？雍齿这混账！老子早就想宰了他。他是什么定心丸！张良说：谁都知道皇上恨透了雍齿，对吧？皇上就立即先封雍齿为侯，这帮家伙看见连皇上恨透了的雍齿都封侯了，还会没自己封官论赏的吗？刘邦听了大喜，道：哈哈！原来如此！妙！妙！真有你的！就这么定了！

一连六个惊叹号！汉朝就这么定了，一定就定了差不多二百三十年，就因为有这么个雍齿。

咱是不是也该学学样？咱一路从晋阳打过来，势如破竹，人马翻三番。为什么？还不是因为一路上的草贼流寇都上了咱这条船，上咱这条船来干什么？还不是图个富贵？虽说这帮人不像刘邦那一伙那么土，不土不是更危险么？

李世民从秦公府马不停蹄跑到丞相府，对李渊说了上面这么一席话。

"嗯，不错。"李渊听罢，闭上眼睛想了一想，"不过，咱上哪去找这么个雍齿？"

"嗨！哪用得着找？这不现成放着个李靖么？"

"什么？李靖还没死？原来你这混账是来替李靖那混账说情的！"李渊本想多闭会儿眼睛，昨晚实在是太累了，虽然累，还是气急败坏地睁开了眼睛，不仅睁开了眼睛，还在书案上拍了一掌。

可李世民并没有被吓着，嬉皮笑脸地说："那张良也是为雍齿说情？"

李渊并非昏庸之辈，拍案大骂其实多少有些虚张声势。与其说是痛恨李靖，或者痛恨李世民，还不如说是痛恨自己怎么就没想到这一招。他忽然觉得李世民最近有些高深莫测，能是他自己的主意，还是那个被温大有吹捧为当今卧龙的房什么的主意？温大有在李渊面前提过几次房玄龄，可不知道为什么，李渊就是记不住房玄龄的名字。

"你那个房参军怎么说？"李渊旁敲侧击地问了这么一句。

"他没表示反对。"

"他没表示反对？这么说，这是你自己的主意？"

"杜如晦的主意。"

"原来如此！上任伊始就急于献策？

听见李渊说出这么一句无关紧要的话来，李世民猜着李靖的命是保住了，于是得寸进尺，问道："您看该赏李靖一个什么官职？"

"我是不想见这混帐，你看着办吧！"李渊说罢，接连打两个哈欠，挥挥手，叫李世民走人。

李靖究竟干了些什么，以至令李渊对他痛恨如此？那还得从六个月前突厥南侵马邑说起。那时候的李靖，官居马邑郡丞。郡丞是郡守之副，是个文职，与军事本不相干。其实，就是负责军事的都尉，也只能管管地方的治安。防御突厥南侵，乃是太原留守李渊的主要职责。可李靖这人有些不安份，偏偏要把这军国大事视为己任。出于好大喜功的天性？阅过李靖的家谱一想，还真可能如此。不过，这天性不是出自李靖的父系，而是出自李靖的母系。李靖的母亲姓韩，大名鼎鼎名将韩擒虎的妹妹。韩擒虎在隋朝以庐州总管之尊，亲将轻骑五百，兵不血刃，直取金陵，生擒陈后主陈叔宝，完成隋朝的统一大业。

李靖就是这位大名鼎鼎的韩擒虎的外甥。俗话说：外甥多像舅。果不其然。韩擒虎就感叹过：只有同李靖可以谈论兵法，同别人谈论，说过去大都如对牛弹琴，听过来多半是隔靴搔痒。欣赏李靖的不止韩擒虎，与韩擒虎齐名的名将杨素，一向目中无人，对李靖却刮目相看。据史册记载，杨素曾抚其床，对李靖说：这位子早晚是你的。那床，指胡床，也就是后代所谓的交椅，是客厅的坐具。杨素抚其床位，其实也不过是一种象征性的举动。当时杨素官居尚书左仆射，所谓"这位子早晚是你的"，不是指那床位，而是指那官位。

李靖当时风流年少，对将来官位的奢望，远不及对眼前女人的想往。听了杨素这话，他嘴上漫不经心地谦虚了几句，眼睛却不时瞟向立在杨素身后的侍女。每回李靖来拜访杨素，立在杨素身后的都是这个侍女，想必很得宠。杨素一向以好色著称，怎么不纳入后房，却仍在干这侍女的勾当？这令李靖百思不得其解。其实，百思不得其解的，何止李靖，无论是谁，都觉得可疑，甚至包括那侍女自己。不过，那侍女并没因此而觉得庆幸，恰恰相反，感觉的是失落。嫁给老头子做侍妾，难道很值得令人羡慕么？那得看除此之外，还有什么别的选择。在权贵之家充当侍女的，另外的出路就是嫁给府上的当差，生下子女来，世代给人做仆为婢。那能叫是更好的出路？

杨素也许根本没有注意到李靖对那侍女的兴趣，或者，虽然注意到了，根本没放在心上。不过，那侍女却显然意识到李靖对她的兴趣。对于李靖的偷窥，不时报以会心的微笑。这令李靖越发心猿意马，惶惶然不可终日。那侍女是究竟谁？李靖不惜重金，终于买通杨府的总管，打听到那侍女姓张氏、小名婉儿。因她手上总是不离一把猩红尘拂，杨府里人，包括杨素本人在内，都称她为红拂。身世呢？那就不得而知了。这很正常，卖在权贵府上当侍女的，如果家世清白，那才叫不正常。能安排一次见面么？李靖问。公子的话，在下岂敢不传。总管说，至于成不成嘛，那就要看红拂的意思了。三天后，李靖得到红拂同意见面的喜讯。什么时候？什么地点？半夜时刻在杨素的后花园？或者在李靖的卧房？那就是落入戏剧小说的俗套了。李靖是什么人？红拂也不是等闲之辈，怎么会干那样的俗事？

两人不干那偷鸡摸狗的勾当，光天化日之下在无闷酒楼临街窗前对坐。

"这儿的酒不错，菜肴也还行。不过，比起老爷府上嘛，却还差一些。"

喝过三壶女儿红，菜肴打理到差不多一半的时候，红拂对无闷酒楼的酒菜下了这么一句评语。

"你要是跟我走，往后恐怕就只有这样的酒菜了。嘿嘿！"李靖信口挑逗了这么一句。他真想过叫红拂跟他走么？其实没有。约红拂出来，不过出于一时的冲动，而不是出于理性的思维。

"是吗？老爷不是说他那位子早晚是你的么？"

红拂的回答令李靖吃了一惊。她认真了？他忽然感到一点儿心虚。

"嗨，他那话，你也信？"

"怎么不信？不信，我今日能来吗？"

李靖不禁重新打量着她，他还真有些拿不准这个人了，红拂的眼神还是那么安详，微笑还是那么平和，举动还是那么风姿绰约，可还是站在杨素身后的那个侍女么？怎么有些寒气逼人？

"位子重要，还是人重要？"端详过后，李靖问。话说出口，立刻后悔了。不是一向自以为善于言谈的么？今日怎么竟然在这小丫头面前砸了，问出这种可笑的话来！

红拂果然忍不住笑了一笑，反问道："能分得开吗？人要有位子坐，位子要有人坐。不是吗？"

厉害！不过，也好，说不定更好。李靖这么琢磨。什么意思？本来不过为红拂的姿色所动，如今却看上了红拂的能力与气质。理智而镇定，简直就是大将的素质嘛！都快跟我差不多了。

"那你打算怎么办？"李靖问。

"给你十四天时间考虑。"红拂说罢，夹起一个蟹肉丸子放到嘴里。想吃蟹肉丸子，不假，不过，同时也是为了给李靖一点儿思考的时间。

为什么是十四天？因为红拂每月放假两次。如今是初一，下次再有外出的机会，就要等到十五。

"接着说。"红拂已经把一个丸子细嚼慢咽地吃完了，李靖却还没能理出个头绪来。于是，他就以退为进，催促红拂继续说下去。

"你要是想我跟你走，十五日正午准时在朱雀桥南头的玄武观后门里见，过期不候。"

"你老爷能让你走？"

"除非你去告密，他怎么会知道我要走？"

"然后呢？"

"我失踪了，老爷肯定会叫手下的人去找。京城虽大，大不过老爷的手掌。所以，你我是不能在京城久留的了。你想好了去哪儿吗？"

京城虽大，大不过杨素的手掌，这话李靖信。以杨素的权势，想在京城搜个人，虽然不说易如探囊取物，也不会比打死个苍蝇难多少。李靖手上端着酒杯，本想一饮而尽，一想到自己可能就是那蝇拍下的苍蝇，顿时失去了喝酒的兴致，匆匆放下酒杯，道："我在京城里也呆腻了，边塞也许用得着人。怎么样？去塞下混混？"

李靖这回答，令他自己吃了一惊。怎么好像是早已设想好了的？其实并没有么！他不禁又对他的对象端详了一回。这家伙有什么魔力，居然能牵着我的鼻子走？

其实，李靖这回答也令红拂吃了一惊。不过，不是惊讶的惊，是惊喜的惊。红拂来，当然是抱着希望来的。不过，她并不天真，她知道公子哥儿们对她这种身份的女人大都只有欲望而没有诚意。一旦裙带松开，一切就都已结束，不会再有将来，不会再有希望。她之所以一上来就把话说得格外直爽与清白，就是想看看李靖在仓促之间会不会流露出犹豫来。如果李靖流露出哪怕是些许的犹豫，那么，即使十五日正午准时踏进朱雀桥南头玄武观的后门，也绝对不会看见红拂的影子。如今李靖答应得这么痛快，红拂能不惊喜？

李靖当真在京城呆腻了？是信口开河，还是无意中吐露真言？恐怕李靖自己也说不清楚。李靖在京城的私人生活，绝对不能算无聊。事实上，应当说是令人羡煞。因为他不仅得以随意出入杨府，而且也时常为牛弘的座上客。杨素与牛弘，都是皇上宠信的权臣。牛弘官居吏部尚书，擢拔官员，更是其份内的事儿。李靖既然受知于这么两位大人物，以理推之，在官场上的运气，也应当是令人羡煞吧？事实却并非如此。三年前，李靖是驾部员外郎。三年后，李靖还是驾部员外郎。静如处子，纹丝不动。驾部属于兵部，主要功能在于负责车马的调动，大约相当于今日总后勤部下属的某个处。驾部员外郎，是驾部的第二把手。以李靖的才干，放在总参作战处还差不多，搁在总后已经是够屈才的了，更何况还是个副处级。

近水楼台而不先得月，是何道理？有一次李靖这么问高孝基。难道李靖也是高孝基的朋友？不错。高孝基也很赏识李靖。不过，高孝基认为李靖命中有一杀劫。杀劫不过，只能滞留下层。升迁早了，是祸不是福。事实上，牛弘、杨素之所以不提携李靖，正是因为听信高孝基这预测之故。牛弘、杨素不便说破，可又担心李靖因久困官场而意气消沉，所以由杨素出面说出那番"这位子早晚是你的"话来。牛弘、杨素不便说破，高孝基又何尝便于说破？况且，谁没有看走眼的时候？万一看错了，留下把柄在李靖之手，徒徒自坏名声。所以李靖问起，高孝基只好又拿出孟子那番"天将降大任于斯人也，必先苦其心志，劳其筋骨"的话来搪塞。李靖不信这类鬼话，可也无如命运何。

送走红拂，李靖漫无目的地在大街上溜达。满脑子装着红拂与边塞穿过街口，一不留神，与一骑人马相撞。李靖抬头看时，见是一个喝道的。瞎了眼！找死呀！喝道的大吼。喝道的虽然自己身份卑微，无奈侍候的主子都有十足的威风，所以一向凶神恶煞。李靖仓惶闪到一边，站稳脚步，回骂一句：混账！他骂出这两个字的时候，那喝道的早已跑到前面去了，主子策马从后面奔来，被他骂个正着。不明缘由，怒从心起，举起马鞭，直冲李靖头上打来。幸亏李靖手快，用胳臂挡住了，否则，脸上少不得要破相。一拨随从簇拥着主子泼烟溜水般走了，哪有李靖还手的机会？他尾追了几步，只看清一个随从手上打着一面锦旗，锦旗上绣着一个"李"字。

"这家伙是什么人？"李靖掏出一枚铜钱，扔给路边的小贩。

"前面不远就是唐国公府。"小贩说，"想是唐国公狩猎归来。"

原来是李渊这混账！李靖恨恨地往地上吐了口唾沫。吐一口唾沫？就这么算了？还能怎么样？人家可是皇亲国戚！无可奈何的事情，最好的解决就是尽快忘掉。这道理，李靖懂。所以，他的思维很快就又回到红拂与边塞。直到二十年之后，当李靖于无意之中得来一个报复的机会之时，他才恍然大悟：原来自己并没有忘记这一鞭之仇。

十四天一晃而过，十五日到了。红拂不免略微有些紧张。这不足为奇，下半辈子的命运就在此一举，能不略微有些紧张么？离正午还有一个时辰，红拂就已经收拾停当，准备出门了，虽然从杨素府邸步行到朱雀桥南头的玄武观，最多只需一刻钟。说收拾停当，也许过于夸张。其实，红拂的打扮与平常并没什么两样，如果说有什么不同，只不过是心理上的。比如说，临出房门，又走回梳妆台再照一次铜镜，把本来没什么不妥的金钗拔出来再重新插回去。就在她再度起身，准备离开梳妆台时，侍候她的侍女小玉匆匆跑进来，说老爷叫她。身为侍女的红拂还有侍候自己的侍女？可不。杨素是什么人物？不是家有良田千顷的财主，或者腰缠万贯的行商。在杨素这类达官显贵府上，即使是侍女，也等级森严。红拂是直接侍候老爷的侍女，属于最高级，最高级的侍女用不着打理自己的衣食住行，基本上过的是饭来张口、茶来伸手的生活。

老爷叫我？红拂的紧张程度顿时升级。可别是叫我陪他出门拜客，那可怎么好？可她能怎么办？虽说生活不用自理，毕竟是奴才，主子的吩咐是不能违拗的。

"把门关上。"红拂走进杨素的书房，听见杨素这么吩咐她。她吃了一惊。可别在这会儿要干那勾当！虽然她原本对"那勾当"怀着殷切的期望，如今却不同往日了，如今她心里对将来已经有了不同的设想。可她能怎么办？她只有遵命关门。当她把门关上时，她关得极其卖力，唯恐没有关紧，半道里咿呀一声又打开。她觉得关上那门，就是关上她的命运，她不想再对改变命运存丝毫的幻想。

"你要走？"看见红拂把门关好了，杨素不动声色地问。

这话又令红拂大吃一惊，怎么不是"过来！"或者"把衣服脱下！"她咳嗽一声，尽量镇定自己，然后点点头。她还能说什么呢？老爷比她想象的还要厉害，不是等她失踪了再叫手下的人去找，而是早就叫手下的人在监视她了。

"你应当打声招呼。"杨素说，态度依然平静得很。

这话再次令红拂大吃一惊，因为她预料的是声色俱厉的呵斥，甚至是一左一右两个耳光。虽然杨素从来没骂过她，更别说是打了，但她见过杨素打骂别的侍女。

"奴才不敢。"红拂如实交代。

"我待你不薄。"

"奴才知道。正因为如此，所以更加不敢。"

这绝对也是实话，说实话在很多情形下都比说谎话更糟，但在无法隐瞒的情形下，就比说谎话高明不知道多少倍。杨素听了这实话，发一声叹息。

是赏识，是遗憾，还是什么别的意思？红拂没工夫琢磨，因为杨素立刻问了一句令红拂觉得奇怪的话："你知道你是几岁到这儿来的？"

"十二。"红拂说，毫不犹豫。八年前，玄武观的老道领她来杨府时，在大门口对她说："记住了，今日是你十二岁的生日。"

那是她第一次听说她的生日，所以，她记得格外清晰。

"不对。"杨素摇头。

不对？难道老道说谎？红拂没有争辩，也没有问，她相信杨素的话必定会有下文。果不期然。杨素没等红拂开口，接着说出下面这故事：

"你十二岁来，那是第二次。你第一次来，在二十年前。那日三更，七夫人临产，叫人去唤医师。管家打开府门，听见婴儿的啼哭，顺着声音望去，看见门洞里有个包袱，包袱里有个刚刚出生的女婴，那就是你。包袱里还有一样东西，就是你手上的尘拂。

"'婉儿'本是准备给七夫人怀着的那女孩儿的名字，没想到那女孩儿难产死了。我就把那名字给了你。七夫人把你收养，视同己出。不料，你两岁那年，七夫人自己又死了。你哭得死去活来，谁也不要。我正犯愁之时，玄武观的老道来访。在院子里撞见你，你顿时止哭。老道对你打量一番，说你与玄机功有先天缘分，要收你为徒弟，作为玄机武功的传人。说好一去十年，在你十二岁时，送你回来，做我的保镖。听了老道的话，我当下吃了一惊：原来尘拂上的那句话，竟是这么个意思？于是当即就答应了老道的请求。"

听到这儿，红拂不禁把手上的尘拂打开。据她所知，这尘拂乃是老道传给她的暗器，尘拂里面只藏着淬过毒的银针，哪有什么字迹？

"尘拂的手柄是原来的，锦缎嘛，已经换过了，原来是这一块。"杨素一边说，一边从袖子里抖出一块陈旧的织锦来，示意叫红拂去接。

红拂走过去，接在手上一看，但见上面写着这么四行字：生于弓长，养于白杨，教于玄机，归于草李。

"这几个字看上去像是玄武门外卖卦的萧萧子的手迹，我叫手下去打听，果然如此。据萧萧子说，前几天有位孕妇来，请问即将出世的孩儿的命运。他根据卦意，在织锦上写下这么四句话。这四句话该怎么讲？手下问。萧萧子摇头一笑，道：天机不可泄露。这在意料之中，卖卦的都是这般故弄玄虚，都挑明了，他们还怎么混饭吃？

"据我猜测，'弓长'为'张'，所谓'生于弓长'，意思是说你为张氏所出。'白'，就是'素'的意思。所谓'白杨'，就是'素杨'。'素杨'

反读，就是'杨素'。所以，这'养于白杨'嘛，就是由我杨素收养的意思。'教于玄机'这一句，我反复思量，却始终不得其解，结果让老道一语道破。百草皆为药，所以，'归于草李'，我原本以为应在李百药身上，谁想到那家伙竟然干出这般下流的勾当！"

李百药是隋文帝宠信的宰臣李德林之子，原本也是杨素府上常客。某日夜晚，在杨素后房与杨素的侍妾私通，被杨素捉奸在床。杨素当初大怒，要拿李百药问罪。旋即一想，家丑不可外扬，于是打发侍妾与李百药一起走人。条件是：杨素一日在，两人一日不得重返京城。

"没想到这'归于草李'，原来竟是应在这药师身上！"

药师？药师是谁？红拂不解。看见红拂一脸狐疑，杨素一笑道："都要跟他私奔了，还不如我知道他的底细多。昨日我叫人去打听了一下，这李靖本名药师，十年前方才改名为靖。"

听了杨素这席话，红拂如堕五里雾中。下一步该怎么走？她忽然没了主意。感激、凄凉、悲痛、彷徨，突然从四面八方一齐袭来，她终于承受不住，双膝不由自主跪下，两滴眼泪夺眶而出。

"时候差不多了，还不快走？这李靖可是个可遇而不可求的主儿，千万别错过了。"

杨素扶起红拂，指着桌上的猩红漆盒说道："这是七夫人留下的首饰，就算是我杨素赠送你两人成婚的贺礼，足够你两人在塞上生活一、二十年。"

红拂听了，又吃一惊。怎么？连李靖与她逃奔边塞的想法，他杨素也了如指掌？既然杨素同意她跟李靖走，为什么还叫她两人逃？因为高孝基说过：李靖的杀劫在京城，所以杨素认为还是让李靖远走高飞的好。这原因，杨素没说破，因为不便说破。红拂没问，因为不敢问。就这么带着疑问与感激，匆匆离开了杨府。

根据传奇小说《虬髯客传》，李靖与红拂在逃奔边塞的路上与虬髯客相遇，并在一位高人的指引之下与虬髯客一起会见过李世民。得知李世民是真命天子，虬髯客放弃了逐鹿中原的意图，改而移民海外。考之以史实，则绝对不可能。据史册记载，杨素死于606年。李靖与红拂的逃离京师，因而绝不可能晚于是年，那一年李世民刚刚8岁，如何就能外出交游宾客？更何况606年之时，李靖已经36，早已不是少不更事、风流倜傥的年龄。比较合理的推测是，李靖与红拂的私奔，发生在李靖25岁以前，那时候李世民还没出生，自然是绝对不可能与虬髯客、李靖相见了。可见这《虬髯客传》，表面上以虬髯客为主角，以李靖、红拂为配角，其实乃是在吹捧李世民。

一路上李靖与红拂没碰见李世民，也没碰见什么虬髯客，倒是碰到几个行劫的小盗拔刀相向，要李靖与红拂留下买路钱。红拂趁机露了一手，尘拂轻轻一甩，就把那几个小盗送上了西天。李靖见了，大吃一惊。

　　"你怎么有这一手?"他问。

　　"我要没这一手才怪呢?"红拂粲然一笑，"你以为我是老爷的什么人?我是他的保镖!"

　　"哈哈!原来我老婆竟然是个剑客!"李靖大笑，从此对红拂敬佩有加。

　　有时候，人会为一些不明所以的原因而有所隐瞒。比如，红拂就做了这么一次隐瞒，她没把她的神秘身世告诉李靖，始终没有。为什么?担心李靖知道在京城没有危险了就不再去边塞，还是担心节外生枝无益于她与李靖的关系?她说不清。总之，她对李靖瞒下了这一切。李靖以为非逃不可，别无选择，就这么仓仓皇皇地走了。为了一个红颜知己，还是为了一个漂亮的女人?李靖没想过。这二者有区别吗?如果有区别，值还是不值?李靖也没想过。就这么糊糊涂涂地走了，一走就是二十多年。如果李渊不造反，李靖就在边塞老此一生，历史上还能有李靖这么个人物么!

　　有人说:男人决定百分之九十的历史。乍听之下，言之有理。可女人决定百分之九十的男人。不是么?那么，历史究竟由谁决定?男人还是女人?

　　二十多年长吗?有人说不过一弹指顷。二十年短吗?二十年后的李靖与红拂皆已两鬓飘霜。对于当年的私奔，李靖后悔过吗?不能说没有。比如，隋炀帝起用来护儿为主将征高丽，大败而归。李靖就想过:如果当年我留在京师不曾走，说不定就会起用我李靖。要是用我，哪能像来护儿那笨蛋!不过，李靖知道后悔无益，也知道那些设想其实虚无缥缈，未必成真。再说，红拂不仅手上的功夫高强，床上的功夫也凌厉得很，不是个中看不中用的花瓶，着实令李靖享受了二十多年温柔乡之福。他李靖还能有什么后悔可言?此外，红拂治家有道，衣食住行一概料理得近乎奢侈。哪来这多钱?李靖不是书呆子，对自己的财力所及，不是一无所知。靠你那点钱，当然是不成了。老爷赏我一些假首饰，我时不时拿一两件去变卖，边塞的行商坐贾不识货，都当真的买。红拂这么解释，解释完了哈哈大笑，笑得前仰后合，笑得天真无邪，笑得不由得李靖不信。不由得李靖不信?其实，那只是红拂的自以为是。她小觑了杨素，也小觑了李靖。商人哪有不识货的?就算上当一回，哪能回回上当?听了红拂的解释，李靖心中暗笑。那些真首饰从哪儿来?不可能是杨素送的。即使红拂同杨素有一腿，也别想捞这么多，肯定是从杨素府上偷出来的。李靖不知红拂的来历，这样的推测，是最合理的推测。哼！我老婆原来不仅是个剑客，还是个贼！这想法起初令李靖心里多少有些不舒服。可后来眼看这家用都得靠红拂变卖首饰维持了，也就想开了。管它呢！反正做贼的不是我。这么一想，李靖也就心安理得地享受贼赃换来的幸福生活。当真是幸福生活？嗨！套用一句后来的俗话，其实也不过就是"老婆孩子热炕头"的日子。过久了，平常人都烦，更何况是自以为怀才不遇的李靖！

好在老天终于开了眼。隋炀帝大业十三年，突厥大举南侵，马邑首当其冲。人家个个心中惶惶然，唯独李靖大喜，以为咸鱼翻身的机会终于到了。你高兴得太早了吧？皇上又没叫你前去迎敌！红拂这么提醒李靖。红拂这话没错，奉命御敌的，本是太原留守李渊，不是李靖。李渊因病不起，顶替李渊的是太原留守副使高君雅，也不是李靖。可在李靖看来，这一替一换，正是天赐良机。良机何在？他早已在突厥界内收买了几个走私贩子替他刺探突厥军事情报。不管是谁领兵前来，他李靖手上的情报都是值钱的货。可如果来的是李渊，他能心甘情愿递上情报请功么？高君雅来就大不一样了，李靖不仅与高君雅无仇无怨，而且还有数面之缘，可以算得上是个点头之交。

可等高君雅到了马邑，李靖却又犹豫了。不是因为李靖忽然失去了立功领赏的兴趣，是因为他手上的情报远远不是人马多少、如何部署等等军事性的情报。他的细作提供的消息是：刘文静正在突厥大营之内与突厥可汗密商大计。什么大计？李渊请突厥协助其"义举"。什么是"义举"？传递情报的走私贩子问李靖。李靖一边把钱数给走私贩子，一边打个哈哈，说：比如走私，在你看来就是"义举"。走私不是犯罪么？走私贩子瞪着两只小眼睛反问。犯罪的事情你还干？俺这不是混口饭吃么？李渊也是混口饭吃。不过，各人的饭量不同罢了。原来是这么回事。走私贩子把钱又点过一遍，小心翼翼地揣进腰包，满意地走了。

"这么说，李渊称病，纯粹是个借口？"问这话的是红拂。走私贩子走了，红拂就从屏风后转了出来。

"看来连突厥大举入侵也是个假象。"

"此话怎讲？"

"以便他李渊有借口扩充军马。"

"这消息能告诉高君雅么？"

李靖摇头。他不敢，他不清楚高君雅的底细。不过，犯得上告诉高君雅么？我李靖亲自上朝廷去揭发，看你李渊这混账还能作威作福几日？

"天高皇帝远，皇上远在江都，等你赶到江都，哪还能来得及?"红拂质疑李靖亲自去揭发的想法。

来得及干什么? 红拂没说，因为用不着说。她那意思当然是说等李靖赶到江都，李渊早已造反了，隋炀帝哪还来得及派人去抓他?

"所以咱现在就得有所举动嘛。"李靖这么答复，一副成竹在胸的样子。

"什么举动?"红拂问。

"世上什么最快?"李靖反问。

"鸟最快。可你临时上哪去找信鸽?"

那会儿没有飞机，也没有电讯，红拂的答复好像十分准确，可李靖摇头。

"不对? 那你说什么比鸟儿快?"

"烽火台不就比鸟儿快么。"

"你有烽火台?"红拂噗哧一笑。笑过了，本想再挖苦一句李靖这书呆子。可没来得及开口，自己先呆了，因为她听见李靖说出下面这么一句话。

"何必烽火台? 即使有，也未必快得过谣言。"

谣言? 可不? 我怎么就没想到，这家伙还真是不傻。不过，她不想就这么认输，于是继续挑战道："光靠谣言就能把他定罪?"

"皇上是个疑心重的主儿，否则，李浑、李敏何至于死? 只要谣言传到皇上耳朵，他肯定会下令先将李渊抓起来。然后我再递上确切的消息，能定不下罪来么?"

李靖这一招的确高明，谣言当真传得比什么都快，可并没能阻挡李渊起兵。不过，那不怪李靖，只怪王威、高君雅不是李渊的对手。两人得了皇上逮捕李渊的密令，不知先下手为强，反被李渊诱骗到晋祠里，各自吃了一碗板刀面。不过，李渊也不是一无所失。他叫李建成与李元吉赶往长安取家小，结果两人差点儿让留守长安的阴世师、滑仪逮个正着。李建成、李元吉逃脱，小儿李智云却没那么幸运。小儿李智云见杀，这笔账自然是记在阴世师、滑仪头上了，所以，长安城破之后，两人先后处斩。可李靖能逃脱干系么? 没有他的传谣，他李渊造反的消息怎么会走漏得那么快? 所以，李渊一心要李靖的命。

不过，那是后话。且说李靖放出谣言之后，立即动身前往江都。他顺滹沱河东行，计划再顺运河南下江都。没想到刚过太行山，就连番遭遇劫杀，差点儿送了性命。眼看河北一片混乱，道路不通，李靖转念一想：皇上虽在江都，朝廷机构还在长安。先去朝廷备案，再请朝廷遣人护送自己去江都，未必不是个更好主意。于是，李靖退回山西，取旱路入关中。不过，这一往一返，令李靖失去了不少时间，刚到长安，长安就被李渊团团围住。李靖一心想要捉拿李渊归案，到头来自己却成了李渊的瓮中之鳖。

真是人算不如天算！李靖发一声叹息。李靖发这声叹息的时候，手镣脚铐，押在大牢。怎么？死到临头还不服输？听见这么一声嘲弄，李靖抬起头来，看见牢房门外站着个年轻人，一脸的富贵气息。李靖不认识李世民，可他猜出了这年轻人的身份。嘿嘿！你别高兴得太早。长安虽然叫你们父子拿下了，可那鹿还在跑呢！今日的我，说不定就是明日的你。

"今日的我，说不定就是明日的你"。死到临头还有心思威胁人？不错，有种！李世民心中暗暗称奇。不过，最令李世民欣赏的，还不是这句威胁，而是那句"可那鹿还在跑呢！"这说法令李世民哈哈大笑，也令李世民对李靖刮目相看。杜如晦说这李靖见识卓越不凡，还当真不是假。他想。想罢，他问："鹿跑得快呢？还是你跑得快？"

什么意思？不是来杀我的么？难道变了主意？李靖听出李世民的弦外之音。他原本以为自己已经视死如归了，得了这根救命稻草，忽然感觉到求生的欲望。不过，他明白即使是求生，也得讲究技术，不能是一味的讨饶。况且，我犯了什么罪？不就是错在记恨那一鞭之仇么？充其量，那只能算是心胸狭隘。再说，那事儿也只有我自己知道，在别人眼中，我的行动属于忠诚。忠诚是美德不是罪恶，光明正大！这么想着，李靖差点想跳起来作一番激昂慷慨的表白。无奈带着手镣脚铐，挣扎不起来。不过，这冲动给了他灵感，令他想出了既能透露求生的欲望，又不至于失去体面的说词。

"带着这副手镣脚铐，那当然是追不上啦。"他说，"不过，脱下这副手镣脚铐嘛，那鹿肯定就是你的了。"

听见李靖把"你的"两字说得格外清楚，李世民笑了。他知道李靖在死的面前屈服了。屈服了，就会心甘情愿效劳。于是，他大喊一声："来人！"两条汉子应声而入，不是刽子手，是秦公府的亲随。一个空着手，另一个手上捧着一套衣服，空手的脱下李靖的手镣脚铐，然后服侍李靖把衣服换了。

往后的事实证明，李靖的确不愧是逐鹿高手。破荆州、降萧铣，下江南、擒辅公祏，以及南平岭表，那都是李靖一人的功劳。简言之，李渊之所以能把天下打下来，李靖之功十居其五。不过，这些功劳都与玄武门之变无关。他在玄武门之变中扮演的是什么角色？说来也许令人吃惊，他竟然是局外人。

怎么可能？这么个能人李世民怎么会不用？不是李世民不想用，是李靖不想为李世民用。李世民先后遣房玄龄、侯君集、温大雅作说客，请他参与机密。什么机密？三人都不曾明说，李靖也不曾去问，两边心照不宣。可虽有这般默契，却并不等于李靖愿意参与，他一概谢绝了。

"你得灵活点儿，别这么死心眼儿。"红拂见了，不以为然。"太子建成与秦王世民早晚是个你死我活的结局。你想中立，办得到么？别到时候两边都不讨好，谁赢了都要你的命。"

"那依你说，咱该站哪边？"李靖反问，"你有本事看得准谁赢？"

"怎么这么不自信？你站哪边，不就哪边赢么？"

"这你不懂！'狡兔死，良狗烹；高鸟尽，良弓藏；敌国破，谋臣亡。'这话你没听说过？我看你在杨素身边也白待了那么久！你以为你帮人家赢了这种勾当还能有什么好下场？"

李靖最佩服的人是韩信。韩信落得个什么下场？不是让人一刀砍了么？何况韩信还没帮人家搞什么阴谋，不过正大光明地帮人家打天下而已。如今已经有人把他李靖比做当今的韩信了，他还能往这种事里掺和？

"早知如此，何必当初？"红拂撇撇嘴，鼻子里没好气地哼了一声。

李靖无言以对。的确如此，而且这"早知如此"也的确是早该知道。他不是没读过《史记》，伍子胥、李斯、韩信等人的下场，昭然纸上。可看别人的时候，总是会想：咎由自取。等到轮到自己了，才知道原来竟是人在朝廷，身不由己。

不过，李靖虽然并未参与玄武门之变，却不能说李靖与玄武门之变毫无干系。如果李靖接受李世民之请，成为李世民的心腹，玄武门之变还会发生么？也许就不会。此话怎讲？得从房玄龄为李世民谋划的三条计策讲起。计策之一，破坏太子李建成的名誉，令李渊主动更换秦王世民为太子。计策之二，据东都洛阳为基地，造成分庭抗礼之势，一旦皇上驾崩，立即起兵造反。计策之三，先下手为强，杀太子李建成与齐王李元吉，造成只能立秦王李世民为太子的既成事实。

"三策之中，何为上策？何为中策？何为下策？"李世民问房玄龄。

"如晦兄的意思呢？"房玄龄转问杜如晦，他自以为"谋"，不在杜之下；"断"，则断然不如杜。

杜如晦先说了几句不相干的客气话，然后话锋一转，不客气地切入正题。

"以杜某之见，上策根本不存在。破坏太子的名誉，这是蹈袭隋炀帝的故计。故计未尝不可蹈袭。比如，曹孟德挟天子以令诸侯之故计，咱就蹈袭得很好。不过，隋炀帝这计策，虽然隋炀帝行之有效，在如今恐怕不成。"

"为什么不成？"李世民打断杜如晦的话。

"原因有二。其一，太子为人方正，有目共睹。不像隋太子勇，确有把柄攥在别人手中。其二，今上英明，不像隋文帝那么多疑。所以，窃以为换太子之计必定不能成功。不过，这计策也不是绝对不可施行，抹黑人家对自己总会有些好处，只是行事一定要机密慎重，否则，穿帮露馅，那就无异于搬起石头砸自己的脚了。"

"据东都分庭抗礼之计呢？难道也不成么？"李世民又问。

"这计策只能算是中策，因无必胜的把握。再说，人才难得。"

"什么意思？难道我天策上将的府属不如太子的手下？"

"天策上将的府属目前只有两种人才，一种如玄龄兄、侯君集，以及杜某本人，都是运筹帷幄之才。一种如长孙顺德、刘弘基、段志玄、尉迟敬德、秦叔宝、程咬金等，都是爪牙之才。起兵造反，这两种人才固然重要，无奈没有将才，如何能稳操胜券？以杜某之见，当今大将之才，只有两人。一是李靖，一是李勣。如果咱能把这两人争取到手，那么，先据东都分庭抗礼，然后起兵造反之计未尝就不是上策。可惜的是，二李都不会上咱这条船。"

"那么，第三计呢？"问这话的是房玄龄。

"第三计显然是下策，因为搞不好就不仅仅是杀太子杀齐王这么简单了。"

杜如晦说到这儿，把话打住。除去杀太子与齐王，还得杀谁？他不敢点明，也没有必要点明，李世民与房玄龄都不是傻冒，都知道搞不好就得犯下弑父、弑君之罪，连李渊一起杀掉。

"他说得有道理么？"李世民问房玄龄。李世民所指的"他"，是这时候已经走了的杜如晦。

"他说得不错。不过，咱当然不能束手就擒，坐以待毙。"

"那咱该怎么办？"

"第一计虽然未见得奏效，还是得付诸实行，我看杜如晦也是这个意思。据我所知，张婕好、尹德妃都挺巴结太子，咱可趁便放出谣言，就说太子蒸于张、尹二妃。这种事儿，向来难以申辩，最容易把人搞臭。如果皇上信了，肯定得撤换太子，那咱就是兵不血刃了。如果不信，至少会令皇上将信将疑。秦王于是趁便提出据东都分庭抗礼的建议，皇上点头的机会就会高多了。"

"嗯！不错。说得好！"

其实，除去传播流言蜚语之外，李世民心里还有别的谋划。不过，那牵涉到一个绝密的人物，所以，他不曾对房玄龄提起。那人是谁？久违了的无名道人王晊。这时的王晊，已经神不知鬼不觉地被安插为太子率更丞。率更丞虽然只是个从七品的卑职，却得以接近太子，是个刺探消息、搞点儿小动作的绝好职位。王晊刺探到什么消息？又搞了点儿什么小动作？那是后话，姑且按下。

且说房玄龄得了李世民的鼓励，于是继续说道："杜如晦不曾提到杜淹，因他们叔侄不和，他不便开口。杜淹这人诡计多端，如果成为太子的谋臣，于咱绝对不利。"

"他有投靠太子的意思吗？"

"好像有。"

"你听谁说的？"

"封德彝。"

封德彝是当时的吏部尚书，想调换工作的，都少不得向他透漏意思，他的消息绝对可靠。于是，李世民说："杜淹是个人才，这我早知道。没怎么搭理他，是怕杜如晦多心。我这就去见封德彝，叫他把杜淹拨到天策上将府来。至于杜如晦那儿嘛，还要你去疏通疏通。"

"行，没问题。"

"杜如晦说李靖、李世勣两人都不会上咱这条船，你信吗？"

"他也许猜得不错。不过，咱总得去试试吧？"

李世民点头，结束了这场密谈。于是就有游说李靖之举。如果李靖同意上李世民这条船呢？李世民还会走杜如晦视为下策之计么？很可能不会。既然不会，玄武门之变也就根本不会发生了。

8

李靖不肯为李世民用，不是还有李世勣么？不错。

"谁合适去游说李世勣？"李世民问。

其实，李世民既然提出这问题，本身已经说明没有合适的人选。果不其然，在场的人都保持沉默。当时都有谁在场？房玄龄、杜如晦、长孙无忌、侯君集，外加新近进入李世民幕府核心的温大雅。房玄龄的死党温大有呢？怎么不在其中？不幸短命死矣！否则，自然是少不了他，温大雅其实就是他的替身。

李世勣有什么特别？以至于令这帮耳聪目明、能说会道的才子们一个个犯难？因为他的出身、背景、经历，一概与众不同。李世勣本姓徐，祖籍曹州。曹州徐姓既非名门望族，亦非官宦人家。不过，据史册记载，徐家多仆僮，积粟数千钟，父子二人皆乐善好施，拯济贫乏，不问亲疏。可见徐世勣也绝非社会底层的小民百姓，大概也不是无知暴发的土财主。倘若天下太平，徐世勣极可能会以穷人眼中的善人、腐儒眼中的乡愿而终老一生。这样的善人或者乡愿成千上万，自然是不会留名史册的了。可在徐世勣十七岁的那一年，他们家门口的世界突然变得不怎么太平了。

三月初十大清早，管家打开庄门，赫然发现门上钉着一封书信。不是普通的钉，是一把匕首。也不是普通的信，是一块白麻布，上面写着："本月十五，留钱不留人，留人不留钱"。末了署名"瓦岗大王翟"。

咱不该从曹州搬来卫南，这地方离瓦岗太近，瓦岗是强人藏身的风水宝地。既与盗贼为邻，怎得安生！这是徐世勣的老爸徐盖的看法。清平世界，道不拾遗，夜不闭户，哪儿来盗贼？世道不太平在先，然后才有强人出没。这是徐世勣的观点。争这些有什么用？关键在于想出应付的法子，说这话的是徐世勣的大姐。

"先回曹州老家去躲一躲？"徐盖这么提议。

"曹州比这儿安全吗？"徐世勣的大姐问。

"爹跟你去也许还行。"徐世勣摇头，"我是不敢去，你没看见那边的男丁都往咱这儿逃么？据说藏身瓦岗的，就有不少是从那边逃来的良民，只因怕被抓去征高丽，所以才上瓦岗为贼。"

"那依你说该怎么办？"老实的徐盖顿时没了主意。

"俗话说：'财退人安乐。'强人无非是要钱，咱把家财散尽了，看他们来抢什么！"

"说得轻易！把财散尽了，一家大小都喝西北风？"

"大不了我也去做强盗。"

"你可千万别乱来！"

"怎么叫乱来？爹可知道这自称'瓦岗大王翟'的人是谁吗？原本就是咱东郡的法司翟让，犯法当斩，却被管牢的给放跑了。"

"真的？"徐盖不敢置信。

一个郡的法司，换成今日的官制，大约就是地市一级的公安局长。公安局长居然落草为寇？怪不得徐盖不敢置信。

"那还假得了！"徐世勣不屑地一笑，"爹是不怎么知道外边的事儿。这执法的与贼，从来就是一路货。翟让要不是贼，怎么会判死刑？管牢的要不是贼，怎么会放翟让一马？法司都能做贼，我有什么做不了？"

"他不要命，你也不要命？你不要命，我还要这条老命！"徐盖看徐世勣越说越认真，当真有些害怕了。

"谁能要他的命？官家要是能要他的命，他还能要咱的命？"

听了这话，徐盖无言以对。可不？还真是如此。于是，他叹了口气，端起茶杯。徐世勣趁机抽身往外便走，他有点儿烦了。

"你这是去哪儿？正事儿不是还没说完吗？"徐世勣他姐在他身后喊，看来，他姐也没了主意。

徐世勣却只做没听见，大大咧咧地出了院门。看门的小厮从外面匆匆跑进来，差点儿与徐世勣撞个正着。

"慌什么慌？"徐世勣没好气地吼。

小厮吓了一跳，慌忙让到一边，结结巴巴地说："少……少少爷！有……有人找。"

找我？徐世勣想不出有谁会这么早来找他，他的那帮狐朋狗友照例都是日上三竿才起床的主儿。徐世勣放慢脚步走到大门口一看，一条汉子立在门外，长相不俗，身材魁梧，头戴一顶范阳遮，右手叉腰，左手握着一条枣木槊。什么人？徐世勣不认识。

"怎么？不认识我了？"那汉子见了徐世勣，脸上露出惊喜之色。

"打什么幌！你知道我是谁呀？"徐世勣反问。

如果那汉子说："怎么不认识？你不就是徐世勣么！"徐世勣就会叫那汉子滚蛋。什么江湖骗子！也想到这儿来占便宜！他想。

"你不是帽儿么？真的不认识我了？"

这话令徐世勣吃了一惊。徐世勣字懋公，小时候的伙伴们不认识"懋"字，都管他叫"帽儿"。自从十年前徐家从曹州迁居东郡的卫南，再也没人叫他"帽儿"了。这汉子是谁？难道是先前在曹州时的邻居小友？

"你是……"

"我是信儿！看你这记性，让狗吃了？嘿嘿！"

信儿？十年前的那个干巴瘦小的单雄信，竟然长成了这么一条好汉。那时候单家穷，经常有上顿、没下顿，徐世勣几乎天天都会从厨房偷出一个馒头、一块烙饼、一根鸡翅膀什么的塞给单雄信。分手的时候，也没忘了约单雄信来卫南玩，虽然心里知道那不过只是一句空话。

终于认出了十年前的小友，徐世勣有点儿激动，走过去，双手按住单雄信的肩膀摇了一摇。单雄信怎么找到这儿来？难道是从瓦岗来？徐世勣想。他是个彻底冷静的人，不会因为激动或任何动静而失去冷静，他立即把单雄信的出现，与门上那封勒索钱财的书信联系到一起。

"什么风把你吹来啦？"徐世勣试探着问。

"说出来你可别怪我，门上那布条儿是我昨日夜半留下的。不过，那不是我的意思，我不过是奉命行事。再说，我原本也不知道这儿是你们家。翟让只告诉我说这是卫南首富之家，今日一早我向街西口卖烧饼的老头儿一打听，才知卫南首富姓徐，我就猜着准是你们家。嘿嘿！果不其然。"

十年前的单雄信单纯老实，干了什么坏事一向不打自招。十年后的单雄信依然如此，令徐世勣对他刮目相看。

"现在既然知道了，你打算怎么办？"

"当然是帮你走路了！我还能坑你？你把我当成什么人了？"

听了这话，徐世勣笑了一笑。不过，不是表示同意单雄信的主意，只是表示满意单雄信的态度。

"怎么走？往哪儿走？再说，走了和尚走不了庙。就算人走了，房产、地产、库房里的粮草怎么走？还不等于是'留人不留钱，留钱不留人'么？"

"那你说该怎么办？"单雄信顿时没了主意，两眼瞪着徐世勣，仿佛又回到了十年前。十年前的单雄信是徐世勣的跟屁虫，连撒泡尿都要等着跟徐世勣一起撒。

"你带我去见你们翟大王，我自有两全其美的法子。"徐世勣说，一副信心十足的样子，令单雄信佩服得五体投地。

"徐某谈不上富有，不过，比起山上的兄弟们嘛，那还是好多了。敝庄现有小麦一万石、大米五千钟。子曰：'君子周急不继富。'与其上缴皇上，何如送给翟法司？翟法司如果不嫌少，这就可着人下山去敝庄取来。"

上面这段话，是徐世勣会见翟让的开场白。话说得极其漂亮，令翟让佩服不已。翟让懂得欣赏这话，说明翟让也不是等闲人物。有些自以为聪明的人不以为然，不就因为是家里有几个臭钱么？这些人这么想。其实不然。要是有钱就能这么舍得，还能有"人为财死，鸟为食亡"这话？有多少人因争财而死，因贪财而死，因舍不得财而死？多过梅子黄时雨！

看见翟让接受了这说词，徐世勣话锋一转，说道："山上弟兄大都是本郡人，尤其是翟法司，本是东郡有头有脸的人物。东郡有谁不识？有谁不知？山下左近都是自己的父老乡亲，抢自己的父老乡亲，好意思么？况且，咱这地方穷，就算把咱这儿仅有的几家大户人家都抢光了，能有多少钱粮？能成多大事业？俗话说：'兔子不吃窝边草'。为什么？因为窝边草是兔子的掩护。如果咱到外边去抢，回来再分些财物给山下的穷困户。倘若官兵来剿，山下四邻能不替咱掩护？窃闻得人心者得天下。这么着，咱才能成就一番大事业，也不枉为人一世，不知翟法司以为如何？"

翟让已然落草为寇、自称瓦岗大王了，徐世勣却依然一口一个翟法司地称呼他。别以为徐世勣少不更事、不知应变，这其实恰好说明徐世勣对人的心思琢磨得透彻。不要说翟让本来是个官，就是寻常百姓人家，有谁心甘情愿为贼？一旦有了实力，哪个强人不给自己封官进爵？徐世勣一口一个翟法司，令翟让回想起当年的威风与荣耀，心情于是大爽。心情大爽的时候，别人说什么都觉得好，更何况徐世勣的这番话本来就说得不错。

"嗯，说得好。"翟让点头，"能不能再说具体点儿？你所谓的'外边'，究竟指哪儿？"

"荥阳、梁郡，汴水所经，往来商船不可胜数。咱只消往这两地去专劫商船，一准人财两旺。"

翟让听了大喜，遵循徐世勣之计而行，果然发达。不出五年，手下喽罗就由原本不足五百发展壮大至一万多人，瓦岗一带的草贼流寇尽行归顺翟让自不在话下，从外地赶来投奔的也不乏其人。大业十二年，从济阴郡来了个叫做王伯当的强人，不仅带来五千人马，而且还带来一个重要人物。那人不是别人，就是前文多次提到的李密。当时的李密是个钦点的逃犯，手下没有一兵一卒，凭什么堪称之为重要人物？就凭他的出身！

李密，辽东襄平人，曾祖弼，北魏司徒；祖曜，北周太保、魏国公；父宽，隋上柱国、蒲山公。上自曾祖，下至于父，都是名副其实的达官贵人。出身之显赫，无与伦比。

隋炀帝即位之初，李密袭父爵，授左亲卫。如果不是因为一件莫名其妙的小事，李密极可能也会如同其祖与其父一样，平步青云官场，位极人臣，可那小事偏偏发生了。那是一个晴天的午后，天空万里无云，汉白玉铺设的路面被阳光照射得宛如明镜，隋炀帝从玄武门进来的时候，李密正好当班守门。门卫本来是个极不起眼的角色，不会引起任何人的主意，可那天也许只是因为阳光的刺激，也许是冥冥之中确有天意。总之，李密接连打了三个喷嚏，时候不早不晚，刚好赶上隋炀帝的马车从他身边走过。穿过门洞的时候，马车照例走得相当缓慢。隋炀帝听见第一声喷嚏，皱了皱眉头，听见第二声喷嚏，撩起窗帘一望，正好看见李密张开嘴巴、眯着眼睛，等着把第三个喷嚏打出来，那姿态想必十分不雅，给隋炀帝留下极其深刻的印象。

"刚才那打喷嚏的门卫是谁？"车队过了门道，驰至临湖殿前停下之时，隋炀帝问跟在车后的宇文述。

"不怎么清楚。"宇文述摇头，"皇上要是讨厌这人，叫他走人就得了，管他是谁！"

隋炀帝鼻子里哼了一声，表示批准了宇文述的建议。佞臣天生都会揣摸主子的心意，不会揣摸主子心意的人当不了佞臣。除去善于迎合主子的心意，佞臣也都是蒙混过关的高手。亲卫不下数百人，宇文述如何都能一一认识？所以，他一句支吾其词的"不怎么清楚"，就把他同李密稔熟的真相给瞒下了。

不少人误以为但凡小人皆不可交，其实，真正须要帮忙的时候，能指望得上的人，都是小人之交而不是君子之交。否则，怎么会有"君子之交淡若水，小人之交甘若醴"这说法？淡得跟水一样，你有了麻烦，他依旧清高，既要维持其清高，自然就不会援之以手。甜得跟酒一般，你出事了，他才会觉得不舒服，他自己觉得不舒服，这才会想方设法为你开脱。正因为李密结交了宇文述，李密才有幸躲过这一劫。倘若宇文述是个君子，老老实实把李密交待出来，赶上隋炀帝这种喜怒无常的主子，当时就掉脑袋都说不定。

当日夜晚，宇文述把李密邀到家中小酌，喝得差不多了的时候，宇文述问："怎么样？感觉还好？"一副漫不经意的样子。

"有什么好与不好！"李密淡然一笑，"还不就是混日子？任期满了时候，你别忘了帮我整个好点儿的职位。最好留在京城，千万别送我去边塞。"

宇文述喝下杯中酒，夹起一个珍珠丸子，慢慢地咬了一小口，细细地品尝了一回。说声"好"！然后把丸子塞进嘴里，大快朵颐之后，这才回李密的话："那你现在就得趁早出来。"

李密手上举着筷子，本来也是要去叉一个珍珠丸子的，听了这话，把筷子放下，问道："出来？什么意思？"他还真是有些不明白。

宇文述故作紧张，四下张望了一回，然后压低嗓门道："听说三卫的精悍，都会挑选去征高丽。"

宇文述所说，并非完全无中生有，宫中的确有这样的传闻。不过，"精悍"两字，却是宇文述精心增添的，因为他知道李密一向自以为精悍过人。

"真的？"李密听了这话果然一愣，"既然如此，还怎么走得了？"

"这你就别操心了，不是有我吗？你只要称病，我就能帮你办个病退。"

"那往后呢？"李密略微犹豫了一下，然后问。虽然袭爵蒲山公，那毕竟只是个空虚的头衔，他还指望着日后像他爹、他爷那样操掌实权。

"如今不是有了科举么？以你的才干，充当三卫本来就是屈才。回去读几句经书再来应举，一准高高地中了。我在皇上与高孝基面前再替你游扬几句，还怕不得个好官？"

"嗯，有道理。那就先谢了。"

"谢什么谢，喝酒喝酒。"

宇文述端起酒杯一饮而尽，李密也照样干了一杯。看见自己又在李密面前瞒下了叫李密辞职走人的真相，宇文述心中暗笑。因何而暗笑？因为他在想：上下一齐瞒，这才能做到滴水不漏，万无一失，立于不败之地。但凡以为可以与受益人分享秘密的，都是傻冒儿，早晚穿帮露馅，不得好死。别笑话宇文述这为人处世之道为小人哲学，但凡笑话者，倘若不是口是心非的伪君子，有几个能落得个好下场？

李密听信了宇文述的话，当真把左亲卫的职位辞了。可又不是像房玄龄那种能够安分在家读书的人，没读几天书，闷得发慌，在家里实在憋不住，去乐游原上逍遥了一日，乐不可支，忽然得了灵感。往后每日骑着一头青牛，在牛角上挂一函《汉书》，只在乐游原上闲逛，风雨无阻。在家里看书不进，出外反而能看得进？乐游原是达官贵人云集的郊游胜地，并非幽静的世外桃源，怎么就会比家里的读书环境好？再说，别人都骑马，李密怎么偏偏要骑牛？但凡朋友问起，李密一概支吾其词。心里边暗笑：都是一帮傻帽儿，怎么琢磨得出我的高招！

其实，李密的所做所为，并不是李密自创的高招。他虽然无心读书，毕竟还是读了些书。这一招，就是经由读书体会出来的。东汉开国之君刘秀，年少之时与严光为布衣之交。刘秀既为皇帝，四处打听严光的下落。一日，有使者回报说：富春江畔有一人身披羊裘，独钓寒江。刘秀听了大喜，必是故人无疑。他想。于是立即遣使者往聘，果然就是严光。李密读《后汉书》读到这儿，击掌大笑：高！高！这严光真是高人！当年严光若是穿件蓑衣、戴顶斗笠，打扮得同普天之下的渔翁一般无二，叫刘秀上哪儿去找他？

乐游原就是李密的富春江，青牛就是李密的羊裘，牛角上挂的那一函书，就是李密的钓竿。虽说李密这一招数属于抄袭，还不能不说李密智不可及。别人读《后汉书·严光传》，都只读出"清高"两字，唯独李密读《后汉书·严光传》，读出"清高"两字后面藏着的"炒作"两字。

一日，李密正在牛背上东张西望，远远地过来一行车骑，旌旗华丽，一望而知来者绝非等闲之辈，李密只做没看见，慢慢地从怀里摸出一卷书来，任凭座下青牛在道路中间缓缓而行。等那行车马行到跟前了，李密这才把缰绳一抖，将青牛拽过一边。来的不是别人，正是当朝权倾一时的杨素。

杨素远远望见路上的青牛，心中早就存下疑惑。什么人物？居然懂得模仿老子，不简单嘛！

"看什么书呢？"走近了，杨素问。

杨素不认识李密，李密却认得是杨素。心中窃喜，假做不识，在牛背上拱手施礼，作不卑不亢之状道："《汉书项羽传》。"

听了这话，杨素不禁对李密重新打量一番。老子加西楚霸王，哈哈！很懂得炒作嘛！

"尊姓大名？"打量过了，杨素这才想起还没问这炒作高手的姓名。

"襄平李密。"

杨素听了，发一声大笑，道："我道是谁，原来是蒲山公！失礼了！"说罢，扭头对身后的一个年轻人道："感儿，快来见过蒲山公！"

杨素口中的"感儿"，就是日后率先发难造反的杨玄感，李密从此成为杨素府上的常客，杨素对李密的欣赏与日俱增，临死前把杨玄感唤到跟前，叮嘱杨玄感往后但逢大事，一定要请李密参谋。杨玄感遵照杨素的叮嘱，与李密深相交结。数年之后，当杨玄感趁隋炀帝亲征高丽之际举兵发难之时，所做的第一件事，就把李密请去为其谋主。

不过，杨玄感虽得李密之助，造反之举却依然只像是一场暴风骤雨，不旋踵而破灭，应证了孔子那句"其进疾者其退速"的哲言。杨玄感身败名裂，李密在逃亡时被捕，侥幸逃脱，流窜于群盗之中，惶惶然如丧家之犬。正觉走投无路之时，碰上王伯当。也许前世有缘，也许气味相投，总之，王伯当相信李密是个人物。

"倘若满足于当个山大王，有个五六千人马也就够了。不过，落草为寇终究不是个事，早晚是别人砧板上的一块肉。如果咱把周围各自占山为王的英雄好汉们联合起来，那就大不一样了。"李密向王伯当这么建议。

"这算盘打得不错。只是不知计将焉出？"王伯当问。

"俗话说：'射人先射马，擒贼先擒王。'这方圆几百里之内，谁的势力最大？翟让的势力最大。如果咱能把翟让说下来，其他的人必定跟风。"

"冲锋陷阵，你不如我。纵横捭阖，我不如你。这游说翟让的事情，就全看你的了。"

"没这么简单。翟让这人城府挺深，我贸然前往，一准把事情搞僵，得有人先为我介绍，然后我再去见他。如此这般，方才妥当。"

"主意倒是不错，可你上哪儿去找人为你介绍？"

"嘿嘿！远在天边，近在眼前，你去就最合适不过了。"

"我去？"王伯当摇头，"我怎么行？"

"怎么不行？你只管带五千人马去入伙，先别提这事儿，也别提我，翟让必定待你若上宾，委你以重任。"

"然后呢？"

"然后嘛，我自有妙计。你只须敲敲边鼓，主角自有别人来唱。"

李密有什么妙计？他收买了两个人。一个叫贾雄，另一个叫李玄英，两人本来都在长安摆个看相算命的摊位。贾雄率先离开长安，上了瓦岗，一席阴阳五行的玄论令翟让佩服不已，翟让顿时用为军师，言无不听、计无不从，亲信得无以复加。眼见贾雄时来运转，李玄英也试图依样画葫芦，却没那么好的运气。接连奔走几处山寨，皆落得个怀才不遇的下场。一日与李密不期而遇，交谈之下，同病相怜，惺惺相惜，相逢恨晚。

"从今往后，你无论去哪座山寨，只说找我李密。人家问：'干吗找李密？'你就说：'代隋而兴者李密也。'"

李密如此这般替李玄英出谋划策，当然也是替自己出谋划策，一举两得。得什么？怎么得？难道这么两句话就能令山寨大王们对李玄英、李密刮目相看，虚席以待？自然不可能这么简单。

"人家听说你这么说，自然会觉得奇怪。你就说京师有民谣，名曰'桃李章'。其词曰：'桃李子，皇后绕扬州，宛转花园里。勿浪语，谁道许！'记住了？"

"就这么几句话，那还能记不住！可怎么讲呢？"

"'桃李子'，明显之至，指的就是姓李的逃犯。'皇'就是'后'，'后'就是'皇'。所谓'皇后绕扬州，宛转花园里'，意思就是说天子在扬州贪图风月，流连忘返，回不来了。'莫浪语，谁道许！'就是'千万不可泄露'的意思。'千万不可泄露'又是什么意思？不就是'秘密'、'机密'的'密'么？"

"高！高！透迤曲折，实实虚虚，最终又拽回到你李密头上。"李玄英听了，赞叹不已。他原以为信口开河、胡诌乱道是看相算命的专长，原来当真是人外有人、天外有天！他为自己遇着了高人而庆幸，下半辈子可以有个依靠了，他想。

"咱想钓的大鱼是翟让，游说其他虾米细鱼的目的，只是传播咱捏造的这民谣。强盗窝里人多口杂，一传十，十传百，用不了几日，假民谣就会摇身一变，成为名副其实的真民谣。等到那时候，你再上瓦岗，必然事半功倍，水到渠成。"

"翟让想必好蒙，贾雄可是干我这行的，你不担心被他识破么？"

"这就要看你的了。你上瓦岗之后，不一定非得自己去见翟让，把贾雄笼络住了，由他去说，那才叫事半功倍。"

"嗯，这主意极好。不过，你打算拿什么去笼络贾雄？不能就这么两手空空去吧？"

"别人两手空空去不成。你打着我李密的旗号去，有什么不成？翟让是什么人，不就是一郡的法司么，法司是多大的官？不就一芝麻绿豆大的官么？我是什么人？如假包换的公子公孙！货真价实的公爵！瓦岗寨有我，才能有希望，才能有前程。你问贾雄，他是安于在瓦岗寨当个狗头军师呢？还是想往着有朝一日位极人臣、操天下之机括？"

"这什么'桃李章'，外面传得风风雨雨。你信这李密当真是代隋而兴的真命天子么？"一日，翟让在帐内问王伯当。

这李密还真神！果然是不用我先开口，他翟让就主动来问。王伯当想。他明白这就是该他敲边鼓的时候了，于是，他说："图谶上不是也说什么

'杨花飞落李花开'么？如今又有这民谣作为旁证，依我之见，必定是错不了。"

"听说这李密去找过你，你怎么没把他留下？"

"李密这人胸怀远大，怎么可能看得上我这种小人物！他说这方圆几百里内，只有将军能够成大气候，劝我不必自不量力，早日投奔将军才能有个前程。"

将军？翟让什么时候成了将军？早就不称大王，自称将军了，叫翟让改称将军，这主意最早是徐世勣提出来的。如此这般，才能显示咱不同于那些草贼流寇嘛！徐世勣这么劝说翟让。他这么劝，因他心中始终对"为贼"感觉不安。翟让当时没接受，不是不想当将军，只是担心树大招风，搞不好仅因为这么个虚名而招致被剿之实。后来贾雄也极力劝说，翟让就听了。贾雄自有他贾雄的理由，他一心要圆军师的梦。如果翟让不称将军，他那梦，如何圆得了？

"这么说，你是听了李密的话才上咱瓦岗的？他自己怎么不来？"翟让问。

"李密是什么人物？如假包换的公子公孙！将军不去请他，他能自己来么？"

"李密要是真能，还用得着我么？嘿嘿！"听了王伯当的话，翟让不以然地笑了一笑。

这一笑把王伯当难倒了，边鼓该怎么敲下去，他顿时没了主意。正犯愁之时，贾雄从帐外走了进来，笑道："谈什么机密？偏偏瞒着我。"

"谁在谈机密，不过在说李密。你来得正好。伯当兄说李密姓见图谶，又有民谣为证，想必是个真命天子。我不以为然。既然如此，他李密怎么不自己弄出个四五六来？"

"将军这话，乍听之下不为无理，其实却不然。"

"此话怎讲？"

"将军姓翟，'翟'者，'泽'也。李密袭爵蒲山公。'蒲'非'泽'，无以为生。所以，将军与蒲山公，天生一对，相辅相成。"

"翟"怎么就成了"泽"？因为隋唐之际的中原口音，正如同如今的南方方言口音，"翟"与"泽"同音，不卷舌。

见贾雄如此一说，王伯当心中一惊。李密说过：自有别人充当主角。哈！原来李密的主角，竟然就是翟让言无不听、计无不从的军师贾雄！

"真是这么回事？"显然，翟让依然心存疑惑。

"那还假得了。"贾雄嘿嘿一笑，"我这就去替将军修书一封，麻烦伯当兄亲自跑一趟，务必把蒲山公请上瓦岗来。"

翟让略一迟疑，终于点了点头。

翟让、王伯当、贾雄三个人说这番话的时候，单雄信也在场。不过，他有自知之明，没插嘴，也没人问他，都认为他头脑简单，不懂这些复杂的事儿。曲终人散之后，单雄信把方才听到的，一一转述给徐世勣。徐世勣听了，只发一声冷笑。

"怎么？你觉得有什么不妥？"

"天无二日，一山何能容二虎？"

"那你还不赶紧去劝阻翟让，去晚了就来不及了。"

"人家找我商量了吗？你得学乖巧点儿，不该管的就别管。再说，我虽不信那些什么图谶、民谣，可架不住别人信。有人信，就容易扩张势力。所以，李密上瓦岗，于翟让也许不利，于你我却未必不是福。"

"什么意思？"

"咱扪心自问，不是当头儿的那块料。既然要跟别人走，总是跟个能干的好吧？"

"嗨！可不。你看我这人就是笨。这么简单的理，我自己怎么就琢磨不出来？"

说自己笨的人，有两种。一种是故作谦虚，心里其实自以为聪明盖世。这种人虽然未必真聪明，但既然懂得作假，也绝不是傻冒儿。另一种是当真以为自己笨，倘若这人的确不聪明，那是有自知之明。倘若这人其实并非不聪明，那是标准高。无论属于前者，还是属于后者，也绝对不傻。

单雄信既说自己笨，其实就是不笨。不过，徐世勣似乎并没看透这一点，他觉得有必要点醒他这个不怎么聪明的知己。

"翟让虽然不把咱当他的心腹，倒也没做过什么对不住咱的事情，所以嘛，这李密来了之后，咱不能有所偏袒，应当保持中立。撇下翟让去巴结李密，既对不起翟让，也令李密瞧咱不起，知道么？"

单雄信不假思索，信口应道："这我懂。"

往后的事情果然如徐世勣所料，李密既上瓦岗，旋即拉拢一拨人马自立山头，号称"蒲山公营"，与翟让时合时离，离而又合，合而又离，终于演出一场火拼。翟让被李密埋伏在帐下的刀斧手一刀砍为两段的时候，单雄信正好在场，当即吓得跪地求饶。徐世勣在帐外闻变，翻身上马，企图开溜，被李密手下从背后飞刀砍中，跌下马来。李密喝止刀斧手，亲自将徐世勣扶起，好言相慰，收编到自己麾下。

单雄信一向以骁勇著称，怎么会是个跪地求饶的窝囊废？其中奥妙，有三个半人知道。第一个是单雄信自己，第二个是李密，第三个是李密的首席谋士房彦藻，剩下来的半个是徐世勣。李密想对翟让下手，又恐翟让手下人不服，房彦藻于是献策，叫李密收买单雄信。

"这人会肯么？"李密有些担心。

"这人貌似忠厚，其实趋炎附势得很，有什么不肯的？"房彦藻信心十足。

"是吗？你凭什么看出来的？"李密问。

"他不止一次向我暗示如何如何倾慕主公。"

"原来如此。那这事儿就交给你了。"

徐世勣事前不曾参与这机密，事后也没人告诉他这机密，他只是疑心单雄信的跪地求饶不过是做戏。做什么戏？做给翟让手下看的戏。一向以骁勇著称的单雄信都吓得屁滚尿流了，你们还敢反抗？因为徐世勣只是疑心如此，并不确知，所以只能算是半个知情的人。从此徐世勣对单雄信防着一手，不再视之为知己。

也如徐世勣所料，单雄信投靠李密，果然令李密小瞧单雄信。火拼的尘埃落定之后，房彦藻劝李密顺手除掉单雄信。

"这种轻于去就的人，留下来，早晚是个后患。"房彦藻这么劝李密。

李密摇头一笑，道："这种趋炎附势的小人，能兴得起多大的风浪？当年曹操误中刘备之计，早杀了吕布，所以只能三分天下有其二。单雄信之勇，也许比不上吕布，但攻城野战，都是一流好手。古人云：'狡兔死，良狗烹。'如今狡兔不是还没死么？急什么？"

李密说这话的时候，手下胜兵不下数十万，势力范围所及，东至于海，南至于江，西至汝州，北至魏郡，后来成为有唐一代赫赫名臣的徐世勣、魏征、秦叔宝、程咬金、罗士信等等，也都在其麾下效力。相比之下，当时李渊偏处太原一隅，"造反"两字还只是一个模糊的设想，谁能料到最终得天下的，竟然是李渊而不是李密？成功的如果是李密，中国历史上就不会有唐代，更遑论玄武门之变！

李密为什么没成功？因为他同房彦藻的那段对话传到了单雄信的耳朵。不是事有凑巧，偶然让单雄信听到了，是出于必然，因为单雄信也玩了一招收买。被单雄信收买的不是什么大人物，只是李密帐下的一名亲兵。不过，作为传递消息的工具，这样的小角色已经足够了。

混账！居然想把我当条狗豢养！我单雄信不把你李密整死，誓不为人！单雄信听到内线传来的话，气得咬牙切齿，当下发下这毒誓。一年后，机会来临，单雄信当机立断，毫不犹豫在背后捅了李密一刀。当时李密正与王世充决战，急切盼望单雄信率兵从背后予王世充以致命的一击，单雄信却按兵不动，致令李密大败，然后率领所部于阵前倒戈，投靠王世充。

单雄信玩这一手的时候，徐世勣不在场，奉命前往黎阳镇守。黎阳是李密的重要据点，令徐世勣镇守黎阳，表面上是委以方面的重任，其实乃是出于对徐世勣的疑心。古人云，"疑人不用，用人不疑"，既疑心徐世勣，决战之前把徐世勣调走并非错着。错在疑错了人，该疑的没疑，不该疑的疑了。如果李密不曾疑徐世勣，败绩之后，并非走头无路，完全可以去黎阳重振雄风。既然起了疑心，因而不敢去投奔徐世勣，于是选择了投靠李渊的下策，从而断送了称雄天下的机运。

李密投奔李渊之后，原来归属李密的十郡之地一概落在徐世勣掌握之中，无奈徐世勣自认为不是当领袖的料，于是接受了李渊的招降。不过，所谓归顺李渊，只是上书称臣而已，徐世勣照旧镇守黎阳，并不曾放弃割据之地。根据当时的习惯，但凡割据一方投诚的，都会造表一册，登录所辖地区的人口、赋税等等呈上，徐世勣归顺之时，却只有书信一函。表呢？李渊正疑惑不解之时，李密遣人送上徐世勣编造的表册。怎么送到李密那去了？李渊不傻，立刻就明白了徐世勣的用心。

"纯臣！纯臣！处乱世而为纯臣如此，难得！难得！"李渊不胜感慨。

"此话怎讲？"在旁侍立的李世民不解。

"这还不明白吗？徐世勣这意思，是要把献地投诚的功劳归之于其旧主李密。"

"原来如此！"李世民不禁打了个冷战。

李世民不懂，不是因为智力不及，是因为算计太细。李密投诚在先，徐世勣当时已经独立而并非李密的臣下，遣人将表册直接呈送李渊，绝对不能算是卖主求荣。仍旧呈送李密，由李密转呈，碰到识相的如李渊，那是他徐世勣的运气。万一碰到不识相的，结果会如何？算盘打到这份儿上，还怎么能理解徐世勣？不能理解，所以为之心惊，为之心惊，所以不寒而栗。

纯臣既然难得，该怎么特别对待？李渊立即下诏：授徐世勣黎阳总管、上柱国、莱国公。不移时，又加授右武候大将军，改封曹国公，赐姓李氏，赐良田五十顷、甲第一区，封其父徐盖为济阴王，礼遇之隆，绝无仅有。

李渊对李世勣的特殊礼遇，于无形之中在李世勣与其他人之间砌上了一堵墙。房玄龄、杜如晦这帮李世民的人觉得自己在墙外，不敢轻易与之交往，自不在话下。就连李世民本人，也是只感觉到墙的存在，而感觉不到门的存在，不能不发不得其门而入之叹。

那一日，李世民问谁最合适去见李世勣，之所以会举座沉默无言，也正因为有此隔阂。

"我问谁最合适去见李世勣，怎么都不吭声？"明明知道为什么大家都沉默不语，李世民还是这么问了一句。

"依我之见，主公自己去最为合适。"

说这话的是杜如晦。其实，在场的可能都这么想。不过，只有杜如晦敢于开这口。

"你们都不成，怎么偏偏就我成？"李世民反问，口气透露些许不悦。

"李世勣不是救过主公一命么？"

杜如晦这话，指的是五年前围攻东都洛阳之役。一日，李世民自恃武功高强，只率轻骑数名，就往洛阳城外前沿打探军情，不巧被单雄信在城楼上望见。单雄信立即提槊拍马，飞奔出城突袭。几个回合过后，李世民渐渐招架不住，正性命危急之时，李世勣赶到，远远地大喝一声：信儿！手下留情！谁喊我的小名？听见这一声喊，单雄信不禁一愣。精神不能集中之时，手上的招式自然慢了半拍，半拍虽然无多，足够李世民趁机走脱。

他救过我一命，我就是最合适的人选去见他？这话听起来好像有些怪，李世民想。不过他没问，他相信杜如晦这么说必定有其理由。稍事琢磨，他相信他明白了杜如晦的意思。但凡于某人有恩者，难免不自以为受某人信任，但凡自以为受某人信任者，鲜有不肯为某人尽力者。

既然明白了杜如晦的意思，李世民就笑了一笑，说："好好好！你们不是都不敢去么？我去，我自己去！"

去试探李世勣的人选就这么确定了。该怎么说呢？这个，李世民自有主张，他谁也没问，只是挥挥手，意思是：各位可以走了。

李世民去见李世勣的时候，李世勣正在后园锄草。不是巧合，是出于预谋。去之前，李世民叫手下的人打听过李世勣的生活习惯，知道每日夕阳西下之际，李世勣必在后园收拾菜地。

"怎么？以伍子胥为榜样？"寒暄过后，李世民貌似不经意地开了这么句玩笑。

什么意思？李世勣的警觉立即升级。李世民的来，本身已经令李世勣警觉，因为李世民从来没来过。第一次来就这么貌似随便，不让司阍通报，径直闯入后园，能不令人警觉？伍子胥都干过些什么？李世勣读过《史记》，不过，那是多年前的事情了。细节他已经记不清楚，残存在记忆中的伍子胥，从楚国辗转逃到吴国，本想通过公子光游说吴王僚兴师伐楚，帮他报仇雪恨，却发现公子光有意篡夺其堂兄的王位。衡权得失之后，伍子胥觉得协助公子光篡位为上策，于是推荐刺客专诸给公子光，然后退隐私第，每日只在后园灌水锄地，一副与世无争的样子，其实是在等待杀机的到来。

"每日只在后园灌水锄地"。哈哈！想到这儿，李世勣暗自笑了。难怪李世民要在这时候闯入后园来，想要我推荐刺客？他真想干掉太子？这可不是闹着玩儿的事，搞不好就不只是杀太子，还得连皇上一起杀。他想清楚了吗？这么一想，方才那点儿笑意顿时消失，他决定装傻。

"怎么？伍子胥也种过菜？"

"岂止是种过菜而已！没有伍子胥，公子光怎当得成吴王？"

"原来如此！我真差点儿以为是个菜农就能是伍子胥了！"

怎么继续往下说呢？李世民没料到李世勣居然会这般无赖，一味装傻。干脆捅破窗户纸，直说算了！这么一想，李世民就举目张望了一下，看看四下无人，咳嗽一声，先把自己镇定了，然后郑重其事地说："俗话说：'家丑不可外扬。'可咱皇家不是寻常百姓人家，哪能瞒得住？如今朝廷上下，有谁不知道太子与我有如水火？但凡说不知道的，那都是装傻。对吧？"

说到这儿，李世民把话顿住，似乎是要征求李世勣的意见。李世勣不置可否，只是淡然一笑，算是默认了。

李世民于是继续说道："皇上本来已经明确答应我分治关东之地，架不住太子极力反对，表面上把成命收回了，可私下里仍然准许我派温大雅去坐镇东都，这事儿你想必也听说了吧？大雅虽然精明强干，毕竟不是个将才，万一动起干戈来，恐怕不能了事。我今日来，就是想问一问：不知世勣兄肯否助我一臂之力？"

原来如此！还好，还不是打算行刺，只是企图割据一方。听见李世民如此说，李世勣略微松了口气。可李世民凭什么来找我李世勣？论派系，我虽然不属太子党，也绝不是李世民的人。论将才，我不是不如李靖么？否则，下江南之役，怎么不叫他李靖受我的节制，却叫我受他李靖的节制？难道是李靖不肯，不得已而求其次，才来找我？

9

　　李世勣不是没有自知之明的人，倘若没有，还不早就在李密降唐之时自立为王了么？所以，揣测到自己只是李世民的第二人选，李世勣并无半点不快之感。恰恰相反，这样的揣测令他心中窃喜。喜从何来？既然有人给李世民碰了个钉子在先，我再给他碰个钉子在后，即使不免遭恨，不是还有个人在我前头顶着么？

　　不过，揣测毕竟只是揣测，真实情况究竟如何，李世勣相信李世民不会主动告诉他，于是，他假作怏怏不快之状道："我李世勣有何德何能？年前征辅公祏之役，皇上特令我等七总管都受李靖的节制，可见这大将之才嘛，非李靖莫属。秦王怎么不去请李靖，却来找我李世勣，岂不是舍本逐末了么？"

　　李世勣可能会因为猜到自己是第二人选而有所不快，这一点，李世民早就料到了。不过，他没料到李世勣会好意思当面提出这问题来，所以，他就并没有预先准备好一个答案。该怎么回答呢？一时还真想不出来。于是，他就笑一笑，说："怎么？就这么站着？不请我去客厅里坐？"

　　从后园到客厅，得走那么一会儿，这时间给了李世民思考的机会。踏进客厅门槛的时候，李世民已经拿定主意实话实说。他相信房玄龄等人不会走漏风声，也相信李靖本人不会泄露消息，但世上没有不透风的墙，万一李世勣有所风闻呢？再不实话实说，岂不是无异于搬起石头砸自己的脚？

　　"实不相瞒，你同李靖我都是要请的。李靖那边，我已经叫房玄龄他们去过了。"

　　李世民说到这儿，把话顿住。目的在给李世勣一个思考与回味的机会。思考什么？回味什么？李靖那边，是我叫手下的人去的。你这边呢，是我亲自来的。虽然有个先后之差，不是也还有个轻重之别么？他希望李世勣这么琢磨。这么一琢磨，不就能找到心理平衡，不再会因身为第二人选而感觉不快了么？

听了李世民这话，李世勣果然在琢磨。不过，李世勣所琢磨的，不是李世民所希望的。李世勣琢磨的是：在李世民的亲信之中，只有杜如晦与李靖交情匪浅，其余的都同李靖毫无往来。怎么不叫杜如晦去见李靖？答案只可能有一个，那就是杜如晦不肯去。为什么不肯去？答案也只可能有一个，那就是杜如晦知道李靖绝不肯介入太子与秦王之争。琢磨出了这样的答案，李世勣就更加坚定了自己也不介入的决心。不过，他并不急于表示自己的意思。先请李世民坐上客席，然后吩咐使女上茶，等主客二人皆已坐定，各自品尝了一两口清茶之后，李世勣这才开口。

"如果我没猜错，李靖给房玄龄碰了软钉子。"

李世民不禁一愣。李世勣猜得这么准，真是有谁走漏了风声不成？他当然万万没有想到：走漏风声的其实不是别人，正是他自己。

"哈哈！未卜先知，料事如神嘛！"李世民夸张地笑了一笑，企图掩盖内心的不安。

"不敢。不过，既然猜着了这一点，我倒是愿意再往深猜一猜，我猜李靖也绝不会站到太子那一边。"

"不错。他的确这么担保过。"李世民没有再笑，只是严肃地点点头。他甚至有些后悔方才不该那么夸张地笑，因为他已经发觉在李世勣面前这般装模作样不仅是多余而且是露怯。

"我之所以这么猜，是因为……"

李世勣说到这儿，打了个磕巴。下面的话该怎么措辞才能够得体，怎么好像无论怎么措辞都没法儿得体？正为难之时，李世民替他解了围。

"怎么不说：是因为英雄所见略同？"说完这句话，李世民笑了。他觉得他这句聪明话替他挽回了方才的露怯。

李世勣的意思当真与李靖略同么？两人都不愿意介入，就这一点而言，并无二致。不过，促成这"不愿介入"的动机并不一样。李靖的拒不参与，基本上出于战略的认识，而李世勣却是基于对具体细节的分析。房玄龄、杜如晦、侯君集、温大雅是李世民的谋士，段志玄、长孙顺德、长孙无忌、刘弘基是李世民的死党，尉迟敬德、秦叔宝、程咬金是李世民的爪牙。这帮人跟随李世民都有年头了，他李世勣去了，能算个什么？绝不可能进入李世民的核心。秦叔宝、程咬金两人本是瓦岗寨翟让的亲信，翟让见杀于李密，两人跟着单雄信一起投靠李密；李密败于王世充，两人又都跟着单雄信投奔王世充；在王世充手下不得志，重施阵前倒戈的故计，一同投靠李世民，成为李世民的打手。不折不扣的反复无常小人嘛！李世勣这么看不起这两人，可这两人却都深得李世民的宠信。他李世勣去了，说不定还得看这两人的眼色行事，他能忍受得了？

拒不参与，至少就目前而言，依旧可以置身事外，逍遥于太子与秦王两派之间。将来呢？倘若太子胜，他会有麻烦么？绝对不会，对于这一点，他深信不疑。太子为人稳重而忠厚，不会滥杀。再说，太子的首席谋士魏征在瓦岗之时同他的关系就不错，他之所以决意降唐，也正是出于魏征的游说。换言之，他虽然不是太子党，在太子党内却也并非没有内线。倘若秦王胜呢？根据他对秦王的观察，他相信秦王是个赢得起的人。赢了之后，不会斤斤计较前嫌，会着眼于将来。将来需要什么？突厥是当前的大敌，北方要塞须人镇守。扪心自问，他李世勣难道不正是最合适的人选么？退一步说，就算秦王对他的中立怀恨在心，不想再用他，他毕竟救过秦王一命，秦王还不至于狠毒寡恩到要置他于死地吧？倘若太子与秦王僵持不下，天下一分为二，又将如何？势必两边都抢着要他，唯恐不及，那他就更可以高枕无忧了。

虽然李世勣不肯介入的态度本在意料之中，李世民踏出李世勣府邸大门的时候，心中仍然不免感到失落，感到空虚，甚至感到一丝恐慌。自从我有心结交天下豪杰之士起，十年来无往不利，怎么如今到了紧要关头却接连栽俩跟头？难道是天不我予？难道是我要干的事情当真很卑鄙，正人君子皆不肯相从？

一阵急促的马蹄声把李世民从沉思中惊醒，掀开车窗锦帘向外一瞥，但见魏征策马疾驰而来。李世民赶紧松手，放下窗帘，心中暗自骂道：怎么偏偏在这时候撞见这混蛋！

魏征为什么成了李世民心目中的混蛋？因为李世民放出去诽谤李建成与张婕妤、尹德妃关系暧昧的谣言叫魏征一纸奏章驳得体无完肤，不仅驳得体无完肤，而且还令李渊疑心谣言的根源出自李世民的手下。房玄龄、杜如晦、秦叔宝、程咬金等皆因此而遭贬窜，虽然一个个都暗自逃回了京师，藏匿在天策上将府中，毕竟不方便公开活动了。

这混蛋我当时怎么没看上？骂过之后，李世民又颇有一些后悔，后悔他不曾把魏征招揽到自己麾下，让这么个能人成了太子的谋主。为什么会看走眼？因为魏征的出身既非名门望族、达官显贵，本人的表现也绝不像个豪杰。魏征之父魏长贤，出仕北齐，终于屯留县令的卑职。魏征少孤，家贫无以为生，落魄到几乎要讨饭。贫困到这份儿上，居然还没胆量去做强人，竟然选择出家做道士这么条路。自从出家，把姓名隐去，取个道号，唤做"非常道人"，整日碌碌无为，除去读读老庄，就靠测字算命混些小钱。

这么一个混混，怎么会混出头？运气来时，门板也挡不住。魏征三十七岁那一年六月初吉，运气来了。那一日午后，魏征吃过午饭，静坐在武阳郡城城南的虚无观斋中闭目养神，看门的小厮闯进门来，上气不接下气地禀告说门外有个官人求见。魏征并不当即理会，慢慢地把气送入丹田，方才挥挥手，表示知道了。官人？怎么会有什么官人来找我？魏征起身，略微整整皱皱巴巴的道袍，从案上拿起麈尾，将信将疑来到会客的偏殿，举头一看，认得是本郡的郡丞元宝藏。

"来的可是非常道人？"看见魏征踏进偏殿的门槛，元宝藏问，并不起身，只是略微拱一拱手。

"正是贫道。"魏征见元宝藏并不通名报姓、显示身份，也就假做不知元宝藏为何方神圣，大模大样地在主位坐下，然后问道："官人要测字，还是要算命？"

"测字。不过，字嘛，我已经在城北玄武观抽了一个，只是主持道士说不出个所以然，所以才叫我到贵处来请教非常道人。"

"原来如此。敢问官人抽到的是个什么字？"

"新月如钩的月字。"

魏征听罢，不慌不忙闭上眼睛，大喊一声"上茶"！一个小道士应声捧上茶来。那所谓的茶，淡得跟白开水差不多，三四片粗茶叶伴着两颗干巴巴的黑枣漂在水面上，一眼看过去就知道其实没法儿喝。道观里所谓的茶，一律如此，本不是给客人喝的，只是索取赏金的一种手段。元宝藏并不见怪，手掌心里早就捏好两个铜板，用来打赏了小道士。

听见小道士的脚步声下了门外的台阶，魏征并不睁眼，只把手中麈尾晃了两晃，然后方才慢条斯理地说道："抽到月字，就是据月字为己有的意思。月者，太阴也。太阴者，阳之反也。月字者，其实非月，以文画月者也。文者，武之反也。所以嘛，抽着月字，就是'据武阳以反'的意思。"

元宝藏听了，心中一惊。当时武阳郡守空缺，元宝藏以郡丞代理郡守之职。前日夜晚李密秘密遣人前来与之联系，劝其据武阳入伙。元宝藏因主意不定，这才想起去玄武观测字，怎么就让这非常道人测个正着？难道是冥冥之中确有天意不成？

"这地方不是方便说话之处，敢问非常道人能不能移步到敝舍一谈？"

两人一前一后步出虚无道观，从此这世上少了个非常道人，多了个魏征。

　　元宝藏架不住魏征的怂恿忽悠，当真据武阳以反，响应李密。李密册封元宝藏为大柱国、武阳公。元宝藏大喜，旋即任命魏征为其记室参军，引为腹心。当时李密自称魏公，魏征于是献策，叫元宝藏上书李密，改称武阳郡为魏郡。

　　"武阳这地方在先秦之时本是魏国的别都，称之为魏郡，名正而言顺。"魏征说，"不过嘛，这当然只是表面上的说法。"

　　元宝藏会意，哈哈一笑道："嗯，不错。身为魏公而领有魏郡，名至实归，能不大悦！这建议书嘛，当然就由你来起草啦。"

　　李密接到元宝藏来书，果然喜上眉梢，对房彦藻道："元宝藏不学无术，绝对不可能想到这一招，也绝对写不出这么精彩的文字。你替我问问元宝藏，就说我想知道这写手是谁。"

　　元宝藏虽然不学无术，为人处世之道却摸得极透。他明白李密绝对不会仅仅是想知道写手是谁，立即做个顺水人情，把魏征推荐给李密。据史册记载，魏征始见李密，便上十策。李密览之大奇，却不能用。用魏征为元帅府文学参军，兼掌记室。这职位，大致相当于今日的秘书兼办公室主任。李密既然"大奇"魏征之计，为何不能用？难道是李密以为的"奇"，仅仅奇其文字，而不奇其什么？可惜史无记载，只能作为千古疑案处理了。

　　一年后，李密趁胜策划在洛阳城外与王世充决一死战，魏征不以为然。魏征认为：王世充虽然屡败，李密麾下骁将锐卒伤亡也不少，急需补充修整。李密手头没有府库，只有粮仓，没法打赏立功将士。将士得不着赏金，斗志低沉，颇有离心。王世充粮少，故急于一决胜负。李密粮多，故利在持久。基于这样的分析，魏征主张深壕高垒，围而不战。王世充断粮之时，必然突围而出，那时乘势追击，必如摧枯拉朽，稳操胜券。急于决战，乃下下之策。当时房彦藻已死，李密亲信的谋士换成了郑颋。魏征自知人微言轻，所言李密不会采纳，先找到郑颋，说出这番意思。岂料郑颋听了大笑，以为是老生常谈。

　　决战结果，李密果然一蹶不振。说明魏征有先见之明？也许并非如此。倘若单雄信不临阵倒戈，胜负其实难说。不过，魏征看透将士颇有离心倒是不错。不然，怎么秦叔宝、程咬金、罗士信这帮骁将一个个都跟着单雄信投降了王世充？甚至连笑话魏征之说为老生常谈的郑颋，也投奔了王世充？

　　魏征自己倒是没有遗弃李密，随李密一起进了长安。李渊赏李密一个不相干的闲置，至于魏征，干脆未曾予以理会。据说有人向李世民推荐过魏征，李世民也不以为意，不就一道士出身的文学参军么？能同房、杜、温氏兄弟相提并论？摇鹅毛扇、耍笔杆子的，李世民不乏其人，如果魏征是个能征惯战的悍将，那可能就另当别论了。可惜魏征不是，遭到冷落，不足为怪。

魏征又落魄得无以聊生了。

有什么了不起的？大不了再回去当道士！魏征试图这么说服自己，可好像不怎么管用，心里头有股气憋得难受。气从何来？自从成为李密的秘书兼办公室主任，朝夕与之相处，发现外面传得多么英明、多么伟大的领袖人物，其实不过尔尔，并不比他这个出身卑微的道士高明。怎么人家就能叱咤风云、骚动天下？而我魏征就该靠测字算命混日子？有了这么一股气，魏征就舍不得离开这名利场。既然舍不得走，又没人理会，该怎么办？得靠自己钻营。

怎么钻营？魏征看到了一个机会。李密降唐之时，以为只要他李密修书一封，原本归属瓦岗的十郡之地就都会听从他的旨意，改而归顺李渊。岂料十郡之守都是识时务的俊杰，得了李密的书信，一个个嗤之以鼻。你李密已经是在别人门下讨饭吃了，还居然好意思来吩咐我该怎么办？坐镇黎阳的徐世勣既握重兵，又多粮草，怎么不去投靠他？

他李密招降无效，所以李渊给他个冷板凳。我魏征要是能招降成功呢，能不被重用么？这就是魏征看到的机会。李密办不到的事情，魏征凭什么能办到？首先，李密犯了个原则性错误。俗话说：射人先射马，擒贼先擒王。想要十郡归降，关键在徐世勣而不在十郡。李密给十郡之守一一去信而忽略了徐世勣，无异于舍本逐末，何功之有？其次，李密之所以会犯下这原则性错误，因为与徐世勣有嫌隙在先，故不便去说。而魏征与徐世勣的关系，却一向良好。有嫌隙，难以推心置腹；不能推心置腹，即使说之，何能有成？关系良好，遂能坦陈利害得失；挑明厉害得失，成功当可在望。看到这个机会，魏征立即上书李渊，自请东出函谷，劝降关东十郡。

"你以为如何？"李渊看过魏征毛遂自荐的奏章之后，转给裴寂。

"文字效仿苏、张，写得不错。"裴寂说，"不过，李密办不到的事情，李密的记室参军反而能办得到？"

裴寂说魏征的文字效仿苏秦与张仪，看得极准，这两人正是魏征心目中的偶像。至于裴寂的怀疑，也不能不说言之成理，因为魏征在奏章之中并未提到"擒贼先擒王"那一招。他不曾提，因为他视之为绝招。把绝招说穿了，说不定用不着他去也能把事情办成。

"赏他个不大不小的官职，让他去。成，咱不费吹灰之力而得十郡之地，自然是大吉。不成，他自然不好意思再回来，咱不是一无所失，连那不大不小的官职都回收了么？"

"主公高见，非臣所能及。"裴寂故作恍然大悟状。其实，李渊的想法，裴寂早就想到了，故意不说，就是为了等这么个拍马的机会。

"少来这一套！"李渊大笑，他明知裴寂故意拍马，可仍旧耐不住感觉良好。"有什么合适的官职空缺？"

"秘书丞如何？"

秘书丞是秘书省的副职，级别为从五品，不上不下，正好是个不大不小的官。李渊听了，满意地点点头。魏征的钻营，于是开张大吉。

混到个秘书丞的职称，魏征欣然就道。路上诗兴大发，作《述怀》一首。其词曰："中原初逐鹿，投笔事戎轩。纵横计不就，慷慨志犹存。杖策谒天子，驱马出关门。请缨系南越，凭轼下东藩。郁纡陟高岫，出没望平原。古木鸣寒鸟，空山啼夜猿。既伤千里目，还惊九逝魂。岂不惮艰险？深怀国士恩。季布无二诺，侯嬴重一言。人生感意气，功名谁复论！"

"投笔事戎轩"，用的是班超的典故。班超放弃书生生涯，投入远征军，以代理司马的身份，率领三十六人横行西域。后人以"投笔从戎"四字总结其事，名副其实。魏征以文职身份而作说客，何"投笔从戎"之有？以班超自况，不无自我吹嘘之嫌。"岂不惮艰险"一句，则不止是吹嘘，简直是自欺欺人。明明是经过盘算，觉得胸有成竹才上书请命，何艰险之有？至于"深怀国士恩"一句，以后事观之，更是笑话。不过，既然是后事，姑置之不论。

倘若魏征一路上只会作作诗、吹吹牛，魏征恐怕也就不成其为魏征了。除去写了这首自我陶醉的《述怀》，魏征在路上还给徐世勣写了一封信。那封信倒是写得十分精彩，不仅颇具战国纵横家行文的遗风，而且也略有诸葛亮遣词造句的影子。那封信的确写得好，如果写得不好，徐世勣就还是徐世勣而不会变成李世勣也说不定。

如前所述，投降的李世勣恩遇隆重、非比寻常。招降成功的魏征呢？是不是也该加官进爵？理应如此吧，至少，魏征是这么想。否则，那还钻营什么？可理应如此的事情，往往并不发生。出乎魏征的意料之外，魏征不仅没有得着加官进爵的圣旨，连一纸招他回京的公文都没有收到。李渊就这么把魏征撂在黎阳，听其成为一名有名无实的秘书丞。遭到如此的冷落，魏征怎么想？魏征十分后悔，倒不是后悔不该自请出关劝降，是后悔不该写了那首《述怀》。说得更确切些，是后悔不该把那首《述怀》广为传送，现在让人家看笑话了吧？谁把你当"国士"了？国士是什么？国士是无须有功，光凭名气就能不费吹灰之力而获高官厚禄的人物。你魏征令李渊不发一兵一卒而据有关东十郡之地，可谓功莫大焉，怎么还是个长期外放的秘书丞？后悔之余，魏征极其痛恨，当然不是痛恨自己，是痛恨李渊。简直是无耻的背叛嘛！每当三杯淡酒下肚，魏征就会忍不住这么大吼一声。可除去这么一声干吼，他能怎么办？一个手无缚鸡之力的道士，还能怎么办？李渊之所以会冷落魏征，是否也是因为潜意识之中有此想法？极可能如是。

如果不出什么意外，魏征可能的确没办法，只能忍气吞声，可意外偏偏发生了。李世勣降唐将近一年之际，窦建德引兵路过黎阳，本意在攻取卫州。卫州在黎阳西南三十里，为慎重起见，李世勣派遣骑将丘孝刚将骑兵三百前往侦探虚实。谁知慎重反被慎重误！丘孝刚自恃骁勇，竟然偷袭窦建德的大军，不仅枉自送了性命，更令窦建德大怒。窦建德本来已经行过黎阳，因怒而秘密折回，全力猛攻黎阳。唐军寡不敌众，黎阳终于失陷。

黎阳城破之后，李世勣与魏征都投降了窦建德。不过，二人之降，略有不同。李世勣本来已经走脱，只因其父被俘，这才返回来投靠。可见李世勣之降，大有不做忠臣、只做孝子的意思。此外，李世勣于既降之后，一直秘密策划颠覆窦建德，密谋泄露失败之后，逃归长安。可见李世勣之降，也大有假投降的意思。

魏征的情形就不同了，魏征之降，没什么借口。如果说也是事出有因，那么，那个"因"，恐怕只能说是痛恨李渊之背叛与怀才不遇的混合体。魏征既降之后，窦建德用为起居舍人。起居舍人本身虽然不是什么掌权的职位，可不少掌权的人物都从起居舍人这官职起步，可见魏征在窦建德眼中倒还真有那么一点"国士"的意味。倘若中原逐鹿的结局以窦建德胜出而告终，魏征以夏朝开国元勋的身份名垂史册也未可知。当然，这只是假设。不过，如此假设并非想入非非，以当时的情势观之，窦建德胜出的可能不仅有，而且不小。割据一方，与李渊的唐、王世充的郑，三分天下、鼎足而立的机会则无疑更大。

李渊与王世充同为隋朝的达官显贵，其反，都是乘人之危。这儿所谓的"人"，当然不是一般的小民百姓，是这两人的主子隋炀帝。就这一点而言，这两人都不是什么正人君子。惟有窦建德不同，窦建德是名副其实的农民造反领袖。其反，也是名副其实的"官逼民反，民不得不反"的反。有些人的领袖才干是慢慢磨练出来的，有些人的领袖气质却是与生俱来的。乘人之危的，未必属于后者；出于逼迫的，也未必属于前者。比如，窦建德似乎就属于后一类。据史册记载，村里有人死了父亲，没钱请人送葬，窦建德正在地里干活，听见这话，立马撂下手上的活去义务帮忙。窦建德自己的父亲死了，乡亲邻里赶来送葬的不下千人，所有馈赠礼金，窦建德一概退还。朝廷在乡间募兵征高丽，别人去了都当小卒，窦建德却被任命为二百人长。无论逃兵还是罪犯，逃到窦建德处，窦建德一律予以庇护。窦手下的人逃走为寇，窦建德一概不予追究。窦建德不过一介农夫，想必未曾读过《庄子》，而其举措如此，与庄子笔下的"盗亦有道"之"道"不谋而合，能不说是天生具有领袖的气质么？

一开始，这种气质给窦建德一家带来不少好处。无论哪条道上的强人，也无论如何凶悍，一概不抢窦家。可后来，这气质却带来灭顶之灾。大概是有人见了眼红，打小报告给县令，说窦建德与四方强人皆有瓜葛。县令感觉军情重大，汇报郡守，郡守闻讯大喜。试问喜从何来？原来朝廷责令郡守剿匪已经多时却毫无进展，正在犯愁之际而获此军情，能不喜上眉梢？于是立即传下令去，把窦建德一家满门抄斩，然后吩咐其记室参军起草捷报一章，呈送朝廷请功，说是已将匪首全家捕获并予处死。

所谓"匪首全家"云云，当然并不属实。首先，所谓"全家"，漏掉了被指为"匪首"的窦建德。其次，当时窦建德分明在朝廷的军队里服役，怎么就成了"匪首"？说窦建德暗中勾结强人，也许不算冤枉。不过，难道因此就应该满门抄斩？隋朝的法律早已不复存在，无案可稽，难以考核。推之以情理，多半并不合法。即便是合法，如此血腥的屠杀，也是情理难容。窦建德得知全家遇害，能不忿然造反？他手下二百来号人惟其马首是瞻，都跟着他投奔了出没于清河一带的大盗高士达。不久，高士达兵败被杀，窦建德代领其众，名副其实地成了一名匪首。

自从窦建德成为清河强人的领袖，一反强人烧杀抢掠的恶习，但凡俘获朝廷官吏，一概恩遇，留为己用。于是，所过郡县望风归顺，兵不血刃；数月之间，军容大盛，胜兵多至十多万人。617年，窦建德攻占乐寿，自称乐寿王。次年占领河北大部郡县，建都乐寿，改称夏王。同年擒灭宇文化及，大量起用原隋朝高官，积极健全司法行政体制，为政赏罚严明，为人勤俭宽容。王世充、李渊闻之，争相与之联和，唯恐得罪。

魏征既然受知于这么一位草莽英雄，怎么不见再来一首《述怀》，吹嘘吹嘘为"国士"之快？担心再后悔，还是写了而失传？无论属于前者还是后者，反正都是魏征之幸，因为窦建德好景不长，魏征这"国士"没当多久就又成了奔亡之虏。不出一年半，窦建德因救王世充，与李世民在洛阳城外狭路相逢，短兵相接不利，为李世民所擒，押送长安斩首。除去原本为隋朝的高官、与李渊有些交情者降唐之外，窦建德手下大都散伙归田。魏征如何去就？如果魏征当真如其《述怀》诗最后四句所说，忠贞不二、淡薄功名、视死如归，那么，窦建德斩首之际，就应当是魏征自刎之时了。否则，说什么"侯嬴重一言"？人家侯嬴可是以从容自刎的方式报答信陵君以国士见知之恩的呀！

魏征不是侯嬴，他没有自杀。魏征也不是单雄信，单雄信在洛阳城破被俘之后，讨饶不得而见杀。魏征呢？干脆没人理会，生死听其自便。一个人活到这份儿上，也够惨的了。可魏征野心不死，居然再度入长安。还想钻营？不错。否则，怎么不回魏州去收拾道士的旧生涯？这次再去长安，能投奔谁？既然在李渊、李世民处都碰过钉子，投奔李建成乃唯一可行的选择。不过，这只是以理推测。魏征难道只是根据这样的推测就贸然作出投靠李建成的决定？考之史实，并非如此。魏征第一次随李密入长安，举目无亲，萍水相逢，尽是他乡之客。这回再入长安，却已经在李建成身边已经有了一条内线。

内线是谁？这人姓裴名矩，与裴寂同属望族裴氏。裴矩少年得志，早在北齐之时就已知名。入隋之后，为隋文帝记室参军，参与平陈之役。隋炀帝即位，先后出任黄门侍郎、右光禄大夫等要职，参与朝政，宠信无比。隋征吐谷浑，出于裴矩的主意。隋征高丽，也是出于裴矩的主意。不过，征高丽失利，却赖不着裴矩，他提出的只是战略性的主张，而征高丽的失败，败在战术。天下大乱之际，裴矩劝隋炀帝赶紧回京师，这主意也是绝对正确，无奈这一回，隋炀帝不听，从而断送了身家性命。宇文化及弑隋炀帝之后，用裴矩为右仆射。窦建德灭宇文化及之后，也用裴矩为右仆射。窦建德见杀，裴矩降唐，封安邑县公，任太子左庶子。

魏征为窦建德起居舍人之时，与裴矩深相结识，故裴矩一旦受命为太子左庶子，立即援引魏征为太子洗马。太子洗马这官职创设于秦，一说本作"先马"，因其职能本来是在太子出行之时为太子坐骑的前导。自晋以后，其职能改为机要文书，一向只用出身名门望族者充任。魏征出身寒门，出任此职，堪称破例。于近乎绝望的困境之中受此恩遇，显然令魏征感激涕零。于是，魏征于上任伊始便不顾疏不间亲之义，向太子进言：谨防李世民篡夺！

"怎么防？人说天底下有两件事情谁都没办法，一是天要下雨，二是娘要嫁人。我看还有第三件，那就是弟要篡位。"

听见魏征叫他谨防李世民，李建成说出这么一番话来。说完了，哈哈一笑，笑得潇洒自如，好像真有什么事情值得庆幸似的。这笑令魏征不由得对他的新主子多看了两眼：真正想得开，还是故作镇定？可他没看出来，于是试探着问："太子是想大事化小呢，还是想听其自然？"

李建成略微想了一想，这才开口。魏征以为他是要给出个答案了，却并没有，只是反问魏征："大事化小会是个什么结果？听其自然又会是个什么结果？"

"听其自然嘛，好说，那就是把自己的命运交给他。"

"他"是谁？魏征没有点明，因为不点自明。不点自明还去点，那是点金成铁，不是点铁成金。聪明人只会点铁成金，不会反其道而行之。

"交给他？"李建成摇头，"应当说是交给命运吧？"

把自己的命运交给命运？这话好像哲理很深嘛，可魏征是个讲究实用的人，对哲理，尤其是玄妙的哲理不怎么感冒。于是，他就不怎么客气地反驳道："成事固然在天，谋事还是在人吧？太子不谋，天就只能根据他的谋作出决断了。他的谋，能对太子有利？"

"那你就说说怎么大事化小吧。"魏征这话似乎说服了李建成，他没再就命运的话题继续争论。

"所谓大事化小，就是要让他死了篡夺的心思。怎么才能让他死了篡夺的心思？首先，咱不能受人以柄。但凡于太子名誉不利的事情，绝对不能做。"

"嘿嘿，扪心自问，我还真没做过什么缺德的事儿。"李建成打断魏征的话。显然，他对自己的人品自信得很。

"太子为人方正，有目共睹。不过，慎重永远不会过头。没做过的事情，也得提防别人无中生有、造谣中伤。"

"无中生有、造谣中伤？"李建成反问，好像有点儿不敢置信。

"可不。他手下那几个狗头军师没一个是好东西，什么手段使不出来？"

魏征说这话的时候，情绪有点儿激动，因为这话勾起两年前的一段回忆。他随李密第一次入长安之时，曾经先后拜访过这几个狗头军师。当然，那时候这几个狗头军师还不是狗头，而是人物；不仅是人物，而且还是他希望借以晋见李世民的门径。可恨房玄龄、杜如晦、侯君集、温大雅四人没有一个肯见他，都叫司阍挡驾了。把我魏征当作什么人？化缘的道士？至今回忆起来，仍令魏征血脉偾张、心跳加速。

"难道你听说了什么？"魏征的激动令李建成会错意，以为外面已经有了什么谣言，本来的泰然顿时化作遽然。

"那倒还没有。不过，听说张婕妤、尹德妃常来太子这儿走动，这事儿可得绝对小心。"

"嗨，两妃都不过是为了庆、封两弟封王的事情，希望我能在皇上面前敲敲边鼓而已。"

李建成所谓说的"庆、封两弟"，分指张婕妤之子李元庆、尹德妃之子李元封。张婕妤、尹德妃固然是有求于太子，可也不无巴结太子之意。皇上老矣，谁知道还能活几日？往后母子的生活，不都得从太子手上讨么？未雨绸缪，未可厚非。魏征这么想，于是，他说："这话我绝对信。不过，如果有人造谣中伤，说些暧昧的话，皇上信不信，有谁说得准？所以，咱也得未雨绸缪。"

"怎么未雨绸缪？"

"以后每逢张、尹两妃来，太子都要让皇上知道。不过，千万别一本正经地禀告，一本正经地禀告，或者反而会令皇上疑心，或者让皇上觉得太子城府过深。无论是哪一种可能，都对太子不利。太子要不着痕迹，于闲谈之中，貌似不经意地把消息透漏出来。"

太子听了，哈哈一笑，说："没想到你一个出家人，对这些家庭琐事还琢磨得真透！"

"寻常百姓人家的家事，我魏征不懂。不过，皇上、太子的家事嘛，其实是国事，自当别论。"

"此话怎讲？"

"皇家之事，大都见诸史册，只须留意阅读，不难知晓。"

"言之有理。其次呢？"

"其次嘛，太子得争取有所建树。听说攻克京师，太子功居第一。不过，那毕竟是几年前的事情了。后来几次硬仗，太子都不曾参与。比如，刘武周、宋金刚是他破走的。下东都、破郑灭夏，也全是他的功劳。下次再有机会，太子无论如何不能再让他抢了头功。"

还有下次的机会么？有。

魏征在京师禁城承乾殿同太子进行这番密谈的时候，远在山东清河郡漳南县荒郊野外的一幢茅舍里，也有一场机密正在进行中。参与那场机密的不止两个人，开始六个人，后来成了五个人。不是有一个人退出了，是有一个人被杀了。被杀掉的那人叫刘雅，剩下的五个人分别是高雅贤、王小胡、范愿、董康买和曹湛。六人都是窦建德故将。刘雅为什么被杀？因为其余五人唯恐他泄露机密。

什么机密？那要从十天前李渊签发的一道征召令说起。除去刘雅，剩下的五人都在被征之列。征召这五人去京师有何贵干？命令上没有说。

"你们怎么看？"高雅贤问。

当时五人不谋而合，先后逃到漳南，在漳南县城南门外的一家小客栈里秘密相聚。

范愿说："我看是凶多吉少。"

"可不。"王小胡接过话茬，"跟着王世充投降的单雄信、段达不都被砍了脑袋么？听说那单雄信还是李世勣的结拜兄弟，李世勣没少替他求情，不仅未曾免死，连个完尸都不肯赏一个。"

看看没人接话，王小胡又道："咱夏王逮着淮安王、同安公主，待若上宾。他李渊逮着咱夏王，立即处斩，明显蔑视咱如粪土嘛！夏王待咱不薄，咱不替夏王报仇，黄泉之下还怎生与夏王相见？"

王小胡所说的淮安王是李渊的从弟，同安公主是李渊之妹，两人都在窦建德攻破黎阳时同魏征一起被俘。高、范、董、曹一个个都自诩为铁铮铮的汉子，经不起王小胡这般煽动。于是剩下来的问题就成了怎么动手？谁当头？

"还是先去个测个字吧？"王小胡建议。

五人面面相觑。其实，谁也不真信什么测字占卦，只是拿不定主意的时候，除去测字占卦，还能怎么办？总得需要一种精神安慰吧？还别小瞧这种安慰，有时候能决定一个人的生死，有时候甚至能决定一个时代的命运。客栈门外就有个测字摊位，既然都不真信，自然是犯不着舍近求远，找什么名家了。况且，就漳南这荒郊僻壤，上哪去找什么名家？

"客官每人各测一字？还是五人同测一字？"测字先生问，显然不是跑江湖的名家，居然主动替客人开辟一条省钱的路子。

"怎么测？"范愿问。

"这还用问？"王小胡说，"咱问的是同一件事情，当然是同测一字啦！"

测字先生向各人瞟了一眼，没看见有人反对，双手抱起盛字签的竹筒，摇了三摇，抖出一枚竹签来，拿在手上递给众人一一看了，原来是个"汉"字。

"怎么讲？"高雅贤抬头问测字先生。

测字先生眉头一皱，略作思量，然后道："汉家天子姓刘，刘是卯金刀，卯是……"

"嘿嘿！用不着再往下胡诌。老爷已经悟出了其中的奥妙。"王小胡听到这儿，不耐烦地打断测字先生的话，扔下十个铜板，挥挥手，叫高、范、董、曹四人都跟他一起走人。

"什么奥妙？"回到客栈，高雅贤抢先问。

"咱五人不约而同逃到漳南，难道不是冥冥之中的天意么？这'汉'字，正好透露了天机。"王小胡说到这儿，把话顿住，端起几上茶杯，一饮而尽。放下茶杯，又要去斟第二杯。

高雅贤一把按住王小胡的手，道："你就别卖关子了，什么天机？快说！"

"看你急的，连茶都不让我喝个痛快。汉家天子姓刘，咱们五人谁姓刘？谁都不姓刘。不过，刘雅不是在漳南隐居么？叫他出头，必定大吉！"

倘若刘雅肯出头，真的会大吉么？没法儿知道了，因为他不肯出头。

"我老了，只想当个地主了此一生。我劝你们也别再搅和，天下已定，再搅和，绝对不会有什么好下场。"

"这叫什么话？"王小胡嗤之以鼻，"我们五个大老远找到你这儿，你好意思这么给我们晦气？"

"就是！真不像话！"高雅贤从旁附和。

"的确不像话！"范愿摇头，发一声叹息。

"简直不像人话！嘿嘿！"这么说的是董康买。

曹湛呢？怎么不开口？四个人一齐扭头看曹湛。

"你们接着聊，我得去趟厕所。"曹湛丢下这么句话貌似不相干的话，走出门外。

还能有什么好聊的？没有。刘雅执意不肯，四人轮番破口大骂了一回。骂够了？等四人都无话可说了，刘雅阴阳怪气地反问一句，拂袖而出。不过，他只跨出了门槛就一个趔趄向前仆倒。不是因为绊了门槛，也不是因为突发心脏病，是因为有一把尖刀戳进了他的胸口。谁的刀？曹湛的刀。曹湛不是去厕所了么？没有。那只是个幌子，他其实一直就在门外，等着刘雅出来。一声不吭的曹湛，干起事情来居然比谁都利索，令王小胡等四人都吃了一惊。

这么说，那字测错了？

谁也没有这么问。不过，谁都在心中这么疑惑，只有曹湛例外。

"不是测错了字，是咱找错了人。"他说，一边扯下刘雅的衣袖，擦干刀上的血。"咱把汉东公刘黑闼给忘了？"

既有汉字，又姓刘氏，而且也在漳南乡下赋闲，怎么就把他给忘了？听了这话，四人异口同声喊一声"可不！"

刘黑闼是什么人物？简言之，是窦建德的穷哥儿们。刘黑闼与窦建德的关系有点儿类似单雄信与李世勣，只不过刘黑闼比单雄信还要穷，而窦建德却没有李世勣那么富。窦建德入伍的时候，刘黑闼上了瓦岗寨。翟让与李密好像都没怎么看上他。李密失败后，刘黑闼投奔王世充，在王世充手下也照旧不走红，至少，远不如单雄信走红。如果不是因为李世勣，刘黑闼说不定也会跟着王世充降唐。然后呢？会像单雄信一样被处斩么？也许不会，因为没人把他当个人物。也许会，如果他在瓦岗时得罪过秦叔宝、程咬金的话。

不过，假设并无意义，事实上刘黑闼因李世勣之故而事先投降了窦建德。因为李世勣而投降窦建德？不错。刘黑闼虽然与窦建德为总角之交，其投降窦建德，却是被李世勣俘获的结果。当时李世勣在窦建德麾下，阴谋倒戈归唐。你不立点儿汗马功劳，窦建德怎么信得过你？窦建德信不过你，你又怎生走得脱？李世勣同其长史郭孝恪商量如何反叛之时，郭孝恪这么说。怎么立功？当时刘黑闼镇守新乡，与李世勣为近邻。李世勣于是袭取新乡，掳获刘黑闼，献之于窦建德。窦建德大悦，署刘黑闼为将军、赐爵汉东公。以后事观之，李世勣这么轻易就拿下刘黑闼，极可能是刘黑闼本来有意降窦，趁便卖个乖。什么后事？后来李世勣被刘黑闼杀得落荒而逃，根本不是他的对手。

与刘雅不同，刘黑闼见高、王、范、董、曹五人来奔，龙颜大悦。当下叫人牵过一头黄牛，道："本想伴你躬耕于野，如今得叫你伴我逐鹿中原了。"

黄牛怎么跟他一起逐鹿中原？五人正诧异之际，但见刘黑闼手起掌落，一掌拍在牛脖子上，黄牛顿时瘫倒在地，断了气息。

"把黄牛宰了以享贵客！"刘黑闼吩咐把牛牵来的小厮。

原来如此！五人听了，大喜过望，自不在话下。

从此天下少了一番安宁，多了一番厮杀。

10

"事不宜迟。"

这是七月十八日夜晚刘黑闼对高雅贤等五人说的最后一句话。怎么叫做"不迟"？五人都没问，一个个吹灯就寝。跑了一整天，吃多了牛肉，喝多了酒，困乏不堪，明日再从长计议不迟。次日一早，五人被人马嘈杂之声惊醒，跳起来看时，赫然发现刘黑闼已经在庄院里纠集了百十来号人马，整装待发。

"这么快就动手？"高雅贤等五人不约而同地问。

"昨晚上不是跟你们说了事不宜迟么？"刘黑闼摆摆手，意思是叫五人赶紧约束，准备出征。

七月十九日一早，刘黑闼率领一百来人轻而易举地拿下漳南县城，县令还没来得及出被窝就成了阶下之囚。不出一日，刘黑闼以同样迅雷不及掩耳之势攻陷相邻的鄃县。统辖漳南、鄃县的魏、贝两州刺史闻乱不敢怠慢，慌忙赶去增援，结果不仅是迟了一步，而且是相继败死。李渊闻讯，急遣淮南王李神通、燕王李艺合兵五万围剿。李神通与李艺也都不是刘黑闼的对手，都被刘黑闼杀得几乎片甲不留。窦建德余党纷纷趁机而起，刘黑闼的兵力不出三月便由区区百数十人骤增至数十万。十二月，刘黑闼攻陷冀州，时任黎州总管的李世勣无心恋战，望风而逃。刘黑闼追及于洺州，李世勣仅以身免，麾下步卒五千无一生还。次年春，刘黑闼自称汉东王，定都洺州。

"该是咱有所建树的时候了吧？"李神通、李艺、李世勣相继大败的消息传到京师，李建成问魏征。

"且慢。"魏征不慌不忙地一笑。

"且慢？他今日一早已经在皇上面前请命了，你不是说不能再叫他把头功抢了么？"

"是功劳，咱自然是不能让他再抢了。不过嘛，要是败绩呢?"

"此话怎讲?"

"刘黑闼这人，我同他打过交道，勇决果敢，深谋远虑，李密、窦建德皆不及。如今他风头正盛，如猛虎下山，谁去撩拨他，都难以取胜。不过，为保险起见，咱也不能让他一个人去。"

"你的意思是?"

"叫齐王元吉同去。万一成功，也好分他一份功劳。"

李元吉肯不肯去? 李渊肯不肯叫李元吉去? 难道都由魏征或者李建成说了算? 当然并非如此。不过，魏征之计，切实可行。李渊已老，老人的通病之一，是偏疼少子，更何况李元吉本来就是李渊的宠儿。所以，只要李元吉肯去，李渊断无不肯首之理。李元吉肯去么? 他巴不得有机会显显本事。因为他觉得有这必要，因为什么而觉得有此必要? 因为女人。这女人不是别人，正是他自己的老婆齐王王妃杨氏。

杨氏是隋朝的宗室，并非如某些小说所说，原本是什么长安当红的妓女。写历史小说而编造些故事，无可非议。但如果编造的目的旨在歪曲历史，就相当无聊。编造杨氏为妓女的目的，旨在掩盖李世民于杀齐王李元吉之后，夺取杨氏为妃的丑行，堪称无聊之极。其实，李世民杀兄弟而夺其妻，并不止于李元吉一案，另外还有庐江王李瑗一案。掩盖一案而忘却另一案，藏头露尾，欲盖弥彰。

不是妓女，并不等于就不会令好色之徒垂涎; 不是妓女，也并不等于就不会对拜倒在其石榴裙下的男人心存好感。每逢见着杨氏，李世民都两眼发呆、魂不守舍。李世民的失态不曾引起杨氏的厌恶或者气愤，恰恰相反，杨氏心里边乐不可支。对于李世民看上自己的老婆，李元吉并不觉得意外，也不觉得可气。他自己是男人，他明白在杨氏面前没什么男人能够镇定自若，更别说是像他二哥那号男人了。可他气不过杨氏因李世民垂涎而沾沾自喜，有什么可乐的? 难道我不如他? 总之，因为这个女人，李元吉觉得有必要走出李世民的阴影。

破夏灭郑之役，他李世民自以为功居第一。其实，我李元吉起的作用非同小可。他李世民迎战窦建德的援军之时，负责围困王世充于洛阳的，不正是我李元吉么? 王世充令大将乐仁昉率精兵突围，意图与窦建德合军，前后夹击他李世民。我李元吉早已料到这一招，设伏以待，大破郑军于洛阳城外，斩首八百，俘虏一千，生擒乐仁昉。倘若王世充、窦建德前后夹击他李世民之计，不曾受挫于我李元吉，那一战的结局会如何? 一败涂地的能是王世充、窦建德么？绝对不能。

李元吉不止一次这么同杨氏叨叨。每逢李元吉这么叨叨，杨氏就会撇嘴一笑。那是什么意思？分明是不以为然嘛！如果李元吉这些叨叨是胡乱吹牛，对于杨氏的撇嘴，他可能也就一笑置之了。可他说的分明是事实，他的功劳的确是不小，的确是被忽略了。所以，杨氏这么撇嘴一笑，就令他恨不得左右开弓，给杨氏两嘴巴。可是又偏偏舍不得，已经举起的手总得有个着落吧？既然不敢落在女人的腮帮子上，就只好拐个弯，落在女人面前的茶几上。一掌拍下去，硬木茶几面居然裂开一道缝儿来。嘿嘿！厉害！可并没吓着杨氏，因为这已经不是第一回。看见杨氏神态自若，李元吉气愤愤地补骂一句："你个女人懂个屁！"

"哼！我是不懂。可怎么只见皇上搞个什么天策上将的头衔给他？难道皇上也是女人？"杨氏不仅回嘴，而且回完嘴之后还没忘记再撇一回嘴。

这当然无异于火上加油，可他李元吉能怎么办？李元吉正觉无可奈何之际，魏征来访，说出下面这一番话来：

"刘黑闼不就是个机会么？不几个月的工夫，他刘黑闼就把窦建德的旧地盘全都给抢了回去，李神通、李艺、李世勣，一个个号称名将，可都只会望风而逃。你去把刘黑闼拿下来，还不把他给比下去？"

淮南王李神通虽然不是常胜将军，至少也是个久经沙场的老手。李世勣能征惯战，威名远扬自不在话下。至于燕王李艺，本名罗艺，就是《隋唐演义》中的好汉罗成之父，因骁勇善战备受李渊宠爱，从而赐姓李氏，绝对不是个饭桶。三人接连大败于刘黑闼，可见魏征对刘黑闼的吹捧并非虚言。能把刘黑闼这么个棘手的家伙拿下，的确是个大出风头的良机。问题是：他拿得下么？这问题，李元吉不曾想过。要在女人面前逞能的时候，男人一般都不怎么理智。

于是李元吉道："说的是。事不宜迟。否则，必定叫他把这机会抢走了。"

魏征点头称是，虽然他心里明白把李世民撤换下来的机会并不多。

同刘黑闼一样，李元吉也是个果敢勇决的实干家，想做的事儿，绝不拖泥带水。他立即就起身送客，接着直奔皇宫。可李渊不同意李元吉单独行动，原因之一，是派遣李世民的命令已经下达，临时换将，难免不扰乱军心，未见其利。原因之二，是李渊毕竟对李元吉独当一面的能力心存疑惑。所以，李渊只肯加下一道圣旨，令李元吉与李世民共同统军前往。

"来了个碍事的。"接到叫李元吉同去的命令，李世民不以为然。

"说不定也好。"说这话的是李世勣，他本来受命为李世民之副，如今既然来了个李元吉，他当然至少就名义而言就得退居第三位了。可他并不以为意，为什么？因为他心中没有女人，所以能够心平气和、通情达理。

"此话怎讲？"李世民反问。

"刘黑闼乘胜而来，其锋未易挡。他手下大将，大都是些匹夫之勇，齐王使槊的功夫高强，说不定能够于阵前生擒一二，也好灭一灭刘黑闼的威风。"

李世民心中所谓的"碍事"，意思是来了个抢功的。这意思，难道李世勣不明白？李世民瞟了李世勣一眼，他想看看这人是真不明白事理呢，还是高深莫测？李世民素以善于察言观色著称，可这一回竟然没有看出个所以然来。于是，他决定把李世勣作为高人处理。什么是高人？有时候是令你佩服得五体投地的人，有时候是令你敬而远之的人。当时李世民心目中的高人，属于后者。于是，他把李世勣支走，遣人把罗士信唤来。

罗士信是个什么人物？以史实考之，或者就是小说戏剧虚构人物罗成的影子。不过，罗士信并非罗艺之子，乃齐郡历城县人士，十四岁从军，投在郡丞张须陀麾下。其为人，骁勇而残忍。于阵每杀一人，辄割其鼻以怀之，凯旋之时用以验数取赏，张须陀对罗士信的本事叹赏不已，不移时便擢拔罗为自己的副手。张、罗两人英勇善战的事迹传到隋炀帝的耳朵，龙颜大悦，不仅遣使慰问，并且令画工图张、罗二人杀敌之状以为观赏。可是好景不长，三年后，隋炀帝派遣张须陀讨李密，张、罗两人都在徐世勣手上栽了个大跟斗。张须陀阵亡，罗士信被俘，屈膝投降，跟从了李密。李密失败之际，罗士信伙同单雄信、秦叔宝、程咬金一起投奔王世充。王世充待罗士信宠信无比，以至于与之同寝食，令罗士信得意之极，可是好景也不长。不久，李密旧部邴元真投奔王世充，王世充待之亦如罗士信，罗士信于是醋意大发，趁领军攻击毂州之便，重施阵前倒戈的故计，投降李渊。李渊立即令罗士信反噬其旧主，攻取千金堡。罗士信不仅干得极其卖力，而且也干得极其卑鄙与残忍。他先从老百姓手中抢来婴儿，用做诱饵，赚开千金堡大门，然后大开杀戒，将堡中男女老幼杀个精光。

李世民把罗士信唤去有何贵干？他吩咐罗士信：但凡有艰巨任务当前，一定不可退让，不能让别人抢了头功。当年罗士信不过二十岁，正是好勇斗狠的年龄，更兼生性狠毒好胜，听了这话，不假思索便哈哈一笑道："主公放心。这意思我懂了。"

李世民的意思，罗士信当真懂了么？不久，就有了答案。秦、齐二王领兵出关，刘黑闼洺水守将望风归顺。刘黑闼闻讯，自洺州引兵围攻洺水。李世民三度率兵增援，皆遭刘黑闼击退。

李世民问："谁敢入城固守？"

李世勣道："洺水，看样子刘黑闼志在必得，不如叫守城的王君廓突围算了。"

李世民道："王君廓不是守城的料，叫他突围，不错。不过，咱不能就这么算了。放弃洺水，岂不是长他人的威风！"

听了这话，李元吉咳嗽一声，正待答话，却被罗士信抢先道："我去！"

李元吉不曾争，虽然他并非不想冒险立功，毕竟比罗士信多几个心眼儿，明白此去凶多吉少。于是，李世民令罗士信率敢死队二百人拼死杀入城中，替下王君廓。刘黑闼昼夜急攻，李世民却按兵不救。罗士信死守八日，城破不屈见杀。罗士信反反复复，投靠过好几个主子，堪称常降将军，或者常叛将军，为什么偏偏这一回大义凛然、坚贞不屈？难道是"士为知己者死"？好像李渊、李世民之待他罗士信，并不如王世充嘛。那么，难道是因为与刘黑闼同在王世充手下之时，刘黑闼的地位远在他罗士信之下，因而如今耻为之下？

小说与戏剧皆把罗成之死，说成是见害于李元吉。可史册言之凿凿，分明是死在李世民的手上。李世民为何要叫罗士信去送死？就因为唯恐李元吉抢了功劳？也是无从考核。如果入城固守的是李元吉而不是罗士信，洺水能守得住么？也许。因为李世民恐怕不敢按兵不救。如果洺水守住了，李世民能否重复洛阳的胜利，在洺水城外围歼刘黑闼？毕竟未曾发生，结果难以预料。

李世民与刘黑闼在洺水相持六十余日，各有胜负。刘军因粮尽，强渡洺水，欲与唐军决一死战。李世民重施韩信于潍水击杀龙且之故计，令人在洺水上游以沙袋截水，等刘军半渡之际，提起沙袋，河水滔滔，泥沙俱下，刘军从而大溃。不过，李世民未能如韩信之斩龙且，让刘黑闼给跑了。眼见大功告成，却成了个功亏一篑。

刘黑闼亡走突厥，李世民追之不及，正待留在关外扫除刘黑闼残余势力，却得李渊圣旨，叫他只身回朝，把军队交给齐王李元吉。

"什么意思？准是太子在捣鬼！"李世民愤愤不平，情有可原。

"太子为人忠厚，未必会想得出这一招。"杜如晦这么替李世民分析。

"那依你之见，这是谁的主意？"

"除去窦建德手下那个道士，还能是谁！"

"是吗？魏征这家伙端的可恶！"

其实，魏征的"可恶"，还远不止于此。李渊的圣旨，除去叫李世民回朝，还指示李元吉对窦建德、刘黑闼余党及其家属赶尽杀绝，活口一个不留。这主意也是魏征出的。李建成一开始不肯把这主意转达李渊，反驳道："孙子曰：'攻心为上。'如此残杀，如何得人心？不得人心，如何能顺利安抚？"

"嗨！"魏征摇头大笑，"齐王成功了，虽然比秦王成功了好，毕竟不如太子自己成功了好。"

"难道你的意思是故意出这么个馊主意？"李建成问，一脸狐疑。

"谁说不是呢！否则，太子的建树怎么来？"

事态的发展果然如魏征所料，斩尽杀绝的手段不能安抚民心，恰恰适得其反，刘黑闼旧部流亡逃窜，化为小股流寇，令山东、河北州县防不胜防，安宁无日。不久，刘黑闼在突厥的支持下卷土重来，流窜各地的残部重新回归至其麾下。行军总管淮阳王李道玄素以骁勇著称，统兵三万与刘黑闼战于下博，轻敌冒进，兵败阵亡。洺州总管、庐江王李瑗弃城西窜。一败亡，一逃窜，山东为之震骇。齐王李元吉畏敌之强，畏缩不前。不出十日，刘黑闼竟然完全收复故地。

"这会儿是咱动手的时候了。"坏消息传到京师，魏征大喜。

于是李建成请李渊下诏：令太子为讨伐军统帅，令陕西道大行台、山东道大行台行军元帅、河南、河北诸州一并接受太子处分。此外，还特别指明：太子得以便宜从事。所谓大行台，是临时设置的军事辖区，大致相当于如今的大军区。陕西道、山东道，再加上河南、河北诸州，简直就是半壁江山。所谓"便宜从事"，就是凡是只要太子以为便的，就可执行，用不着请示皇上。换言之，除去军权之外，半壁江山的行政、钱粮、生杀大权也都交给了太子。

李建成东出函谷关伊始，魏征便请李建成行使"便宜行事"的特权，特赦一切在押窦建德、刘黑闼旧部及其家属；通令山东、河北郡县：罪止刘黑闼一人，其余党羽胁从，只要解甲归田，一概不问；各级地方官吏，敢有抗令或拖延者，以军法处斩。如此宽大的怀柔政策，显然瓦解了刘黑闼的军心。两个月后，李建成在魏州城外永济渠畔大破刘军。刘黑闼虽然又有幸走脱，不过，这一回没有上一回运气好，没能走到突厥，在饶州为其部下所卖。

据史册记载，刘黑闼临刑前大发感叹，说什么我本来好好地在家种菜，被高雅贤等人所误！刘黑闼当真说过这种话么？窃以为值得怀疑。如果刘黑闼真是安于在家种菜的那号人，一开始恐怕就不会铤而走险，上瓦岗为盗。贫乏不能自存之时，难道不能学魏征出家为道士么？李密、王世充、窦建德，三个刘黑闼先前的主子都不免死于非命，这难道还不够让他认清闯荡江湖的风险么？人死留名，豹死留皮。在家种地的多的去了，有谁能像刘黑闼这样留下名字？那么，史书如此感叹，目的何在？无非是想令不怎么安分的人听了，心灰意冷，做一辈子缩头乌龟，如此这般，真命天子就可以高枕无忧了。

不出两月，李建成就得胜回朝，不仅令李渊大悦，也令满朝文武对李建成刮目相看。一个看似儒雅的主儿，居然能够如此轻易剪除刘黑闼这么个劲敌，真是人不可以貌相！李世民看在眼里，心急如焚，夜不能寐，深更半夜把房玄龄、杜如晦招到府中。

"咱本想经营关东半壁江山，以待日后起事。"李世民说，"看如今这样子，这想法是要泡汤了。"

李世民之所以这么说，是因为李建成这次东出函谷，不止是剪除了刘黑闼那么简单。魏征叫李建成趁便结交关东豪杰，结果十分成功。这不足为奇，李建成本是既定的接班人，再加上怀柔与威猛兼施并用，令关东豪杰大为折服。"所谓"豪杰"，未必个个都是什么英豪杰出之士，其实就是"巨室"的雅号。关东巨室既然都叫李建成笼络去了，李世民的经营关东之计可不是要泡汤么？

房玄龄道："咱得赶紧拟出个行动方案来。"

杜如晦随声附和："可不。不能让那道士处处占了先机。"

道士！听见这两字，李世民心中一动，不禁失口笑道："嘿嘿！有了！"

什么有了？有什么了？房玄龄、杜如晦没问，李世民没说，可并不是心照不宣。两人都不问，因为都知道不该问的就不该问。李世民没说，因为他知道即使亲信如房玄龄、杜如晦，也没必要什么都知道。一方不问，另一方不说，三人核心会议到此结束。

会议就此结束，并不等于李世民所谓的"有了"，就这么不了了之。次日一早，魏征踏出家门，迎面走来一个道士。怎么知道是道士？穿着打扮是个道士。人罕有不从衣装打扮下判断的，诡计多端如魏征亦不能例外。那道

98

士走到魏征面前，冲魏征一笑，道："道可道，非常道。果不其然！"

"道可道，非常道"，是《老子》的开场白，《老子》是道教的最高经典，但凡是道士，没有不知道这句开场白的。从一个道士口中听到这句开场白，再平淡无奇不过了。可是，魏征听了却一愣。因为他的道号就叫"非常道人"，这道士口中的"果不其然"，难道不是冲他来的么？这道士怎么知道我的底细？虽然魏征并未曾刻意隐瞒其曾为道士的过去，自从上了瓦岗，也从来没有对外人提起过这段历史。这道士冲我而来，难道有什么目的？他想问个究竟。于是冲道士拱手施礼道："敢问道长此话怎讲？"

那道士见魏征施礼，慌忙长揖还礼，口称："无名道人拜见非常道人。"

无名道人？简直同我的道号天生一对嘛！魏征不由得对道士仔细看了一眼，但见那道士眉目清秀，仪态不俗。

"在下魏征，非常道人嘛，早已化为乌有。"

"好一个化为乌有，正是贫道之愿。"

原来如此，想走我的门径，弃道为官。魏征想笑，可是没笑出口，因为他忽然在这个陌生的非常道人身上看见了自己当年的影子。

"非常道人这道号，魏征不曾对外人提及，敢问道长从何处听来？"魏征追问。虽说他对这道士产生了同病相怜之情，却并没放松警惕，他不想同来历不清的任何人打交道，即使是道士也不例外。

"倘若不是杜如晦指点迷津，贫道缘何得知？"

杜如晦？魏征听了，心中一惊。杜如晦自恃门第显赫，一向蔑视寒门出身的魏征，他杜如晦怎么会指使这道士来找我？

"道长既然是杜大人的朋友，如何还用得着我魏征？"

道士叹口气，道："不说也罢，说来气人！"

"此话怎讲？"

"实不相瞒，贫道本来希冀杜如晦提携一把，岂料杜如晦盛气凌人，说什么：找我干什么？我又不是道士！你们道士不是有个非常道人在太子府上么？怎么不去求他？"

原来如此。魏征听了，顿时放松了警惕之心。

"敢问道长有何能？"

"贫道一无所能。"

"有何好？"

"一无所好。"

"很好！"魏征一笑，决定帮帮这个当年的自己。

为什么很好？因为魏征的问话出自《战国策》，而无名道人的回答也出自《战国策》。人难免不以自己的好恶为判断的准则，魏征自己最好《战国策》，但凡读过《战国策》的人，在魏征眼里，不知不觉之中就都成了好人。

魏征不是空口说白话的那种人，既然以"很好"两字见许，他不会叫那无名道人空喜欢一场。于是不久，世上就少了个无名道人，太子府上就多了个叫做王晊的更率丞。

那一日，李世民从李世勣府上出来，望见魏征正往李世勣府上去，心中发一声冷笑。哼！你也想来打李世勣的主意？晚了！李世民相信李世勣是个重承诺的人，既然已经答应不参与他与太子之争，就绝对不会帮太子对付他李世民。李世民对李世勣为人的判断不错，李世勣果然谢绝了魏征之请。其实，魏征输在李世民手上的，当然并不止这一着。就在那一日的傍晚，魏征输了第二着。

那一日的傍晚发生了什么？太子李建成在太子府上宴请了秦王李世民。两人虽然暗里斗得厉害，表面上的兄弟还得照做。太子为什么要宴请秦王？因为秦王两天前刚刚在秦王府宴请过太子。"来而不往，非礼也"，即使不想回请，也不得不回请，否则，在皇上面前怎么交待？

秦王宴请太子的名义是"奉旨赔罪"，堂而皇之，叫太子没法儿谢绝。李渊为何叫李世民向李建成赔罪？因为据魏征替太子写的申辩，传播太子与张婕妤、尹德妃有染的谣言，出自秦王府属。李渊看了大怒，房玄龄、杜如晦、秦叔宝、程咬金皆因此而贬窜，李世民因有失管教，挨了老子一顿痛骂，并被责令反省与赔罪。回到天册上将府中，李世民觉得心中堵塞不堪，叫人把秦王府的专用医生唤来。秦王府专用医师是谁？并非什么外人，就是替房玄龄的老婆钏儿治过眼伤的小苍公。医师这种人，最要紧的是信得过。御医的医道高明，自不在话下，可御医是咱们的人么？有一回，李世民在李、房、杜三人例行秘密会议时说过这么一番话。房玄龄听了，立即割爱，把小苍公推荐给了自己的主子。割爱？不错。当时的小仓公早已不在上郡那边远之地跑江湖，成为房玄龄府上的专用医师已经有不少日子了。

替李世民把过脉，小苍公摇头。"大王并无心疾，不过心情抑郁罢了。"

李世民大笑。"房玄龄夸你手段不凡，还真不是替你吹牛。我是没病，叫你来，也不是为了看病。"

小苍公吃了一惊：幸亏方才没有信口胡诌。原来叫我把脉，只是试探我老实不老实！不是为了看病，那是为什么？跑江湖的经验立即令他警觉。不会是什么好兆头，莫非是要毒药不成？

小苍公的预感还真灵，李世民唤来小苍公，果然是要毒药。不过，既不是要用来毒死太子，也不是要用来毒死任何人，这就大大出乎小苍公的意料之外了。

"药的性质，必须能够毒死人。不过，不能一沾就致人于死地，要能控制到只是泻泻肚子、出出火气。明白了么？"李世民这么吩咐小苍公。

听到如此这般吩咐，小苍公松了一口气。小菜一碟，嘿嘿！诈死药我小苍公都会配，别说什么毒而不死的泻药了。毒药配制好了，李世民用重剂量拌在狗食里，可怜跟着主子多年的一条哈巴狗吃了一命呜呼。如此试过了，李世民又用小剂量掺入水中，叫一条看门的狼狗来喝了，狼狗当即吐泻了两三回，过了一日，方才康复无恙。

李世民的马车在太子府上门前停下来的时候，太子更率丞王晊早已在门口恭候多时。替太子在门口迎接客人，本是更率丞份内的工作，用不着他争取，也不可能引起任何人注意。李世民举步走上门前的石头台阶，一个不小心，踩滑了脚，王晊慌忙趋前搀扶。待到李世民重新站稳脚步之时，王晊的掌心里多了一个半寸大小的纸包。有谁看见了？天知地知，你知我知。除此之外，神不知鬼不觉。

宴会的气氛远较太子预料的要轻松和谐，除了喝酒与吃肉，李世民的注意力好像只集中在一个舞妓身上。不怪秦王好色，只怪那舞妓的身材着实惹火，任谁都难以脸不变色、心不跳。安排这名新近招来的舞妓登场主演，是魏征的主意。看来这主意还真不错。否则，未免冷场就得找话说。可说什么话好呢？说什么都难免不别扭。太子见秦王一副魂不守舍的样子，心中暗自叫好。

酒菜一扫而空之时，侍女捧上清茶。李世民伸手来接，眼睛却依旧直勾勾地盯着那舞妓不动，又一个不小心，这回是把茶杯打翻了。这类事情经常发生，宴席旁边的条桌上现成有预备好了茶杯，专为这类尴尬场合而设。立在席旁随时准备应急的太子更率丞王晊赶紧走过去，从条桌上拿起一个茶杯，递到李世民手上，又从提着茶壶的侍女手中抢过茶壶，亲自把茶杯给斟满。茶过三盏，侍女捧上瓜果。李世民选了一块西瓜，岂料西瓜刚刚下咽，忽然两手捧腹，大喊一声"啊呀"，顿时脸色发紫。李世民手下的亲随听见了，立即从堂下跑上来，七手八脚把李世民搀扶着，匆匆退出太子府。

次日一早，秦王在太子府上食物中毒的消息传遍京城。李渊听到这消息的时候，正在用早膳。听了之后，沉默不语。可能吗？建成有那么心狠手辣？难道是他手下那个道士瞒着他做的手脚？不错，的确是太子手下的一个道士做的手脚，不过不是李渊猜想的那一个。王晊是个不相干的小角色，李渊根本不知道他的存在。

稍事犹豫之后，李渊把御医唤到跟前。

"去秦王府走一趟，务必查清中毒的原因。明白了么！"

《管子》曰："知子莫若父，知臣莫若君。"从李渊李世民父子过招来看，把第二句换成"知父莫若子"恐怕更加切当。李渊怀疑李世民做手脚，所以叫御医去秦王府查个究竟。李世民早已料到李渊会这般怀疑，所以事先叫小苍公把毒药配制妥当。御医的调查，除去证实确有毒药之外，还能查出什么别的结果？

"大难不死，吉人天相嘛！"

"幸亏裴公是个明白人，换个不明白的，说不定会猜想毒药是我自己下的，故意少下剂量，做成个大难不死、吉人天相的骗局也未可知！"

上面这两句似问非问，似答非答，是裴寂与李世民之间的对话。地点是秦王府的客厅，时间紧接着御医在秦王府调查结束之后。裴寂的造访，同御医一样，也是出于李渊的派遣。不过，两人的任务略有不同。御医的任务，是从技术上进行调查；裴寂的任务，是从人事上进行调查。

派遣御医，可以说是错着，但更精确地说，只是走了一步废棋。至于派遣裴寂嘛，那就是不折不扣的错着了。本来，李世民不便找裴寂谈，裴寂也不便找李渊问，因李渊的派遣而成了奉旨问答，令裴寂、李世民有了个再好不过的沟通机会。

李渊怎么会走出这么一步臭棋？因为李渊一直视裴寂为自己的亲信，没看出裴寂其实早已是李世民的人。这不能怪李渊大意，因为裴寂一直隐藏得极好。什么叫隐藏得极好？无论什么秘密，只有自己一人知道才能叫隐藏得极好。这么说，难道连李世民也不知道裴寂是他的人不成？说绝对不知道，也许不对。说肯定知道，则绝对不对。原因何在？因为裴寂从来不曾向李世民挑明过，只是隐晦地作过些许暗示而已。裴寂不挑明，除去为了严守秘密，也为了保持其长辈的身份。挑明了，不仅难以保守秘密，而且等于把自己降格为李世民的奴才，他裴寂没那么傻。不过，既然不曾挑明，有些话就不便明说。不便明说的时候，不仅说的人得会说，而且听的人得会听。否则，搞不好搞成对牛弹琴，或者更糟糕，搞出误会来。

裴寂自信是打隐语的高手，他那句"大难不死，吉人天相嘛！"其实是在问："太子既然下毒，怎么还会手下留情？"

　　李世民呢？也是高手。如果李世民听不出其中的弦外之音，裴寂将如何？很简单。如果李世民是个笨蛋，他裴寂就会转而投向李建成。随时都来得及调整大方向，这是他不挑明态度的又一个好处。当然，能调整，并不等于希望调整，裴寂毕竟已经把自己看成李世民的人有些日子了，他并不希望李世民是个笨蛋。

　　李世民是个笨蛋么？从他的回话判断，显然不是。他的回话巧妙地用个假设语气，把事实的真相向裴寂交了底。为什么要对裴寂交底？因为他要裴寂助他一臂之力。"疑人不用，用人不疑"，这道理，李世民琢磨得极透。既要裴寂替他帮忙，他就要对裴寂开诚布公。想对裴寂隐瞒什么，到头来都只会是搬起石头砸自己的脚。

　　听了李世民的话，裴寂一笑，起身告辞。虽说是奉旨而来，裴寂仍然十分谨慎，既已摸清底牌，知道该怎么向李渊回话了，还留下来干什么？

　　"究竟如何？"裴寂踏进李渊的御书房，李渊迫不及待地问，差点儿没从御座上站起身来。两个儿子闹成这个地步，令一向老成持重的李渊也显得略微仓皇失据。

　　"幸亏毒药吃下去的分量不多。"

　　李渊所谓的"究竟如何"，问的并不是李世民的身体状况。李世民的身体状况究竟如何，早已有御医汇报过了，用不着再问裴寂。这一点，裴寂其实清楚得很，他不过是假装会错意，目的在于说出"吃下去的分量不多"这句话来。这句话关系极其重大么？不错。吃下去的分量不多，意思就是"并非下毒剂量不够"。并非下毒剂量不够，意思就是"并没有谁手下留情"。根据裴寂的分析，李渊之所以要认真调查这中毒事件，正因为心中存有"既然下毒，为何又手下留情？"这样的疑惑。如果能够令李渊打消这样的疑惑，李建成的下毒，不就是有口难辩了么？

　　听了裴寂这话，李渊陷入沉思。中计了？裴寂偷看了李渊一眼，却没能瞧出个名堂来。不是因为裴寂不善察言观色，是因为李渊闭上了眼睛。所谓察言观色，并不是真的观察面容脸色，要看的其实是眼神。眼睛闭上了，让人瞧不着眼神，再怎么善于察言观色的人，也无可奈何。假作闭目养神，实为防止真情泄露，这正是李渊的高明之处。

　　"换成你，你会怎么办？"沉默半响之后，李渊睁开眼睛来问裴寂。

这一问，令裴寂吃了一惊，他万没想到李渊会玩这么一招太极。

"臣如何敢置喙！"仓皇之下，裴寂想不出什么别的招式，也以一招太极回应。说罢，立即低头做恭谨之状，以图避开李渊的审视。

李渊用手指敲敲御座，笑道："我能坐到这位子上，难道不是你送来那两个妖精的结果么？当时胆大包天，如今怎么就不敢置喙了？"

"皇上其实早已胸有成竹，秦王与臣玩的那套小把戏不过是画蛇添足，只因皇上洪福齐天，这才没给捅娄子，岂敢居功！"

自从刘文静因自居劝进功高而见杀之后，裴寂对于晋阳的那档子事儿绝口不提。听到李渊提起，裴寂立即抬出李世民来，这一招不愧是货真价实的一箭双雕，既把李世民推到前头做自己的掩护，又提醒李渊最初参与造反谋划的是秦王而不是太子。

"少来这套马屁，说些实在的。"李渊眉头略皱，不怎么耐烦地摆摆手。

裴寂明白再耍太极是不会有什么好结果的了，于是先咳嗽一声，清理清理嗓子，然后郑重其事地道："立长还是立贤，自古圣主明君都感为难。"

这话像是长篇大论的开场白，可裴寂说到这儿，就把话顿住。为何顿住？他想予李渊以思考的时间。裴寂指望李渊思考什么呢？思考"立长还是立贤"这几个字的弦外之音。长不长，是客观事实。贤不贤，是主观看法。李建成为长子，是不容争议的事实。李世民贤于李建成么？仁者见仁、智者见智，本来并无定论。裴寂把李建成与李世民之争，说成是"立长与立贤之争"，无异于视"李世民贤于李建成"为既成事实。他希望李渊顺着他铺设的思路，在不知不觉之中接受李世民贤于李建成的观点。

"接着说。"李渊似乎并无思量的意思。

李渊的催促令裴寂感到一丝惊慌。难道李渊对于谁贤谁不贤，已经有了既成之见，不容动摇了么？倘若如此，在李渊心目中，究竟是谁贤于谁？万一击错目标，后果不堪设想，难怪他感到惊慌。可是话既然已经说到这地步，他已经没有退路。怎么办？只好尽可能模棱两可了。

"窃以为处乱世，以立贤为妥；处治世么，则以立长为上。"

"嗯，言之有理。以你之见，如今是乱世，还是治世？"

"恐怕是处于治乱之间。"

"此话怎讲？"

"如今天下已定，应该说是处于治世。可是天下甫定，形势虽定而人心尚且不定，一有风吹草动，难免不又成天下大乱之局。刘黑闼之所以能于顷刻之间骚动天下，不就是一个明证么？"

听到裴寂如此说，李渊开始有了点儿思量的意思。裴寂这话的态度虽然明显是脚踩两边船，可内容却是不容否认的事实。李渊没法儿回避，非思量不可。

裴寂正庆幸自己措辞得体、转机有望之时，齐王李元吉急冲冲闯进门来，把局给搅了。齐王凭什么搅了局？其实，李元吉并没有卷入立长还是立贤的话题，只不过带来了一个与这话题毫无关系的消息，突厥正筹划大举入寇。

"你这消息从哪儿听来？道听途说？"李渊问，语气之中透漏出十分的不信任。不过，这不信任，并非针对李元吉，只因李渊自己还没有听到官方的谍报，而官方的谍报理应最先传到他李渊的耳朵而不是李元吉的耳朵。

"嘿嘿！我自有我的间谍。"李元吉得意地一笑。

"你自有你的间谍？"李渊听了一惊。不是惊慌的惊，是惊喜的惊。这孩儿越来越有出息了么？他想。

"不错。上次追击刘黑闼的时候，我往突厥派遣了几名间谍，本来只是为了刺探刘黑闼的军情。刘黑闼既平，我叫他们留下来，长期潜伏，以窥突厥的动静。"

"原来如此。这事儿办得不错。你急冲冲地跑来，莫非想要领赏？"

"赏嘛，等回来再领不迟。"

"什么意思？难道你想去对付突厥不成？"

"可不。不过，这回爹一定得让我去独当一面，可别再叫我当二哥的跟班。"

"就你去？"李渊摇头，"不是爹不放心你，是你手下缺人嘛！"

"缺人还不好办。"李元吉哈哈一笑，"把二哥手下那几员得力的战将拨到我手下来不就成了？"

"这倒也是。"李渊略微沉吟之后，做了正面的答复。"你想要谁？"

"人都说二哥手下人才济济，依我看，也就尉迟敬德、段志玄、秦叔宝、程咬金这四个还不错，剩下的嘛，也不过如此而已。就把这四人拨到我属下吧！"

"听说这四人都是秦王的死党，能听命于齐王么？"

插这话的是裴寂。虽然裴寂极其不喜欢李元吉，可不得不赞同李元吉的眼光。秦王手下的战将，的确以这四人最为杰出。倘若这四人都叫齐王给挖走了，秦王岂不是缺只胳臂少条腿了么？情急之下，裴寂冒出这么句傻话来。

"裴公这话可是欠思量。嘿嘿！"裴寂的傻话立即成了李元吉的把柄，"照这么说，二哥手下的人难道就可以不听命于朝廷了么？"

裴寂正要分辩，李渊挥挥手，道："你们两人都先退下，我有点儿累了，要休息休息。"

听见这话，为臣的裴寂别无选择，只能告退。可李元吉就不一样了，伺候老子本是儿子应尽的责任。裴寂退出书房之时，李元吉并没有跟着退出，恰恰相反，李元吉趋前一步，搀扶李渊下了御座，一同转入屏风之后。

立长立贤的话题，就这么没了下文。数日之后，朝廷传下圣旨，命齐王取代秦王为天下兵马大元帅、都督诸军北征突厥。除去这道圣旨，还有一条命令，令原秦王府属尉迟敬德、段志玄、秦叔宝、程咬金四人统领秦王帐下精兵，听候齐王调度，随同齐王一同北上。

消息传到秦王府，府属莫不大吃一惊。不止是吃惊而已，别看平时一个个牛气十足，真见着危机了，一个个都慌乱得如热锅上的蚂蚁，不知所措。房玄龄见了，觉得不妙，急忙把杜如晦找来。

"你我得替主公拿个主意了。"

"你我替主公拿个主意？"杜如晦不以为然地反问，"主公要你我拿主意时，还不早就来叫咱了？"

"嗨！都什么时候了，还斗意气！"房玄龄摇头一叹，摆出一副老成持重的姿态。

虽说房玄龄年长杜如晦一十五岁，却还从来没在杜如晦面前卖过老，这是头一回。如今人大都误以为古人敬老，其实并非如此，至少在官场并不尽然。年老而位高，也许会受到格外的尊敬；至于年老而位卑，则只会遭到耻笑，何敬之有？唐代大诗人刘长卿"好染髭须侍后生"的诗句，就是对年老位卑、唯恐遭年轻人耻笑的生动写照。房玄龄年长杜如晦一十五岁而官位反在杜如晦之下，其为老的事实，恐怕是藏都唯恐不及，何卖之有？这一回之所以摆出长辈的姿态来，只因事情不关官位、资格，而是仅仅有关意气。年轻，意气旺，难免不因争意气而误大事。年老，意气消磨将近，遂能心平气和，惟事是问。

"谁斗意气了？"杜如晦听了，哈哈一笑，"你知道如今主公在哪儿么？"

这话令房玄龄一愣。可不！这两天还真没在秦王府见着秦王的影子。嘿！我怎么竟然没想到这事儿！真是老糊涂了么？

"你连主公在哪儿都不知道，还怎么给主公拿主意？"看见房玄龄发愣，杜如晦又打个哈哈，笑完了，拂袖而出。

房玄龄见了，急忙一把拖住，问道："是不是在长孙无忌府上？"

11

　　下旨之日，李世民在床上独自躺了一天一夜。独自？难道连个女人也没有？不错。居然不叫女人上床，这对李世民来说，简直如同破天荒一样稀奇。一天一夜，他一直躺着，一直闭着眼睛，却既没有入睡，也不能叫清醒。叫元吉那混账取代我为天下兵马大元帅，还叫尉迟敬德、段志玄、秦叔宝、程咬金把我手下精兵也都带过去听他元吉指挥。什么意思？这不分明是夺我的兵权么？怎么会是这么个结果？难道这中毒事件令老头子对哥和我都起了疑心，想叫元吉当太子了？就这么几句话，翻来覆去在他心中折腾，别的什么都进不去，连女人也不例外。

　　第二天快到中午的时候，有人推门，可没推开。房门闩着，是李世民自己下的闩。

　　"是我。"

　　是李世民的老婆长孙氏的声音。长孙是鲜卑姓氏，与北魏皇室拓拔氏本是一家，因为是长房第三代的后裔，因而别称长孙氏。这种分宗的方法，并非鲜卑所独有，在先秦之世，华夏诸族也如此这般，习以为常。李世民讨个鲜卑族做老婆并不新鲜，不讨鲜卑族做老婆才新鲜。此话怎讲？因为他自己的祖母是鲜卑人，自己的爹跟妈至少是半个鲜卑。轮到他自己，还有多少非鲜卑血统？说不定全是鲜卑都未可知！

　　听见老婆长孙氏拍门，一股无名怒火由李世民脚心直贯脑门儿。为什么发火？既叫无名怒火，自然是说不出个名堂来。李世民大怒之下，大喝一声："吵什么！混账！"却只听见从嗓子眼儿里冒出气来，声音呢？一日一夜无眠，竟然因上火而导致失声了！

　　没听见回音，长孙氏推门推得更急了。几经推拉之后，"喀喇"一声响，门闩折断，长孙氏破门而入，这倒未必因为长孙氏是什么武功高强的母夜叉，只因卧房的门闩基本上是象征性的，仅仅是防人不慎误入的工具，经不起任何人使劲反复推拉。

长孙氏进来后并不说话，只是摇头发一声叹息，身后面跟着两个侍女，一个捧了块热面巾，一个捧了碗参汤。这番叹息与安排，足见长孙氏虽然未必是武功高手，却无疑是个调理男人的高手。倘若开口，必定又引起第二轮无名怒火，可这无语摇头一叹，令李世民第一轮无名怒火顿时熄灭一半。在侍女侍候下擦了脸，喝下参汤之后，不仅剩下的一半也熄灭了，连嗓音也回来一大半，再咳嗽两三声，居然完全恢复，原来那失声，只是因为嗓子眼儿里呛了几口痰而已。

看见李世民没事儿了，长孙氏把侍女支走，问："怎么不去找你那几个狗头军师们商量商量？"

怎么？难道长孙氏也会用"狗头军师"这称谓？平时不会，开玩笑时就不免。她觉得卧室里的空气沉闷得令她发慌，有必要开个玩笑活跃一下气氛。

听见这话，轮到李世民摇头一叹。找军师能有什么用？房玄龄翻来覆去就是那上中下三策。杜如晦翻来覆去就是说三策都是下策。温大雅人在洛阳，即使在跟前，也同侯君集一样，说不出个什么新招来。以目前的形式看，房玄龄所谓的上策与中策显然都是不灵了，只有下策还可以试。可怎么试？这一招不能靠军师，得靠爪牙。可爪牙信得过么？段志玄应该没问题，至于尉迟敬德、秦叔宝、程咬金，那就难说了。这不怪李世民多疑，一朝为叛将，十年令人疑嘛！况且秦叔宝与程咬金两人还是惯叛，投靠李世民之前早已跟过三个主子，这样的人能靠得住？平时也许觉得不会有什么问题，危机在即，想不疑都难。

"我去阿兄那儿一趟，你去把阿舅也请过去。"李世民从床上跳下来，伸伸胳膊，蹬蹬腿，临出门时对老婆丢下这么一句话。

李世民所说的"阿兄"，不是自己的兄，是他老婆的兄；李世民所说的"阿舅"，不也是李世民自己的舅，也是他老婆的舅。每逢李世民用"阿兄"与"阿舅"，而不用"你兄"与"你舅"称呼长孙氏的兄与舅，长孙氏总不免撇嘴一笑：哼！套什么近乎！不就是有求于我么？不过，这一回，她没笑，更没撇嘴，只是静静地点点头。她知道事情的严重性，搞不好，不止是李世民同她要遭殃，连同她阿兄与阿舅也会在劫难逃。

长孙氏的兄，就是前文已经提到过的长孙无忌。长孙氏的舅是谁？姓高，"高欢"的"高"。高欢又是谁？北齐的……怎么说呢？可以说是北齐开国之君，不过，只是像曹操那样，自己不曾篡位，把篡位的任务留给了儿子。高欢，史称北齐高祖，字贺六浑。怎么会有这么个奇怪的字？因为并非汉语，乃是鲜卑语的译音。如此说来，高欢也是彻底鲜卑化的汉族，究其实，恐怕也同李世民一样，鲜卑的血缘远远多过汉。

不说是"高低"的"高"，偏说是"高欢"的"高"，自然有其理由，因为长孙氏的舅舅高士廉，正是北齐皇族。其祖高岳，是高欢的从弟。高欢能在中原之地打下半壁江山来，有高岳的功劳与苦劳。北齐建立后，高岳受封为清河王，官至侍中、左仆射、太尉，不过，高岳人品颇有缺陷，因而不得善终。其父高励，先袭爵为清河王，后改封安乐王，官至尚书右仆射。既然祖父与父都是王爷，高士廉理当是个货真价实的王子。可事实上，说是也成，说不是也成，因为高士廉出生伊始，北齐就亡于北周。亡国之后，北齐皇族大都赐死，幸免于赐死的，也大都死于放逐。高励却破例，受知于北周武帝，授开府仪同三司之职。不过，虽然如此侥幸，王爷的爵位自然还是不免褫夺。四年后，杨坚篡位，高励又深得隋文帝杨坚的信任，以行军总管的身份参与平陈之役，以功拜上开府。究竟有些什么功？语焉不详，料想也没有什么可以细说，也就是些苦劳而已，因为平陈之役，运筹帷幄之功在高颎，攻城野战之功在韩擒虎与贺若弼，别人都谈不上功劳。尔后陇右诸羌作乱，高励受命为洮州刺史，负责镇压。据《隋书》记载，高励在洮州刺史任上因病失律，兼有受贿之嫌，于是罢官。"病"与"嫌"云云，恐怕是文过饰非之语，因为领衔编撰《隋书》的不是别人，正是高励的外孙长孙无忌。做外孙的难道不会想方设法替外祖父文过饰非？换言之，高励在洮州刺史任上的实际表现，恐怕无论是能力还是品德，都极其糟糕。

由王而降格为官，由官而降格为民，一降再降，曾经显赫一时的高氏家族就这么一蹶不振了么？没这么容易。男人不成器，不是还有女人么！达官显贵之家的女人，照例是政治结盟的砝码。高士廉有个妹妹，乳名婉奴，当时芳龄二八，正是急于出嫁的时候。嫁谁呢？嫁个前途无限的公子王孙？人家未见得看得上，就算看上了，前途毕竟不是现状，远水不救近火，岌岌可危的高氏家族需要的是及时的提携。正巧此时右骁卫将军长孙晟丧偶，虽说当时长孙晟已经年近五旬，而且拒绝娶婉奴为正室，高励仍然视之为可居之奇货，决意把婉奴嫁过去为其侧室。母以子贵，但能生子，侧室不侧室，又有何妨？看出女儿有几分不情愿的样子，高励这么解释。

高励急于攀上这门亲事不是没有理由的。长孙晟的曾祖长孙稚官至北魏太尉、封文宣王；父长孙兕仕北周，官至开府仪同三司、封平原侯；从父长孙览，在北周为车骑将军，封薛国公，入隋出任东南道行军元帅，统领八总管镇寿阳。隋文帝时长孙晟多番出使突厥，先后出任左勋卫车骑将车、左勋卫骠骑将军、持节护突厥；炀帝即位，任左领军将军，掌宿卫；汉王杨谅反，受命统军征讨，以功迁升右骁卫将军。总之，无论是就出身，就才干，还是就受宠信于皇上的程度而言，长孙晟都无可挑剔。

婉奴也还真争气，嫁过去才一年就诞下一子，取名无忌。没过两三年，又诞下一女。可是好景不长，609年长孙晟死了。长孙晟正室所生之子将婉奴连同其子女一起逐出家门、赶回娘家。当时高励已经不在世。所谓娘家，其实就是高士廉的家。从此之后，长孙无忌兄妹都由高士廉抚养，故高士廉的正式身份，虽然是李世民老婆之"舅"，实则跟"爹"相去无几。

当时高士廉本人只是个治礼郎，治礼郎不过区区九品，名副其实芝麻绿豆大的官。怎么往上奔？史称高士廉与司隶大夫薛道衡结为忘年之交。薛道衡德才兼备，是历史上不可多得的人物，因隋炀帝嫉其才而见杀。据说薛道衡被杀之后，隋炀帝抚掌冷笑道：看你还作得出"空梁落燕泥"的诗句不？真是死得冤枉。如果高士廉的确与薛道衡结为忘年之交，高士廉想必也有不错的文采。不过，以后事考之，这忘年之交的说法却大有吹嘘之嫌。什么后事？隋军征高丽之时，兵部尚书斛斯政叛逃高丽，高士廉因与斛斯政有往来而遭贬窜，倘若高士廉当真与薛道衡结为忘年之交，薛道衡见诛之时，还不早就被贬了，怎么还等得到斛斯政的叛逃？不过，一个芝麻绿豆大的小官，居然能结交国防部长这样的显贵，可见高士廉即使无文采，必然是个社交高手。

高攀斛斯政虽属错着，在此之前，高士廉却走了一步好棋。像高励一样，高士廉的这着好棋，也是使用女人，真是有其父必有其子！这女人正是高士廉的外甥长孙无忌之妹，也就是李世民之妻，史称文德皇后。《旧唐书·高士廉传》分明指出：文德皇后与李世民的婚姻是由高士廉一手策划安排的，而同书《后妃传》却又说长孙晟把女儿嫁给李世民。后说显然荒谬，因为长孙晟死在609年，当时李世民不过11岁，文德皇后更小，皆不到婚嫁的年龄。

高士廉踏进长孙无忌的书房的时候，李世民与长孙无忌各自斜倚胡床，愁眉相对。

"都什么时候了，还躺着发呆！"没等两人跳起身来请安，高士廉先发了话。

听到高士廉这句话，李世民顿时精神一振："舅舅有什么指教？"

"什么指教？你难道没听说过'当断不断，反受其乱'这话？"高士廉老实不客气拿出长辈的口气。不是高士廉喜欢显摆长辈的身份，只因事关重大，搞不好不仅是李世民与长孙氏要遭殃，连同他高氏也难逃灭族的厄运。

"我如今罢了兵权，白丁一个，还能干什么？"李世民不大满意高士廉的口气，没好气地顶了句气话。

"嗨！有兵权在手，自可静以待变，就是因为没了兵权才不能不先下手为强嘛！"

"怎么个先下手？"

"'射人先射马，擒贼先擒王'。先干掉建成，必然万事大吉。"

"太子府有精兵两千，护军薛万彻骁勇善战。即使干掉太子，薛万彻率领两千精兵追杀过来，咱如何抵挡得了？"

"太子手下眼见太子已死，还能有几人会有心恋战？再说，我自有散兵五千，虽然是些乌合之众，重赏之下，必然骁勇。"

"舅舅有散兵五千？我怎么不知道？"李世民听了高士廉这话，大吃一惊。

"现在还没有，不过，招之即来，来即能战。"

"舅舅这么说，我就更糊涂了。"

"长安四监狱的典狱，统统同我交情不错。只要我事先通知一声，在押五千重囚犯即刻可释放为我所用。"

"原来如此！舅舅什么时候同典狱套上了交情？"

"实不相瞒，如今这局面，早在我意料之中，自当未雨绸缪。"

"好一个未雨绸缪！"李世民不禁对高士廉仔细看了两眼，心中暗道：很有心计嘛！我怎么没早看出来？

"此外，云麾将军敬君弘，如今掌宿卫，屯于玄武门。君弘与我为世交，绝对可靠。"

"哦？这个我怎么也不知道？"

敬君弘之曾祖敬显俊仕北齐，官至尚书右仆射，与高士廉之祖高岳深相交结，此后两家世代为通家之好。这些前朝旧事，李世民因为太年轻，所以不甚了了。

"听舅舅这话的意思，难道是叫咱在玄武门内下手？"说这话的是方才一直保持沉默的长孙无忌。

高士廉正要作答，冷不防听见台阶下传来急促的脚步声。三人一齐举头向门外一看，疾步登上台阶的是长孙无忌的司阍。来了不速之客？

"房玄龄求见。"

听见司阍这话，李世民从胡床上跳将起来，正要迈步，却被高士廉一把拽住："你急什么？人家要见的是无忌！"

嗨！可不。怎么忘了不是在自己府上？真是急昏了头。怎么掩盖这露怯？李世民立即打个哈哈，笑道："我怎能不急？我急着去更衣室！"

望着李世民从屏风后退去的背影，高士廉心中暗笑：反应还挺快嘛！

"房玄龄明明是来找世民的，舅爷怎么不让世民去见他？"长孙无忌问。

"平时世民视房、杜为腹心。如今大难临头，却一个人上你这儿来，把人家撂一边，让人家知道了，能不忿忿然么？"

"房玄龄既然来这儿，难道不是已经猜到世民在这儿么？不去见，岂不更糟？"

"真是少不更事！"高士廉摇头一叹，"去见了，如同不打自招。不去见，即使他猜着，心中不能不存疑惑。不去怎么会比去更糟？再说了，你要是善于应对，就能令他信服世民的确不在。"

走进客厅，看见只有长孙无忌一个人，房玄龄略微吃了一惊：难道杜如晦猜错了？

"主公不在？"寒暄过后，房玄龄单刀直入。

"怎么？不是主公叫你来的？"长孙无忌反问，神态之中流露出些许惊讶。

以往每逢遇到麻烦，李世民总是派房玄龄来叫长孙无忌过去参与本来只有李、房、杜三人的日常例会。长孙无忌这么反问，因而极其自然，无懈可击。不过，他假作的惊讶却露出了马脚，让房玄龄看出破绽。不是"惊讶"没装像，只是这时候的表情应当是"惊慌"，而不应当是"惊讶"。讶而不慌，说明长孙无忌绝不是不知李世民的去向。不是在这儿，还能是在哪儿？

有什么好瞒的，都什么时候了还搞这些小动作！几分不快与几分悲凉不由得涌上房玄龄的心头。不快，势必如此。悲凉缘何而生？自以为死心塌地为主子效劳不遗余力，危机时刻却还被视作外人，这名利场还真是没混头！这么一想，能不悲凉？

"主公既不在，那我就告辞了。万一主公来找你，别忘了告诉他：人心思变，再不拿出个主意来，天册上将府的府属恐怕就会走光了。"

"别急！"长孙无忌这回是真有一些恐慌了，急忙起身，想把房玄龄留住。"都有谁走了？"

"目前倒还没人走。不过，明日就难说了。"

"怎么会？"长孙无忌将信将疑，"秦王一贯以豪杰之士相期，待他们不薄。"

"什么是豪杰之士？豪杰之士，志在四方。什么是志在四方？说穿了，其实也就是轻于去就的意思，不是么？"

房玄龄把方才藏在心中的冷笑笑出声来，丢下这么一个问号，然后，拂一拂衣袖，扬长而去。

"哈！这么快就把他给支走了？"长孙无忌回到书房，李世民打个哈哈，说出这么一句话来。其实，长孙无忌这么快就返回来，令他多少有些疑心：该不是天策上将府内出了什么问题吧？不过，他觉得他不能再露胆怯，所以，他就极力装出这么一副满不在乎的样子。

"不是我把他给支走了，我想留他都留不住。嘿嘿！"长孙无忌也打个哈哈。

"什么意思？"

"什么意思？人家要跳槽了。"

"笑话。他要跳槽，会来事先通知你？"李世民摇头。

"怎么不可能？你难道不知道他同我的关系一直不错？"

房玄龄与长孙无忌的关系的确不错，这他李世民早就知道。不过，不错到这种无话不谈的地步，他不怎么信。

"咱没时间开玩笑。无忌。他当真说要跳槽了吗？"问这话是高士廉。

"房玄龄是个聪明透亮的人物，他怎么会这么直说？他不过是闪烁其词地透露了这么个意思。"

"怎么个闪烁其词？"李世民问。

"他说天策上将府的府属一个个都是豪杰，豪杰志在四方。所谓志在四方，其实就是轻于去就。"

长孙无忌说到这儿，把话顿住，意思是想听听李世民的反应。可李世民沉默不语，接过话茬的是高士廉。

"嗯。言之有理。接着说。"高士廉说。

"他房玄龄难道不自视为豪杰？他说豪杰轻于去就，难道不就是暗示他自己要跳槽了么？"

"他能往哪儿跳？"这回高士廉不以为然地摇摇头，"太子身边有魏征，用不着他。齐王嘛，根本没把他放在眼里，这他房玄龄也应当知道。况且，就算他现在走了，也无所谓。我的担心倒不在这上头。"

高士廉说罢，扭过头来看李世民。李世民见了，会心地一笑，道："谢谢舅爷提醒。不过，舅爷不用担心，我已经有了主意。"

"舅爷有什么担心？你又有了什么主意？怎么都不说出来？打什么哑谜嘛！"长孙无忌真的不知道么？他没那么傻。故意这么一问，其实就是表示：你们不说，我至少也已经猜着了八九分。

"今晚我在天策上将府设个便宴，你去了就会知道。"

"不请舅爷一起去？"长孙无忌问。

"匆促之间，酒水菜肴难得精良，舅爷事儿多，就不敢相烦了。"

"可不！你就是请我，我还真没工夫去。"

高士廉明白为什么李世民不请他去赴宴，也明白李世民所谓的"事儿多"是什么意思。宴会上没他的事，他要紧办的事情，是同长安城的四位典狱联络，把那五千散兵游勇的事儿给定下来。

离开长孙无忌的府邸，李世民没有直接打道回府。他来的时候是一行两人乘马从后门进来的，走的时候还是一行两人乘马从后门走的。一行两人？除去李世民本人，还有段志玄。不过，段志玄没去见长孙无忌与高士廉，就留在后门门房里了。带上段志玄，不仅是带个保镖的意思，而且还另有任用。

"我在玄武观等你们。"

两人策马跑出长孙无忌府邸后门的夹道之时，李世民这么吩咐段志玄。你们是谁？当然包括段志玄本人在内，剩下的还有谁？段志玄没问，一言不发就拨转马头走了，连头都没有点一下。这令李世民极其满意。沉着、稳重、自信。这些都是执行秘密任务者必备的性格，段志玄一样都不缺。

李世民说的玄武观，就是当年收养红拂的那座玄武观。李渊的大军攻入长安之际，收养红拂的老道恰好无疾而终。师傅撒手尘寰，众弟子一哄而散，玄武观于是成为一座废墟。

"这地方不错。"李世民迈进道观的大门，立刻说了这么一句话。

那是十年前，道观刚刚经过战火的洗劫，荒芜残破，有什么不错的？李世民看中的是什么？看中的就是那荒。那荒，令他想起晋阳的那座玄武观。

"主公的意思是，把这地方交给无名道人？"问这话的是跟在李世民身后的段志玄。

"不错。正是这个意思。"

于是，长安城中的这玄武观从此就成了无名道人王晊闭关修养之地，直到王晊经魏征的推荐，成为太子府上的更率丞为止。王晊走了，道观的性质并没变，仍旧是李世民的秘密，一个只有三个人知道的秘密。所以，当李世民说"我在玄武观等你们"的时候，段志玄二话没说，他知道李世民的话只能有一个意思，那意思就是：叫上王晊一同到玄武观与李世民秘密会见。

那一晚，天策上将府上的宴会显得杂乱无章。客人陆续到了，却不知道该怎么入席，因为席上的名片还没摆好。好不容易把客人都安顿入席了，却连茶水都没人侍候。事出仓促，来不及准备？客人们都这么猜想，所以也都能理解，没有谁显得按捺不住。他们自己不也是事前一点儿消息也没有，突然才接到请帖的么？不过，有一点却令客人们疑惑不解。哪一点？客人都到齐了，主人却迟迟不见露面，这可有些不同寻常，虽说主人也同时是客人的主子，可是每逢请客必然亲自在宴会厅门口迎接，还从来没这么怠慢过。

正当客人们七嘴八舌、交头接耳之时，不知是谁喊了一嗓子：来了！客人们纷纷起立，举目向厅外望去，三个人迈着不紧不慢的步子拾级而上。走在中间的是李世民，这大伙儿都认识。走在左边是段志玄，这大家也都认识。走在右边的那人是谁？众人一通猜疑，皆不得要领。等三人走到门口，一厅嘈杂之声嘎然而止。静谧之中不知是谁小声嘟囔了这么一句：诶！那不是太子府的更率丞王晊么？

"不错！"李世民接过话茬，咳嗽一声，郑重其事地宣布："正是太子府的更率丞王晊。今日这顿宴席，也正是因他而设。恭请王晊入坐上席！"

李世民说罢，带头击掌，把王晊请到上席坐了。客人们虽然一个个都如堕入五里雾中，也都站起身来跟着使劲击掌，以至李世民不得不再三叫停。等客人们又都重新坐定了，李世民扭头对王晊道："这里都是自己人，有什么话，你就直说，不必有任何顾虑。"

王晊站起身来，先向众人拱手施礼，然后也如李世民一样咳嗽一声，既为镇定自己，也是意在静场。等厅子里静下来，王晊说出这么几句话来：

"在坐的各位大都不认识我，我先自我介绍一下。贱姓王，名晊，道号无名道人。表面上是太子府更率丞，其实与各位一样，也秦王的心腹，不过分工不同罢了。"

王晊这几句话引起些许骚动，等骚动回归安静了，王晊接着说："我今日来，是要同各位分享两项秘密消息。其一，叫尉迟敬德、段志玄、秦叔宝、程咬金随齐王北征不过是个幌子，其实是要对四人下手。一俟四人去军营报到，立即逮起来秘密处斩。"

厅子里又是一阵骚动，李世民见了，用手敲敲桌子，连喊两声"肃静!"，这才重新安静下来。

"其二，太子与齐王拟了一份名单。但凡姓名见诸这单子的，都是太子与齐王计划捕杀的对象，我趁便抄了一份副本。"

王晊说到这儿，把话顿了，从衣袖里掏出一条丝巾来，先向席上各位扫了一眼，然后低头念道："长孙无忌、杜如晦、房玄龄、侯君集、张公谨、温大雅、长孙顺德、刘弘基、……"

王晊念完名单，又向席上众人扫了一眼，问道："席上各位，有谁不在名单之上？"

众人面面相觑，有谁不在？除了尉迟敬德、段志玄、秦叔宝、程咬金，其余的没有一个不在。而尉迟敬德、段志玄、秦叔宝、程咬金的"不在"，同其余各位的"在"，又有什么两样？不就是早死一两日与晚死一两日的区别吗？

齐王当真有处斩尉迟敬德、段志玄、秦叔宝、程咬金的阴谋？太子与齐王当真有那么一份黑名单？其实都没有。二者都不过是李世民琢磨出来的"置之死地而后生"的妙计。长孙无忌在客厅里对付房玄龄的时候，高士廉与李世民大致商定了如何在玄武门内下手的计划。

"成败的关键在于参与者必须绝对可靠，如果有人犹疑、动摇、反悔，那就难保不走漏风声。一旦走漏风声，那就必败无疑。"高士廉这么叮嘱李世民。

李世民点头称是，反过来叮嘱高士廉：千万要把五千散兵游勇搞定。否则，即使在玄武门内得手，也不见得就能成功。

"我的人，我能有绝对把握。你的人呢？你有绝对把握么？"高士廉问。

"没有就不干了？咱有退路吗？"想了一想之后，李世民反问。

这话不为无理，不过，显然不是高士廉所期望的回答。正准备追问的时候，长孙无忌从客厅返回书房，把这段对话打断了。正因为此，临分手时，高士廉又重新提起这话头。那时候，李世民已经琢磨出这"置之死地而后生"的妙计，所以才会有那句"舅爷不用担心，我已经有了主意"的话。

12

　　所谓"置之死地而后生"的妙计，"置之死地"这一部分，已经由王晊完成了。谁来指出"生路"呢？李世民叫王晊坐下，自己站起身来。知道主人要说话了，客人们慌忙停下各自的窃窃私语。

　　"方才王晊讲了两个秘密。他听到的秘密其实不止两个而是三个。第三个秘密我叫他先别说，由我自己来宣布。什么秘密呢？后日一早，我要去昆明池替齐王践行，太子与齐王会在昆明池畔埋伏杀手，趁机将我暗杀，然后向皇上谎称我得疾暴毙。"李世民说到这儿，顿了一顿，"也就是说，今日在座的，包括我在内，过了明日，就只有王晊一个还会是活人了。"

　　话说到这儿，"生路"，还没指出来。怎么指？还真有些不好自己说出口嘛。房玄龄一边这么琢磨，一边扭过头去看杜如晦。房玄龄既然在琢磨，说明他已经识破李世民的"置之死地而后生"的诡计。识破，其实并不难，因为太子与齐王现在明显处于上风，而且也都处在名正言顺的地位，完全没有必要节外生枝地搞这类暗杀。不过，正像高士廉说的那样，猜到与知道是两码事儿。猜到，不能不心存疑惑。他扭头去看杜如晦，就是想从杜如晦那里得到一个可供参考的暗示。房玄龄扭过头去看杜如晦的时候，杜如晦也恰巧扭过头来看房玄龄，还当真是英雄所见略同！不过，房、杜两人的脸上都没有心照不宣的笑意，因为两人都感觉到有双眼睛在向座席的方向横扫过来。

　　谁的眼光？不言而喻，主子的。李世民想窥见什么？看看有谁识破了他的诡计，还是看看有谁会替他出面解围，把那条生路给指出来？房、杜都不敢肯定，于是，两人都装出一副忿忿然的样子。"忿忿然"是个什么意思？意思就是对太子与齐王的阴谋表示愤慨。满大厅的客人都表现出这么一种态度，只有一个人例外，这人在冷笑。一厅子的人都在装傻，只有这一个人例外。

　　"他奶奶的！"冷笑过后，这唯一的例外霍地站起身来，一掌拍在桌上，

"狗急都要跳墙嘛！你们就这么坐着等死？"

这人是谁？就凭"他奶奶的"这句粗口，所有的人就都知道只可能是程知节。别人未见得就不说粗口，不过，不会在这种场合之下说。

程知节又是谁？程知节就是大名鼎鼎的程咬金。不知道唐有李世民的，恐怕不乏其人；不知道唐有程咬金的，恐怕没有。据史册的记载，程咬金为济州东阿人。隋代的济州东阿，大致相当于今日的山东东阿。今日的山东东阿，以出产中药阿胶而闻名。不过，程咬金之所以大名鼎鼎，不仅与当时尚不存在的阿胶无关，也与史册的记载无关。程咬金之所以出名，是因为《隋唐演义》、《说唐》等等流行小说。或者，说得更确切些，是因为由这些小说而派生的说书与戏剧，因为有很多知道程咬金的人大字不识一斗，根本没法儿看小说，一切有关程咬金的经历都是靠听来的。

程咬金为什么改名知节？因为身居高位之后，觉得"咬金"两字不登大雅之堂。其实，"知节"两字也俗得够可以，用在程咬金身上，尤其显得滑稽可笑，反倒不如"咬金"贴切。不过，据说"咬金"两字，也是出自讹传，本当作"腰金"。讹传始于老程中年得子，喜出望外，赶到集上找着算命的先生，报上程咬金的生辰。算命先生照例掐指一算，照例说出一番"腰金拖紫"的废话。"腰金"，指腰悬金印；"拖紫"，指身披紫袍。秦朝的官制，丞相之印为金印，丞相之袍为紫袍。汉代予以效仿，于是自汉以降，"腰金拖紫"遂为"达官显贵"的称谓。

老程泥腿子一个，听不明白什么"腰金拖紫"。算命的先生懒得同这类泥腿子啰嗦，照例说道："腰金拖紫就是能发财。"听了这话，老程欢天喜地跑回家，逢人便说他这儿子将来会发财。怎么个发法儿？几个刻薄的近邻反问。老程说：算命先生说的，那还能错。邻居追问：算命先生怎么说的？老程想了一想，没记住"拖紫"，只记住了"腰金"，就说：算命先生说咱儿子是咬着金子来的，咬着金子来的，那还能不发！于是，程腰金就成了程咬金。

程咬金没咬着金子来，长到二十岁时，程家依旧赤贫如洗。

他奶奶的！程咬金把手上的铁锹插入两个坟头中间的荒草地，吐出这么句粗口。谁的坟头？他老爹老娘的坟头。他老爹是去年死的，他老娘刚刚入土。如今孑然一身了，程咬金既感到一丝悲凉，也感到一种解脱。往后的日子怎么过？程咬金长得虎背熊腰，有的是力气，不愁混不到一口饭吃。可人一辈子就为混口饭吃么？程咬金把手上铁锹插入坟间荒草之时，心中这么琢磨。大字不识一斗的泥腿子，居然懂得琢磨这类哲学问题，可见程咬金的确不同凡响，虽然并没有咬着金子出世。

"想媳妇呢？"

这才是泥腿子该想的问题。程咬金扭头望去，来的是斑鸠镇的崔保甲。程家所在的壶口村是斑鸠镇下辖四村之一。

"他奶奶的，想你个头！"程咬金没好气地顶了一句。像他这种穷光蛋，上哪儿去娶媳妇？不是分明取笑么！

"我可是来给你送好消息的。"

"他奶奶的，呸！"程咬金朝草地上吐了口吐沫。他一向讨厌崔保甲，这混账不是来催粮，就是来派差，哪能有什么好消息？

不过，这回程咬金错了，崔保甲还当真送来一个好消息。近日来，邻近四县先后到遭到强人洗劫，郡县官兵不胜奔命，于是，郡守传下令来，叫乡镇筹办民团自保。程咬金是斑鸠镇上出名的泼皮，握槊的本事，号称打遍东阿无敌手。程咬金既然是这么一位人物，当然是充当民团头目的最佳人选。

从此程咬金不再替地主老财打短工，成了吃公款的一团之长。整日带领一百来号经他亲自挑选的小伙子们在东阿校场上操练刀槊弓马，好不快活。

俗话说：养兵千日，用在一时。可程咬金没那运气，公款没吃上十天，一拨号称"黑白社"的流寇从南边掩杀过来，为头的是威震一方的"胡一刀"。"胡"，是那人的姓氏。"一刀"，是那人的绰号，意思是没人能接得起他一刀。程咬金是个好勇斗狠的主儿，来了这么个牛人，正好激起他的兴致。他叫手下的人都退到栅栏里替他助威，单槊匹马立在栅栏之外。

"他奶奶的，有种的敢同程爷爷单打独斗？"程咬金这般叫阵。

胡一刀既能威震一方，自然不是胆小鬼。听了这话，冷笑一声，持刀飞奔而来。程咬金看看胡一刀走得近了，大喊一声："看镖！"左手一扬，飞出一个石头子儿。胡一刀虽然久经沙场，这一招却出乎胡一刀的意料之外，下意识抬头一望。不好！正中程咬金的调虎离山之计。胡一刀的眼光从那飞过来的石头子儿收回之时，程咬金的矛头已经刺穿胡一刀的咽喉。胡一刀死在程一槊之下，程咬金因此而声名远播。播出东阿，播出济州，一直播到新上任的河南讨捕大使裴仁基的耳朵。

"你去看看真的假的。"当时裴仁基受命前往瓦岗围剿李密，正愁手下欠缺骁勇之才，听到程咬金智取胡一刀的传闻，赶紧吩咐儿子裴行俨去刺探虚实。

"好！"

那一日大清早，程咬金正在东阿校场跑马舞槊，冷不防听到有人叫好。程咬金把马勒了，举头一望，叫好的竟然是个白衣秀才。白衣，没看错，秀才？凭什么知道？凭那人一脸的秀气。程咬金一向讨厌秀才，为什么讨厌？因为自己不怎么识字。他讨厌秀才，觉得秀才没一个好东西。呸！秀才也配叫好？于是他就冲那秀才吼道："他奶奶的，你懂个屁！"

秀才听了哈哈一笑，道："俺是不懂。懂，还会叫好？"

"什么意思？"

"什么意思？意思就是说你那几下三脚猫的功夫很不好。"

"他奶奶的，找死？"

这一回，秀才只撇嘴一笑，干脆懒得回答。"是可忍，孰不可忍！"程咬金没读过这句书，也不知道有这么一句话，可心中自有这么一股气。于是，拍马挺槊，直取秀才的咽喉。秀才竟然挺立不动，待程咬金槊到之时，不知使个什么花招，不仅令程咬金那一刺刺空，而且令程咬金马失前蹄，一头栽倒。何方秀才手段如此高明？并不是什么秀才，不过是前来刺探虚实的裴行俨。但凡看过《说唐》的想必会诧异：这么一个高手，怎么会不在十八条好汉之列？其实并非没有，小说中的裴元庆，就是正史中的裴行俨。

原来如此！程某有眼不识泰山，该死！该死！知道裴行俨不是什么秀才了，程咬金伸出两掌，左右开弓，给自己两个结实的大嘴巴。嘴巴打过了，纳头便拜。既受了程咬金的拜，总得给个名份吧？于是，裴行俨就收下这个徒弟，把三十六套轩辕槊法一一传授给程咬金。无奈程咬金天分不高，仅能得其表，不能得其奥。程咬金虽然有些懊丧，倒也有自知之明。哪能人人得其奥？就靠这三十六招表面功夫，也能横行天下了吧？程咬金问。裴行俨一笑，说了声"差不多"。

裴行俨之所以说"差不多"，极可能只是出于虚文客气，可程咬金不怎么懂虚文客气，把这三字当真了。把虚伪的当成真实的，往往吃亏，程咬金却并未因此而吃亏。当真以为自己差不多可以横行天下，程咬金上阵之时因而格外勇猛气盛。白刃相加之际，不同比武演习，勇猛气盛，本身就是一种威慑力。得助于这种威慑力，自从投在裴仁基麾下，程咬金还的确未曾遭遇敌手。

不过，打仗的输赢并不一定决胜负于刀枪。裴仁基虽然在阵前屡战屡胜，却架不住后院起火。后院起了什么火？监军御史萧怀静一方面指使亲信罗致裴仁基的过失，秘密汇报皇上，另一方面故意克扣将士犒劳，致令军心涣散、斗志消沉。萧怀静为何如此刁难裴仁基？因为从李密处秘密收取不知多少好处。

"他奶奶的！俺在东阿当个民团头目那会儿，整日大碗喝酒、大块吃肉，如今俺官居折冲校尉，反倒落得个清茶淡饭、两袖清风！"程咬金发完牢骚，端起面前酒杯，一饮而尽，放下酒杯，抓起筷子，叉住一块牛肉。

不是有酒喝、有肉吃么？还发什么牢骚。不错，是有酒肉。不过，这酒肉是别人请的。这人姓贾，名润甫，贾务本之子。贾务本又是个什么人物？生前官居鹰扬郎将，奉命与张须陀会师荥阳夹击李密。结果张须陀战死，贾务本身负重伤，率领张、贾残部退守梁郡，旋即因伤而死。贾务本既死之后，裴仁基方才以河南讨捕大使的身份代领张、贾之众，当时贾润甫在裴仁基军中并无职务，只是个清客。

"嗨！想要有钱使还不容易？把那混账杀了不就成了。"贾润甫说，一边又替程咬金把酒斟满。

"杀了？人家可是朝廷的御史！"程咬金虽然有些醉了，却还没有糊涂，他明白贾润甫说的"那混账"，指的就是萧怀静。

"你不敢？"

"俺有什么不敢？杀了他，大不了这折冲校尉不做了，俺也上瓦岗。"

"嗯，这主意好。张太守手下的罗士信不就上了瓦岗？如今混得怎么样？风光之极，已是骠骑将军的官衔了！"

贾润甫的目的何在？因为贾润甫希望程咬金替他干掉萧怀静。贾、萧之间有什么私人过节？没有。贾润甫想替裴仁基除去心腹之患？更不是。同萧怀静一样，贾润甫也是李密的内线。不同的是，贾润甫是李密的棋手，而萧怀静不过是贾润甫手中的棋子。事实上，收买萧怀静同裴仁基作对，正是贾润甫的谋划。目的呢？并不是瓦解裴仁基的战斗力那么简单，而是要争取裴仁基父子投奔李密、入伙瓦岗。李密为什么这么器重裴仁基父子？首先，裴仁基的"裴"，也就是裴寂的"裴"、裴矩的"裴"，具有强烈的社会号召力。其次，裴行俨勇武，天下无双，江湖上号称"万人敌"。倘若这步棋走对了，一举而得两"裴"，胜过一箭双雕远矣。

如何方能令裴仁基父子铤而走险，决意叛降李密？

"据我的试探与观察，裴仁基如今已经心动。只因担心萧怀静，故未敢轻举。杀掉萧怀静，然后把杀萧怀静的责任嫁祸于裴仁基。如此则既令裴仁基无后顾之忧，又令裴仁基无退路可走。"贾润甫对李密如此说。

"嗯。高！高！高！"李密听了，喜形于色。称道过后，反问："叫谁去充当杀手呢？你有人了么？"

"确切的人选嘛，目前还没有。不过，我看程咬金这人准成。"

贾润甫没看走眼。就在贾润甫请程咬金喝酒吃肉的那天夜晚，萧怀静在睡梦中丢了首级。次日一早，裴仁基暗杀萧怀静的消息不胫而走，传遍了军营。裴仁基怎么办？也正如贾润甫所料，除去上瓦岗，走投无路。

李密得裴仁基父子大喜，封裴仁基为上柱国、河东公，裴行俨为上柱国、绛郡公。贾润甫深受李密器重，引入帷幄参与运筹自不在话下，程咬金亦得偿所愿，不仅获骠骑将军之号，而且得与裴行俨、秦叔宝、罗士信一同分领八千骁勇，成为李密最亲信的四名内军都统之一。所谓内军，乃相对于外军而言。李密把骑兵步兵的精锐分成内外两军，外军为冲锋陷阵的主力，更加精锐的组成内军，负责中军的保卫与应急。程咬金从此上阵格外卖力，恨不得立马拿下东都。

无奈坐镇东都的王世充不是省油的灯，李密与王世充在东都周边大小五十余战，虽然李密胜多负少，却始终无法围城，更别说拿下城池了。程咬金渐渐对拿下东都失去信心，他把这心病告诉单雄信之时，单雄信已经心怀去志。

"其实，想要发财，何必拿下东都。"单雄信这么开导程咬金。

其时，两人的关系已经走得很近，比程咬金与裴行俨的关系还要近。因为什么而走得这么近？因为出身雷同？因为皆受周围出身世家官宦者的冷落？可能如此，也可能兼因性格相近。总之，当时程咬金对单雄信的处世为人之道佩服得五体投地，就像当年他对裴行俨的武功佩服得五体投地一样。

"你有别的办法？"听到单雄信那么一说，程咬金立刻追问。

"让人请进去不就成了。"

"什么意思？"程咬金没听明白。

"听说王世充很赏识你嘛！"

"你的意思是叫俺去投奔王世充？"这回程咬金听懂了。军中的确有这样的谣言，程咬金不是第一次从单雄信嘴里听到这样的话。谣言因何而来？从何而来？程咬金从来没有打听过，因为他不觉得有打听的必要。俺能横行天下，赏识俺的人当然多得很，没什么奇怪的嘛！他是这么想。事实当然并非如此，谣言的来源其实正在单雄信。散布这谣言的目的呢？动摇程咬金对李密的依赖，好叫他跟随自己一起投奔王世充。

对于程咬金的问题，单雄信笑而不答。

于是，程咬金追问："你有路子？"

单雄信依旧笑而不答。他比程咬金的城府深得多，他觉得眼下还不是挑

122

明的时候。于是，他提议去喝酒。

618 年 9 月 25 日，李密的细作带来这样的谍报：王世充在高层决策会议上力排众议，决定全力出击。不明就里的人，以为王世充铤而走险、孤注一掷。这话不能算错，因为东都粮草殆尽，难以坚持。不过，王世充在走这步明显的险棋的同时，也走了一步不为人知的暗棋，这步暗棋就是与单雄信之间的暗中勾结。秘密不可久留，时间长了难免不泄露，一旦泄露，失去内应，那就当真是非铤而走险、孤注一掷不可了，王世充当然不想等到那一天。为何不早不晚，单单选中 9 月 25 呢？9 月 25 日，是以如今阳历推算的日子，以当时的历法计，那一日恰是九月初一。王世充查过黄历，那一日利出行。出行不是出师。王世充手下有个谋士这么提出异议。你懂个屁！小民百姓的出行不是出师，我的出师难道不就是出行？没人敢再开口，于是，王世充选精兵两万、精骑两千，以破釜沉舟之势，杀奔金墉城而来。

金墉城是李密的核心据点，万不可失。如何却敌，关系重大。李密于是召开一次紧急决策会议，与会的既有腹心谋士，亦有高层将领。裴仁基首先发言："王世充尽其精锐而来，东都城中必然空虚。咱可分兵坚守要道，令王世充不得东。另选精兵三万，沿河而西，逼近东都。倘若王世充后撤，我军按甲不战。倘若王世充复出，咱再西进。如此，则王军疲于奔命，我军以逸待劳，必能一击而大破之。"

李密刚刚扫除宇文化及，虽然不会赋诗，心中却颇有当年曹孟德横槊赋诗的那股锐气。本来是想统领大兵出城，给予王世充一迎头痛击的，不过，李密对于与王世充正面决一死战的想法也并非十分有把握。倘若有，也许就根本不会召集这次会议了。为什么没有？因为王世充的兵马虽然不如李密多，论精锐，却绝对不在李密之下。听了裴仁基之计，李密想了一想，觉得的确是个万全之策。于是点点头，说："嗯，这主意很好。各位还有什么别的想法？"

李密既然肯定了裴仁基的主意，末尾那问话，其实只是个虚文。可就在李密以为可以宣布散会之际，有人开口了。李密扭头一望，开口的竟然是单雄信。为什是"竟然是"？因为单雄信在开会时照例保持沉默，今日怎么忽然心血来潮？单雄信怎么说？他是这么说的："王世充兵力本来就单薄，又几次遭我挫败，如今将士皆已丧胆。兵法说：'倍则战。'王世充兵力不足咱一半，却来挑战，不是自寻死路么？以我之见，这是天赐良机。机不可失，时不再来。咱在这时候不战而守，后悔莫及！"

单雄信什么时候也懂什么兵法了？李密不禁对单雄信多看了两眼，还真是"士别三日，便当刮目相看"了？单雄信跟谁学会了什么兵法？跟裴仁基。他通过程咬金而结识裴行俨，再通过裴行俨而结识裴仁基。你别说单雄信粗，你们读书还都不如他。有一回，裴仁基在裴行俨面前这么夸奖单雄信。是吗？他有什么过人之处？裴行俨反问，显然有些不服气的意思。这家伙差不多能够过目不忘。你能吗？既有过目不忘的本事，不日之间就能征引兵法，说得头头是道也就不足为奇了。

　　且说单雄信说完，陈志略、樊文超、程咬金、秦叔宝、罗士信一帮猛将随即而起，一个个异口同声，附和单雄信之见。陈、樊之所以附和，纯粹因为没什么头脑。程、秦、罗之所以附和，则不仅是没什么头脑，而且也因为都是单雄信的死党。可见单雄信不仅能够过目不忘，而且挺会拉帮结派。李密自己本来急于求成，听了裴仁基的计策方才有意于稳打稳扎。经单雄信一伙这么一吵，急于求成的心思又迅速占领上风。于是说道："好！打！打！那咱就打！"

　　怎么打？李密亲率内军屯于北邙山之上，指挥一切。单雄信既是主战派的领袖，又是外军都统，自然要屯于前沿。单雄信选择偃师城北的一个小山坡结寨安营，与王世充的主力仅隔一条通济渠相望。单雄信的营寨尚未安顿妥当，王世充就令数百精锐骑兵渡过渠水前来抢攻。李密在北邙山上望见，唯恐单雄信有失，急遣裴行俨率领骑兵五百前往增援。裴行俨恃勇轻敌，撇下手下，一马当先。裴行俨的绰号"万人敌"不是凭空得来的，王世充麾下知道他的厉害，不待裴行俨靠近，一阵乱箭齐发。裴行俨纵有三头六臂，无奈箭如雨下，一个不留神，中箭落马。程咬金看见师傅落马，不待李密下令，将槊向天一指，率领麾下数百骑飞奔下山。

　　单雄信呢？怎么不出来救人？慌乱之中，没人想起这问题，大伙儿只是眼睁睁盯着程咬金。但见程咬金杀开一条血路，领着十数骑冲到裴行俨跟前。裴行俨当时已经危乎殆哉，看到程咬金，精神为之大振，发一声大吼，捅死最靠近的一个敌手，纵身一跃，跳上程咬金的马背。程咬金拨转马头，正待冲出重围之际，乱军之中不知是谁斜刺里刺过来一杆长矛，程咬金躲闪不及，被长矛刺穿右胁。李密在山上望见，失口喊了声"不好！"喊声未落，但见程咬金抽出短剑，于一瞬之间接连砍出两剑；第一剑，把扎在身背后的长矛砍断。第二剑，把长矛手连头带肩砍下。这接连两剑，不仅令北邙山上的李密惊呆，也令围困裴行俨、程咬金的王世充麾下骑兵惊呆。程咬金趁众人惊呆之际，发一声喊，带着裴行俨突围而出。

"你们俩其实本不该来。"

单雄信说这话的时候，已经把程咬金、裴行俨接到自己的营寨里。裴行俨与程咬金的伤势看着吓人，其实都还好，既没伤着骨头，也没伤着内脏，经过医师包扎敷药之后，双双躺在榻上休息。

"什么意思？"程咬金不懂。

"王世充前来抢攻，不过是虚晃一招，意思本来是让我杀他个落花流水。"

"什么意思？"程咬金还是没懂。

"意思嘛……"单雄信支吾其词，好像一时找不出个合适的说法。

"好让王世充今晚杀李密一个落花流水。"裴行俨替单雄信回答了程咬金的问题。

"真的？这么着，有点儿不够意思吧？"程咬金虽然知道单雄信有投靠王世充的意思，却没想到单雄信会在临走之前，在背后捅李密一刀。

"可不，他毕竟待咱不薄。"裴行俨附议。

"不薄，不错。不过，那是因为有王世充在。'狡兔死，良狗烹'。你跟定了他，王世充没了，你的下场就是那条狗。"

单雄信说"你"这个字的时候，眼睛盯着程咬金。说完之后，把头扭向裴行俨，又道："当然，你不同。你出身高贵，他李密也许不会把你当条狗。不过，正因为你出身名门望族，他李密对你更加猜忌也说不定，你能指望着得个好死？"

"我爹那儿不会出事吧？"沉默半晌之后，裴行俨问。显然，他已经被单雄信说服，只是担心他爹的安全了。

"我已经派人传讯过去了。王世充巴不得裴前辈过去，绝不会有什么三长两短。"

"秦叔宝他们呢？"程咬金问。他虽然有些贪财，穷哥儿们的义气还是没忘。

"也打过招呼了。"

单雄信一伙都知道了，只有李密一小撮还蒙在鼓里。当晚歇息之前，有人提醒他：要当心王世充晚间来偷袭吧？李密不屑地一笑：单雄信堵在他门口，他能有那个胆？就算他有那贼胆，真来了，我叫单雄信从后夹击，正好打他个落花流水。

那一晚，王世充当然当真来了，也的确有个人被打得落花流水，只是那人不是王世充，而是李密自己。王世充大军掩杀过来之时，李密三次派人敦促单雄信从后夹击，一概有去无回，如同黄鹤。次日一早，李密惶惶然如丧家之犬，逃窜在道。有消息传来：单雄信、裴仁基、裴行俨、程咬金、秦叔宝、罗士信皆于阵前投降王世充了。李密听罢，不禁大吼一声："天丧我也！"

是天丧，还是人丧？其实难说。没有单雄信，成为奔亡之虏的，恐怕是王世充而不会是李密。因此，王世充虚高位以待单雄信，自不在话下。裴仁基父子，名望与能力皆非常人所能企及，王世充格外器重之，也自不在话下。至于罗士信，本来应当属于程咬金、秦叔宝这一流，却备受王世充宠爱，以至与王世充同寝食。同食，也许不足为奇；同寝？这就不能不令人有所思了。况且，罗士信尔后之所以忿忿然离开王世充而转投李渊，乃是因为气不过在他之后投降王世充的邴元真也享受与王世充同寝食的特殊待遇，大有争风吃醋的意思，不是么？

总之，无论原因为何，单、裴、罗等人都成了王世充的宠幸，相形之下，程咬金与秦叔宝就遭受冷落了，虽然两人也都被王世充任命为大将，却不是能够在主子面前说得上话的主儿，说得更确切些，其实根本不再是能够经常见得着主子面的主儿。

"他奶奶的！就咱俩在这儿喝冷酒！"

说这话的是程咬金，地点是东都洛阳南市的龙泉居酒楼。坐在程咬金对面听程咬金发牢骚的是条面黄肌瘦的汉子。不过，千万别因这人面黄肌瘦就小觑了他。这人姓秦，名琼，字叔宝。面黄肌瘦，是练气功走火落下的后遗症。幸亏及时发现，及时停止，止于走火，尚未入魔，只落下个面黄肌瘦的外表，并没伤着元气。只落下个面黄肌瘦的外表，也令秦叔宝懊悔了不少日子，直到发现这面黄肌瘦原来也是塞翁失马，方才转忧为喜。喜从何来？即使是早就听说过秦叔宝手段不凡的，见着秦叔宝之时，也不免对其面黄肌瘦的外表大吃一惊。吃惊，其实是一种走神。两雄相峙之际，一瞬间的走神，往往就决定了该谁先奔赴黄泉。

秦叔宝端起酒杯一饮而尽，似问非问道："这酒何曾冷？"

程咬金所谓的"冷"，并不指酒，指的是喝酒的气氛。秦叔宝未尝不知，装个傻，目的是要显示一下深沉。其实，秦叔宝的背景同程咬金差不多，也是泥腿子出身，老家在山东历城，去程咬金的老家也不远。在达官显宦出身者眼中，程咬金与秦叔宝同样土得掉渣儿。不过，在秦叔宝心目中，程咬金是十足的土包子，他自己却不是。他凭什么这么想？没有理由也未尝不可这么想，很多人不都是莫名其妙地自以为与众不同的么？与这些人相比，秦叔宝算是有理性的，他的确有理由。什么理由？他不仅比程咬金出道早，也比程咬金见多识广。

早在程咬金还在乡下打短工的时候，秦叔宝就已经衣锦还乡过一回。那是在他老娘过世的时候，秦叔宝从军队回家奔丧。左邻右舍看见他那一身簇新的军服，个个啧啧赞口不绝。秦叔宝说：你们懂个屁，这军服，是个当兵的都有。你看我这头盔上的红缨，看出什么名堂来没有？众人一通围观，七嘴八舌地吵吵了半天，说什么的都有。我说你们笨吧！没一个说到点子上。当兵的红缨是两寸，我这个是两寸半的。看清楚了吗？两寸半是什么讲究？两寸半的红缨是将军缨！懂了吧？秦叔宝说罢，得意地大笑了。那你是将军啦？不知是谁问了这么一句。将军？秦叔宝没想到会有人这么问。真是蠢才！将军是咱这号人当的么！他心中这么暗骂，可是牛皮已经吹到这份儿上，总得有个解释吧。将军么，还不是。不过，快了，这红缨就是来大将军送给俺预先做准备的。他信口这么胡诌。只听说有爱将，没听说有爱兵，来大将军这么器重你，怎么还让你当兵？没提拔你当个什么偏将之类？刚才问话的那人又问这么一句。你懂个鸟！秦叔宝有些发火了，来大将军说，我秦叔宝是靠自己的本事挣饭吃的，不靠别人提携。

真的假的？秦叔宝所说的来大将军，就是李靖心目中的笨蛋来护儿。李靖之所以笑话来护儿笨，因为来护儿三度自海上进攻高丽皆无功而还。其实，来护儿三征高丽失利，只有第一次来护儿要负部分责任，本来已经攻下平壤外城了，因纵兵大掠而受挫。不过，倘若不是从陆路进攻的宇文述大败，来护儿未尝不可反败为胜。第二次未战先撤，因为杨玄感造反，与来护儿完全无关。第三次谈不上败，高丽已经屈服，要依来护儿的意思，少不得把高丽国王捉拿到长安斩首示众，无奈隋炀帝下诏，令其接受高丽有条件的投降，遂令来护儿饮恨而还。

来护儿征高丽归来，大受隋炀帝宠信，秦叔宝要是当真受知于来护儿，何至于要靠自己？况且，秦叔宝跟随来护儿的日子并不长，没多久就投奔到张须陀麾下，当时张须陀不过是个郡尉，与地位显赫的来护儿不可同日而语。秦叔宝之所以会去来护儿而就张须陀，其实只能有一种解释：在来护儿手下混得并不得意。投在张须陀帐下之后，一开始秦叔宝同样未能出类拔萃，风头都让罗士信抢走。默默无闻混了些日子，觉得无聊，正萌去志之时，机会来了。当时张须陀在下邳与卢明月相持，因粮草不济，三十六计只剩"走为上"这一计。怎么走？两军对峙，最忌先撤，况且当时张须陀的人马不过一万，卢明月的人马号称十万，即使有水分，少说也有五万，一旦卢明月追过来，如何走得脱？

"卢明月追来之时，虽然不会倾巢而出，老巢兵力必然单薄。有谁敢趁此机会去捣他的老巢，令他首尾不得兼顾？"

迎接张须陀这问话的，是一片沉默。

谁都知道这是步铤而走险的棋。万一卢明月留下万八千人守营，领个上千人去袭击，不就是以卵击石么？再说，万一张须陀让卢明月追杀个有去无回，又该怎么办？

"我去！"

终于有人开口了。张须陀以为是罗士信，顺着声音望过去，却意外地发现竟然是秦叔宝。就看他那副面黄肌瘦的模样，他能成事么？张须陀听说过秦叔宝武功不凡，可上阵之时，武功固然重要，至关重要的却并不是武功，而是勇不畏死的气质。勇不畏死的气质与面黄肌瘦的外表，容易让人发生联想么？显然不容易，所以张须陀从来不曾重用过秦叔宝。不过，到了如今这生死存亡的紧要关头，能有人肯去，已经不容易了，没法儿再挑剔。于是，张须陀点头道："好！还有谁敢去？要有两支人马分左右包抄才行。"

张须陀说罢，用眼睛向罗士信的方向一扫。罗士信本来有些犹豫，所以才让秦叔宝抢了先，可经不住秦叔宝、张须陀这先后一激。于是，最后的安排就是秦叔宝、罗士信各领一千人马偷袭卢明月大营。眼见张须陀跑了，卢明月果然决定穷追。不过，卢明月也没忘记大营根本的重要性，他留下老成持重的宋老三与五千精兵守营，并且嘱咐宋老三，甭管谁来，只管放箭坚守不出。

只管放箭坚守不出，不等于万事大吉，架不住秦叔宝与罗士信冒死砍栅而入。宋老三抄起大刀，仓皇迎战，他知道罗士信的厉害，看见罗士信从西边杀入，立即拨转马头向东而去。火光之中，看见一条面黄肌瘦的汉子挺枪而来。宋老三不知道那人叫秦叔宝，这不怪宋老三孤陋寡闻，那时候没几个人知道这世界上有个人叫秦叔宝。在宋老三眼中，来的只是个面黄肌瘦的病汉。病汉也配来找死？别污了我的宝刀！宋老三老成持重，那是熟悉宋老三的人才知道；令宋老三闻名于江湖的，并不是老成持重，而是他那套四十九式连环刀法：凶狠、老辣、滴水不漏。宋老三虚晃一招大江东去，接着着实砍了一招落叶横扫。虚晃砍空了，那自在意料之中，着实那一刀竟然也砍空了，这就在意料之外了。不过，宋老三没来得及产生意料之外的感觉，因为秦叔宝的长矛不仅已经刺穿宋老三的心脏，而且已经从宋老三的心脏抽了出来。随着秦叔宝长矛这一入一出，宋老三化作一道灵魂下走黄泉。这时大营一片火光，卢明月麾下数万乌合之众顿时瓦解，卢月明无心恋战，落荒而逃。从此江湖上多了一条英雄好汉，隋朝廷多了一名建节校尉。建节校尉虽不是将军，相去亦不远，这令秦叔宝回想起当年在乡下吹的牛皮，更加觉得自己绝不是一般泥腿子可以同日而语的凡夫俗子。

张须陀败死荥阳之时，罗士信投降李密，秦叔宝没这么做，他跟着贾务本退守梁州，多少有些爱惜功名、不肯为贼之意。谁知人算不如天算，接替贾务本的裴仁基旋即投降李密，秦叔宝还是不由得与罗士信上了同一条贼船。李密有心算计翟让，对于裴仁基带来的人马格外拉拢，于是，秦叔宝遂得以与裴行俨、罗士信、程咬金同时受宠于李密。

秦叔宝在李密败走而投降王世充之时，王世充仍然打着隋朝的旗号。因此，至少就名义而言，秦叔宝是改邪归正，重为朝廷命官，这多少令秦叔宝有些兴奋，得到些满足。可是，随之而来的冷落难道不令秦叔宝感到程咬金的那种愤怒么？其实，秦叔宝的愤怒感绝不在程咬金之下。装作没有，更令愤怒在体内的能量因压抑而膨胀。不过，光生气又什么用？得想办法。有什么办法可想？再去投靠他人？有谁可投？除去王世充，西有李渊，北有窦建德。在秦叔宝心目中，窦建德是"贼"，他的选择于是很自然地落在李渊身上。其实，李渊何尝不是贼？只不过不是民贼，而是身居高官的叛贼罢了。然而，以后事观之，很难笑话秦叔宝的偏见。毕竟，成功的造反者，出自下层者绝无仅有。

"他奶奶的！我说的是就咱俩坐这冷板凳！"秦叔宝那句不冷不热的回话，更加撩起程咬金的火气，以至说这句话时，竟然在席上拍了一掌。

酒保闻声，仓皇跑过来陪不是。秦叔宝拿出一枚铜钱，把酒保支走。可见秦叔宝不仅会装深沉，的确也懂得如何深沉。谁知道这儿有没有王世充的耳目，凡事都还是谨慎些为好。

"想跳槽？"看着酒保走远了，秦叔宝压低声音问。

"你有路子？"程咬金也放低了嗓门，他并没有别人以为的那么粗、那么暴躁。表面的粗与暴躁，其实是他程咬金的保护层。

"听说有人极其赏识你握槊的本事。"

秦叔宝所谓的"有人"，确有其人，并非信口胡诌。那人是谁？不是别人，正是玄武门之变的主角李世民。李世民对善于握槊的人格外有兴趣，也是确有其事。秦叔宝怎么知道？因为他派去同李世民暗中联系的亲信刚回来，带回的讯息除去表示非常欢迎秦叔宝外，还特别问起程咬金是否的确是握槊高手，如果是，能否带程咬金一起过去。

李世民为什么对握槊高手特别感兴趣？因为他自己也是握槊高手？秦叔宝这么猜想过。这样的猜想很自然，只是没猜对。李世民武功不错，号称十八般兵器样样精通。其实，十八般武器之说，不无凑数之嫌。比如，棍与棒，斧与钺，鞭与锏，戈与矛，形式雷同，招式相近，其实说不上是两种不同的武器。就算是九种、十种兵器吧，也没有谁真能样样精通。李世民的弱点，恰好在握槊不怎么行。当然，说不怎么行，要看同谁比。在李世民心中，能胜过李元吉就是行，不能，就是不怎么行。可他在握槊上偏偏不如李元吉，不是差一点儿，而是差得太远。那么，李世民为什么对善于握槊的特别感兴趣？是要找个手下的人把李元吉给比下去，煞煞他李元吉的威风？

很可能是这么回事。总之，程咬金跟随秦叔宝投靠李世民后的第一项任务，不是上阵杀敌，而是去校场比武。同谁比？同李世民。用什么兵器比？不言而喻，用的是槊。这场比武从出场到结束总共不过十分钟，程咬金在第十回合使出一招醉排军，李世民应对失误，被程咬金一槊捅下马来。程咬金的槊头早已去掉，李世民又有黄金锁子甲护身，自然是不曾伤着半点。"好！好！"李世民从地上一跃而起，接连喊了两个"好"字。

这第一项任务其实只是一次考核，考核通过了，真的任务来了。什么任务？还是比武，不是上阵。不过，比武的对手换了，不再是李世民，换成了李元吉。这一回，程咬金有机会使完了裴行俨教给他的轩辕槊法三十六招，也让他明白了裴行俨所谓的"差不多可以横行天下"究竟是什么意思。三十六招都使完的时候，程咬金听见李元吉喊一声"看招"，紧接着就挨了一槊，但觉天旋地转，一个跟头栽下马来，还没明白是怎么回事。

程咬金从此接到的任务，都是真刀真枪地上阵。还好，没再碰见过李元吉那样的高手，总算在外保全了握槊高手的面子。不过，更多的时候，被李世民派去掠阵的，不是程咬金，而是秦叔宝。秦叔宝一条枪神出鬼没，不知道令多少活人化作死鬼。秦叔宝本人自然也没少受伤，跟随李世民几年打打杀杀，面愈黄，肌愈瘦，都是受伤的结果。

且说程咬金一掌拍在桌上，说出"狗急都要跳墙嘛！你们就这么坐着等死？"那句话来，令李世民为之大喜。

"好！有种！"李世民立即接过话茬，"我想在座各位谁都不想坐以待毙，对吧？谁有什么好主意，令咱们一起化凶为吉？"

13

"什么主意？先下手为强！"程咬金不假思索，回应了这么一句。

"这不能算是什么主意。你得说出怎么下手，那才能算是个主意。"说这话的是侯君集。

"有道理。"

"言之有理。"

"不错。"

"可不！"

"……"

侯君集的话引起众人的共鸣，大伙儿七嘴八舌附议，只是没有一个人能说出个该怎么下手的法子来。一阵嘈杂过后，忽然陷入令人不安的寂静。寂静之中，不知是谁轻声嘟囔了这么一句："小事不决看黄历，大事不决问龟策，咱不如占个卦以断吉凶？"

说这话的人显然缺乏自信，所以连声音都不敢放大。其他的人呢？居然继续保持沉默，竟然没有一个表示不同意见，这可不是什么好兆头。李世民貌似平静地望着席上的客人，心里却在发慌。他回想起方才在长孙无忌书房里高士廉追问他手下的人是否靠得住，当时觉得高士廉过于多疑，如今面对一厅的寂静，不由得佩服高士廉的高见。佩服过了，竟然效仿程咬金的粗口，在心中暗自感叹了一句：他奶奶的，姜还真是老的辣！

就在李世民暗自感叹与心慌之时，有人开口了。

"说是'大事'，不错。岂止是大事而已，实乃性命攸关。说'大事不决'，那就说错了。知节不是说了么：狗急跳墙。咱难道连狗都不如？不会吧？所以，大事肯定是已经决了，那就是趁早动手。不决的只是如何动手的细节。占卦能占出细节来？肯定不行。所以，占卦嘛，我看就免了。至于动手的细节该如何，窃料主公已经有了安排，咱只消按着主公的安排去做，必定去凶趋吉。"

说话的声音不怎么老，语气却很老。众人顺着声音望过去，看到一张虽然认识却不怎么熟悉的面孔。这人原本不是他们一伙，加入他们这一伙的日子还不长。竟然是他？李世民心头不禁轻微一震。

他是谁？魏州繁水人张公瑾。史称张公瑾本是王世充的洧州长史，618年随洧州太守一起投奔李渊，授邹州别驾，转任右武候长史，这说法有欠妥当，因为618年之时，隋尚未曾亡，王世充也不曾称帝自立，洧州还是隋的洧州。所以，正确的说法应当是：张公瑾本是隋洧州长史，尔后叛降李渊。

别驾就是长史，邹州并不比洧州高一个层次。从邹州别驾转任右武候长史，总算是从外地内迁为京官了，不过，也只是个平级的调动，谈不上升迁。换言之，张公瑾投靠李渊，并未曾捞到什么好处。何为如此？官运不亨通，无非两个原因。其一，上头没人。其二，不善溜须拍马。张公瑾二者兼而有之，官运不亨通，自然是如水之走下，势必如此。可即使是像张公瑾这样的人，也未必就不能时来运转。如何能时来运转？江山易改，本性难移，从不会溜须拍马变为善于溜须拍马的可能性不大。排除了这一条，那就只剩下从"上头没人"变成"上头有人"了。

上头那人是这么来的：那一日，长安南市凤孤飞酒楼的生意出奇繁忙。张公瑾进门的时候，领位的居然忙得不知去向。张公瑾登上二楼，间间雅座客满，却也居然不见一个酒保的踪影。张公瑾顺着过道走了一个来回，正想退下，忽然发现楼梯口拐弯处藏着一间雅座居然空着。没人发现？张公瑾暗自庆幸。走进去一看，东南两面各有一窗，南窗正对莼溪，夹岸桃李盛开。东窗面对一片枫林，泛紫新芽初吐。张公瑾见了，心中徒然一惊。为何吃惊？因为五年前张公瑾在邹州玄武观抽过一支画签。所谓画签，是字签的变种，正面一幅小画，背面几个小字。张公瑾抽的那支画签，正面画一只凤鸟，背面写"东南两面皆春色，从此冲天不可寻"。什么意思？张公瑾问主持道士。道士道：天机不可泄漏，时至便知。这叫什么话？抽签算命，不就是想预知么？时至自知，还抽签干什么？换成别人，也许会这么反问。张公瑾却没有，不仅没同道士争执，反倒多打赏道士两个铜板。他的想法是：孔夫子不是说过么："知之为知之，不知为不知，是知也。"这道士比信口开河、胡诌乱说、强不知以为知者高明多矣。

难道那道士所谓的"时至便知"的"时"，正应在今日？张公瑾正如此琢磨之际，楼道里传来一阵急促的脚步声，打断了张公瑾的思绪。一个酒保慌慌张张地跑进来，却不是恭请张公瑾入席，而是恭请张公瑾退出。什么意思？这请求令张公瑾一愣。什么意思？你这人怎么这么傻！意思不是清楚得很么？酒保心想。不过，他当然并没有这么说。他要是这么口没遮拦，早就被老板炒鱿鱼了，哪还能留下来专门侍候这间雅座！

"这雅座是留给李大人的。"酒保说，脸上保持职业性的堆笑。

"李大人？谁是李大人？"张公瑾没好气地反问。

"这个嘛，小人说不好。"

"李大人什么时候订下的这雅座？"

"这个嘛，小人也说不好。李大人今日也许来，也许不来。总之，来与不来，这雅座都是留给李大人的，别人不得占用。"

酒保说的两个说不好，说的都是实话。作为一个打杂的，一切听从老板吩咐就够了，打听那么多干什么？可这两句实话在别人听来，难免就不被误会成刻意的蒙混与刁难，更何况张公瑾当时正琢磨五年前抽中的那支画签，如同好梦被人惊醒，一股怒气不禁油然而生。

"笑话！不来也白留着？难道只有李大人的钱才是钱，我张某人的钱就不是钱了么？这间雅座，我张某今日坐定了。酒与菜，拣顶好的给我端上来。不好时，休怪张某不付钱！"

说过这句气话，也许是气犹未消，也许是想增添几分分量，张公瑾举起左手，一掌砍在桌上。砰然一声响过之后，接连几声咔嚓嚓，三寸厚的硬木八仙桌竟然顺着张公瑾手掌砍下之处慢慢地一分为二。酒保看了，呆若木鸡自不在话下，张公瑾自己似乎也吃了一惊。据唐律，无端生事、损毁店铺财物，除照价赔偿外，轻处罚款，重可入狱。这算是"无端生事"么？张公瑾拿不准。别搞不好因此而下狱，他是来喝酒的，绝对不想招惹官非。这破桌子怎么就经不住自己一掌？难道方才于无意之中竟然使出了混元一气掌？张公瑾为自己无端使出无极掌法的杀手而懊悔不已，无可奈何摇头一叹，从怀里摸出十枚铜钱来放到窗台上，道：你这不经打的破桌子最多也就值八枚铜钱，多给你两枚钱压压惊。说罢，正要转身下楼，冷不防听到门外传来两声击掌与一声"好掌法"的喝彩。击掌声与喝彩声过后，从门外走进一个人来，两手抱拳施礼道："在下李世勣。敢问壮士尊姓大名？"

原来酒保口中的李大人竟然是李世勣，难怪酒家要把这间雅座专门为他留下！不留，那才叫怪，方才怎么就没想着叫酒保把老板唤来问个明白？这么一想，张公瑾又懊悔了一回，通过姓名之后，着实说了几句抱歉的话。什么话！但凡有种的，谁能不生气？李世勣回了这么一句，令张公瑾精神一震。早就听说李世勣为人豪爽，果然名不虚传，的确是个人物！他想。

李世勣说的的确不是虚文客气的假话，换上他自己，他当真也会生气。不过，这种"有种"的人，他在瓦岗寨见得多了。令李世勣对张公瑾另眼相看的，不是"有种"，甚至也不是那不同凡响的掌法，而是正在气头上却能及时收敛的本事。这人不简单，他想，一瞬之间便屈伸自如，换上我自己都办不来嘛。李世勣自以为久经磨练，克制能力远非为常人所能及，如今撞见一个名不见经传的小人物，竟然令他自愧弗如，他不想就此放过。

"俗话说：有缘千里来相见，无缘对面不相逢。咱既然不期而遇，就是有缘。既然有缘，交个朋友？"李世勣试探着问。

张公瑾虽然不善溜须拍马，却并非不通人情世故，不会无缘无故放弃高攀的机会；况且，不是还有那支画签么？"从此冲天不可寻"，难道不是应在这"高攀"之上么？张公瑾自然是欣然应允了。李世勣大喜，当即吩咐酒家上一桌好酒菜来，同张公瑾喝个尽兴。从此，张公瑾就成了李世勣座上常客，从切磋掌法开始，直到无话不谈。

"有个机会，不知你有兴趣否？"李世勣问张公瑾。

那是李世勣拒绝李世民邀他入伙之后的次日，两人在凤孤飞酒楼的那间雅座对酌。

"机会？现在大卜已定，哪还有什么机会？除非是造反。"张公瑾趁着酒兴，说了这么句疯话。

"嘿！还真让你说着了。"

"开什么玩笑！"

"谁同你开玩笑，的确是有人要玩真的。"

"有人？你说的那人，莫非是'他'？"

"除了'他'，还能是谁？"

"你已经上了他的船？"

"没有。他来找过我，我谢绝了。"

这回答出乎张公瑾的意料之外，稍事琢磨之后，他说："你鼠首两端，坐观成败，凭什么我就会奋不顾身、铤而走险？"

"大丈夫不能流芳千古，就当遗臭万年。你甘心沉沦下阶，湮没无闻么？我想不会吧？"

听了这话，张公瑾端起酒杯，一饮而尽。可不，人家李世勣已经功成名就，早晚是个史册留名的人物。咱自己呢？能跟他比？

"他手下武功高强的，有；见识不凡的，也有。就算我去了，能奔出头？"

"武功高强的，见识都寻常。见识不凡的，武功都稀松。"

什么意思？难道是说武功与见识都如我一般出色的，他手下还真没有么？张公瑾没有问，只是笑了一笑。笑是什么意思？李世勣也没有问，两下心照不宣。

次日晚，李世民在书房召见房玄龄、杜如晦与段志玄。

"听说过张公瑾其人么？"李世民问。

过了半晌，没人答话。李世民咳嗽一声，把眼光投向段志玄。段志玄在晋阳的那帮手下早已渗透长安的三教九流，外面的小道消息，罕有能够不落入段志玄的耳朵的。

"听说这人掌法十分了得。"感觉到李世民的眼光，段志玄匆匆应了这么一句。他本来不想开口，因为这消息是辗转经过几个人的口才传到他的耳朵的，很难确定其正确性，他不想因误传消息而败坏了自己稳重的名声。

"什么掌法？"李世民追问。

"没见过，不敢肯定，据说是什么混元一气掌。"

"还听到什么别的没有？"

"听说这人同李世勣的来往相当密切，两人经常一起在凤孤飞酒楼饮酒吃饭。"

听到这句话，李世民一笑。他想要落实的，正是张公瑾同李世勣的关系。如果两人的关系生疏，那么，李世勣之所以推荐张公瑾，就是受其请托。倘若是受其请托，他就可以随便敷衍。两人的关系既然密切，那么，李世勣推荐张公瑾，意义就非同寻常，必有深意。

"李世勣向我推荐这人，你说，我该怎么安置他？"遇有疑难，李世民照例先问房玄龄，这回也不例外。

"既是李世勣推荐来的，主公未尝不可委以重任。不过，为慎重起见嘛，也未尝不可先给他个虚位，观察一段时间再做决定不迟。"

"你的意思呢？"李世民问杜如晦。

"我的意思嘛，主公不妨视张公瑾为李世勣的替身。"

"好！好一个替身之说！"

每逢房玄龄模棱两可，李世民照例问杜如晦讨个断决，这回也不例外。

14

李世勣的确是把张公瑾作为自己的替身推荐给李世民的么？其实并不见得。不过，李世民既然决定以李世勣替身的身份接纳张公瑾，自然不能冷淡了他。于是，张公瑾就从一个名不见经传的局外人，一跃而为天策上将府的核心分子。这小子凭什么？一些人纳闷，百思不得其解。不言而喻，所谓"小子"，是对张公瑾的蔑称。为何蔑称之？自然是因为心中有些不快。谁是那心中不快的"一些人"？几乎包括天策上将府的全部府属。这不足为奇，因为身为府属而知道所以然的，只有段志玄、房玄龄、杜如晦三人。

有一人尤其不满。因为这个人进入核心，历尽千辛万苦。这人是谁？复姓尉迟，单名恭，字敬德。以字行于世，因而无论是正史还是小说，都称其为尉迟敬德。称"尉迟"为复姓，属于从俗，其实有欠妥当，因为所谓"尉迟"，只是对鲜卑姓氏的译音，并非真有这么个姓氏。"尉迟"的"尉"，读作"郁"。汉人有"尉"姓，当读作"魏"。如今"尉"姓有两读，读作"魏"者，当是汉姓之后；读作"郁"者，想必是鲜卑"尉迟"的省写，说不定是尉迟敬德之后亦未可知。

据《旧唐书》，尉迟敬德为朔州善阳人，隋大业末从军，累阅授朝散大夫。刘武周据马邑反，以为偏将。这么两句简单的背景介绍，却有三点可议之处。其一，尉迟敬德既为鲜卑人，所谓朔州善阳云云，不过指其迁入中原之后的侨居地而已，与其籍贯其实无关。其二，刘武周是大业末造反的，如果说尉迟敬德也在大业末才从军，那么，一旦从军，旋即就得跟随刘武周造反，哪来时间积累阅历？其三，朝散大夫是个用来褒奖六品以上官员的虚衔，并非实际的职位。行伍出身，不旋踵而升迁至六品以上的职位兼获此荣誉，有可能么？立下奇功，也许成。无功可言，仅凭"累阅"，则绝对办不到。从大业之初至刘武周的造反，总共不过十二年，即使尉迟敬德的从军不在大业之末而在大业之初，给他十来年时间"累阅"，也还是不可能。由此可见，"累阅授朝散大夫"云云，显然是吹嘘之辞。尉迟敬德的发迹，当从刘武周的造反始。

刘武周何许人？出身马邑富豪之家，少年之时，好勇斗狠，结交匪类，致令长兄伯山担心他破家灭族。"结交匪类"这一点，颇有些类似李世民。致令长兄担忧这一点，也颇有些类似李世民。不过，刘伯山不是李建成，没那么宽容；刘家与李家之势判若天渊，不值得刘武周这号人留恋。不耐烦刘伯山的管教，刘武周一气之下离家出走。俗话说：在家千日好，出外一时难。俗话说的是俗人，刘武周不是俗人，自然不落这俗套。他结交的那帮江湖匪类这时候正好派上用场，从山西马邑直到河南洛阳，一路上都有他的狐朋狗友接待，接风洗尘，好不快活，何艰难之有！到洛阳投靠谁？他的哥们儿之一，姓张、名万岁，马邑老乡，当时正在太仆卿杨义臣家充当帐内。草民百姓也能起个名字叫"万岁"？不错。帝王之时，并非如今人想象的那么专制。不仅草民百姓可以叫"万岁"，甚至朝廷大臣，皇上少不得要亲口唤其名字者，亦无不可，隋代开国名将史万岁就是一例。

同尉迟敬德一样，杨义臣也是鲜卑人，本来也姓尉迟。不过，两人的出身却判若天渊。尉迟敬德既然是行伍出身，显然绝无家世可言。尉迟义臣却出身显赫，父尉迟崇，仕北周位至仪同大将军，与外戚杨坚深相交结，杨坚篡位，尉迟崇无功而受赏，封为秦兴公。秦兴公感恩戴德，征突厥时不惜一死。杨坚为之涕零，涕零之余，更把尉迟义臣收养于隋宫，赐姓杨氏，视同皇孙。长大成人之后，杨义臣颇得隋炀帝的宠信，除授以太仆卿之实职外，兼获上大将军之虚衔。

经张万岁的推荐，刘武周也成了杨府的帐内。所谓帐内，就是亲信随从、贴身保镖一类。达官显贵的帐内，大碗喝酒，大块吃肉，整日闲散，逍遥之极，可刘武周却感到一股莫名其妙的空虚。为何有此感觉？也许只因多读了几本书。人不能就这么混一辈子吧？一日，他喝多了，失口问。问谁？也许是问坐在对面的张万岁，也许只是问自己。张万岁虽然名叫万岁，却并无鸿鹄之志。什么毛病？典型的无病呻吟嘛！听了刘武周的话，张万岁如此反应，顺口嘲笑道：天下本无事，庸人自扰之。哈哈！你小子什么时候学斯文了？刘武周反唇相讥。"斯文"两字，在刘武周、张万岁这伙"匪类"心目之中不是什么恭维词汇，张万岁立即申明这话只是从"他"那儿听来的，与他张万岁无关。"他"是谁？刘、张两人共同的主子杨义臣。当面不得不尊称之为"老爷"，背地里就以"他"蔑称之，讨还个平衡。

杨义臣因何而说出"天下本无事，庸人自扰之"这么一句话来？因为隋炀帝要亲征高丽。受命为先锋的，正是上大将军杨义臣与左光禄大夫王仁恭，同上大将军一样，左光禄大夫也是个高高在上的虚衔，可见这样的虚衔也不是白捡的便宜，要卖命时，少不得优先考虑。在杨义臣看来，征高丽不是什么喜讯。在刘武周眼中，却是千载难逢的良机。取功名富贵、封妻荫子，在此一举。当真是天上掉馅饼？听了刘武周的鼓动，张万岁将信将疑。你不去拉倒！等咱衣锦还乡之时，有种你去跳河；没种嘛，给咱下跪！张万岁终于架不住刘武周的怂恿与激。架不住刘武周的怂恿与激的，远不止张万岁一个人，旬日之中，经刘武周纠合起来的狐朋狗友居然不下一百来人，这份组织能力令杨义臣对他刮目相看。认识字么？杨义臣问刘武周。岂止是认字而已，从小熟读五经。刘武周答，顺便把自己的富豪出身也一起抖弄出来。原来如此！你怎么不早说？杨义臣随即修奏一章，举荐刘武周为建节校尉。当时正是用人之际，隋炀帝立即准奏。如此这般，刘武周就由一个混混无赖一变而为朝廷命官。

希望凭借隋炀帝亲征高丽而取富贵的不止刘武周，杨玄感也趁机而起。不过，不是像刘武周图个什么封妻荫子。对杨玄感而言，图个什么封妻荫子，那是十足的燕雀之志。杨玄感之志，是取隋炀帝而代之。因杨玄感的造反，隋军从高丽前线仓皇后退，作为先锋部队中的先锋的刘武周，自然也是无功而返。不过，刘武周的官运却并没有因此而止。隋炀帝撤回中原之时，杨玄感已经败死，突厥却趁机坐大，颇有饮马黄河之意。隋炀帝于途中任命左光禄大夫王仁恭为马邑太守，率领本部兵马前往马邑，遏制突厥南下。

"马邑是个边陲荒郡，突厥是个棘手劲敌，这么好的运气怎么偏偏就落到我王仁恭头上！"王仁恭与杨义臣私交不浅，途中分手之时，王仁恭向杨义臣如此诉苦。

"马邑郡丞李靖是韩擒虎之甥，据说深谙军旅之道，对付突厥，老哥不妨委任此人。

"李靖这人，弟也有所闻，听说是因为偷了杨素的侍妾，这才不得不流落马邑，想必人品不佳，如何能委以重任。"

"这也未必，此外，此地像你我这样的世家固然没有，本土富豪如马邑刘氏，以贩马为业，家中奴仆据说不下数十百人，也算得上是一方之巨室了。"

"哈！你的消息挺灵通么！难道马邑刘氏同你有什么瓜葛？"

"瓜葛嘛，谈不上。不过听麾下建节校尉刘武周如此说而已。"

"原来如此！这刘武周想必就是马邑刘氏所出？"

"不错。正是刘家老幺。"

听了这话，王仁恭道："怎么样？把你这建节校尉刘什么借给我用一用？"

"腿在人家身上，他愿意不愿意跟你走，得看你的能耐。"

"有老哥你这句话就成了。我让他衣锦还乡，他焉有不肯去之理？"

王仁恭如何令刘武周衣锦还乡？他立即面奏隋炀帝，先说一通什么刘武周才兼文武，深悉突厥敌情地理，最后请皇上破格开恩，擢拔刘武周为鹰扬校尉，率领骑兵两千，随他王仁恭赴马邑上任。

"你去么？"令下之日，张万岁问。

"那还用说？衣锦还乡嘛！我倒要看我大哥的脸往哪儿搁？"

"你就撂下我不管了？"

"哪儿能呀！你也衣锦还乡，我已经在王太守面前举荐你为马邑兵曹。"

刘武周衣锦还乡不久，突厥南侵的风声渐紧。倘若王仁恭听从杨义臣的建议，委李靖以重任，别说刘武周可能会没戏，就连李渊是否有戏都难说。不过，事实是：突厥南侵之时，李靖南下长安，告密去了。告的不是王仁恭，告的是李渊。王仁恭有可告的吗？有。不过，不是如李渊反叛那样严重，只是贪污军饷而已。这秘密不巧被刘武周发现，刘武周怎么能发现？因为突厥南侵的风声渐紧之时，王仁恭把刘武周请到太守府里权充自己的私人卫队首领。刘武周起先极其不悦，不久却大喜过望。不悦，好理解。鹰扬校尉是朝廷六品命官，你一个太守竟然敢把我当做帐下使唤？刘武周不是没当过帐下，不过，此一时也，彼一时也，时过境迁，焉能复为之？怎么忽然又大喜过望呢？因为既为帐下的头目，遂得以有机会接近王仁恭的侍儿。其中一个叫荷叶的，令刘武周心跳不已。王仁恭有寡人之疾，后房侍儿甚盛，可惜只懂得谨防李靖那种风流倜傥的人物，不懂美人也有偏好刘武周那种孔武有力型的，更没明白自己的本事有限，并不能满足众多侍儿的需要。刘武周乘虚而入，不旋踵就偷香成功。既然同王仁恭共享侍儿，王仁恭的秘密如何能不落入刘武周的耳朵？

"你不怕他把你给宰了？"张万岁问刘武周。他不是讲笑话，他的确有些害怕。他虽然胆子不大，却丝毫不傻。他张万岁是刘武周举荐的人，刘武周要是被宰了，他张万岁能有好下场？

"你怕什么？你又没偷他的人！"刘武周不屑地一笑，似乎看透了张万岁的心思。

"早晚总会出事。"张万岁不以为然地摇头。

刘武周放下手中的酒杯，沉吟半晌，道："言之有理。如今世道如此，靠皇上封妻荫子的梦恐怕是做不成了。"

什么意思？张万岁没问。当时盗贼横行，天下大乱，谁都知道，只有隋炀帝一人还蒙在鼓里。

"不如靠自己。"看看张万岁不搭腔，刘武周这么自言自语。

"什么意思？"这话引起张万岁的警惕，也引起张万岁的兴趣。

"你刚才不是说什么我早晚会被他宰了么？我还不想死。"刘武周说到这，把话打住，端起酒杯一饮而尽。

"接着说。"张万岁从旁催促。

"我要是先宰了他，他还能宰我么？"

"怎么？你想造反？那还能有活路？"

"叫你有工夫时多读点儿书，你不听。你不懂了吧？"

"什么意思？"

"'窃钩者诛，窃国者侯'。这话没听说过吧？"

张万岁的确没听说过，于是，刘武周接下来给张万岁上了一堂篡位、政变的基础课。

"干掉他不难。突厥呢？咱对付得了？"听了刘武周的精彩演讲，张万岁居然不把造反当回事了，只担心突厥。

"打不过，咱还不会投靠？"

"投靠？"刘武周这话显然出乎张万岁的意料之外。

"有什么可大惊小怪的。你以为只有我想投靠突厥？"

"那还有谁？"

"李渊早已叫刘文静暗中去联络突厥了。"

"是吗？你怎么知道？"

"李靖走时，对我漏了口风。"

"原来如此！那李渊想必也活不成了？"

"可不。等李渊上了路，咱就趁虚南下晋阳。即使不能南面称孤，至少可以雄踞一方。"

刘武周的算盘打得基本不错，他成功干掉王仁恭，自称马邑太守，又得突厥之助，先后袭据雁门、楼烦、定襄。突厥立之为定杨可汗，所谓"定杨"，自然是取代隋氏为天子之意。于是，刘武周趁势改元登基，南面称孤。唯一的失误，在于对李渊的预测。他本以为一俟李渊上路，晋阳就是他刘武周囊中之物，唾手可得。李渊的确是上路了。不过不是被人押送长安处斩，而是挥戈南下，占领长安，袭曹孟德之故计，挟天子以令诸侯。

"这晋阳，咱还拿不拿？"刘武周问左右。形势的出乎意料，多少令他举棋不定。

"不拿下晋阳，如何能逐鹿中原？"说这话的是宋金刚。

宋金刚何许人？本是河北强人魏刀儿一伙，与窦建德争夺河北地盘失利，魏刀儿兵败见杀，宋金刚率领残部四千余人投到刘武周麾下。宋金刚素以骁勇多谋著称，刘武周得之大喜，立即策封为宋王，委以军事重任。宋金刚于是倾心巴结，休去结发之妻，成为刘武周之妹婿。

"这话不错。不过，听说留守晋阳的李元吉有万夫不当之勇，咱可不能掉以轻心。"唱这反调的是张万岁。这人野心不大，刘武周授以右骁卫大将军的头衔，已经令他心满意足。

"你的意思呢？"刘武周扭头问尉迟敬德。

十日前的尉迟敬德，只不过是马邑鹰扬府中的无名小卒，怎么忽然就进入刘武周的核心，参与运筹帷幄了？尉迟敬德的破格超升，得力于十日前的一次校场比武。搞那么一场比武，本是宋金刚的主意。他向刘武周建议：两月之间，咱人马骤增一倍。人多势众，本是好事。不过，倘若不能及时整训，搞不好搞成乌合之众，那就不是什么好事了。如何整训？要甄别人才、擢拔将校。俗话说：千军易得，一将难求。怎么擢拔？擢拔谁？搞不好，搞成众叛亲离。以我之见，不如搞场比武，谁赢，主公就擢拔谁。如此这般，方才能够令众人心悦诚服。

宋金刚这番话说得极其得体，貌似十足的秉公之言，其实，却也暗藏着一点私心。什么私心？他想帮其亲信寻相制造一个脱颖而出的机会。当然，有机会并不等于有结果。结果如何还要看寻相自己的本事。寻相手段如何？着实高强，一杆长矛使得神出鬼没。刘武周遣帐下高手黄子英等十人相继挑战，一个接一个败下阵来。

还有哪位肯不吝赐教？眼看没人再敢上，寻相接连大喊三声。有人回答么？没有。只听见将台上的十二面锦旗被风吹得哗哗响。既然只有风声，等那阵风过之后，寻相把缰绳一提，准备策马前往将台领赏，却冷不防又吹来一阵风，将台上的锦旗却纹丝不动，只卷起黄尘滚滚。那是什么风？原来是马蹄卷起的贴地风。寻相把马勒住，扭头一看：从校场门外奔来一匹黑马，骑手着一身黑衣。再看时，看清楚骑手既无弓箭，亦无刀矛槊棒。怎么不拿家伙，难道是暗器高手？

寻相正纳闷时，那匹马已经跑到他跟前。骑手双手抱拳施礼，口称：在下尉迟敬德。怎么玩法？难道想下马徒手相搏？寻相想这么问。不过，他没问。因为不待寻相问，尉迟敬德已经说出了这么个玩法：你接连与十大高手过招，难免有些累了。我这会儿再来讨教，大有占便宜之嫌。不过，你既然叫阵，我既然来了，不分个高下也说不过去。怎么既分高下又不失公平？我让你刺我十回，刺中一回，算我输，一回也刺不着时，就算我赢。如何？

空手对付我的长矛？欺人太甚吧！换上一般人，说不定就会这么想，这么一想，一股无名怒火就会从脚心直奔脑门儿，脑门儿一旦发热，手上的功夫就会大打折扣。难道这正是尉迟敬德的算计？不过，寻相不是一般人，没那么小气，能占便宜时，绝不自寻烦恼。这玩法很好，他说，不瞒你说，我这儿还真是有些力怯了。寻相真是有些力怯了么？不错。不过，他这么承认，却另有目的：既为万一输了留个台阶，也为示敌以弱，见弱而不掉以轻心者，罕有。他尉迟敬德倘若掉以轻心，不就是我寻相的机会么？

玩法商量定了，两人先后跳下马来。传令官唤人把马牵走，将手上令旗一举，战鼓齐鸣，人声喧沸，好不热闹。三通鼓毕，传令官又把令旗一举，校场顿时鸦雀无声，死一般的沉寂。一股凉风从寻相背后吹来，寻相借着风势，突然大吼一声："看矛"！可手上长矛并不曾刺出去。为什么不刺？他要看看尉迟敬德用什么功夫躲闪。可惜，他没看着，因为尉迟敬德并没有躲闪。对手不出手，自己绝对不动。没这点儿本事，那还怎能空手入白刃？哈！本事不小，少有的镇定嘛！这家伙凭什么看出我只是虚声恫吓？寻相心中这么琢磨。其实，尉迟敬德并不曾料到寻相那一声吼不过是虚声恫吓，说得更确切些，他根本不曾去预料，只是专心盯着寻相的肩膀。肩膀的三角肌不动就能出手的人，不是没有，但是绝少。他师傅这么告诉过他。碰到这种人怎么对付？尉迟敬德问，师傅没有回答。尉迟敬德没有再问，他明白师傅的不答，意味着没办法。没办法又意味着什么呢？尉迟敬德也没有问，因为他知道那意味着死亡。既出手相搏，就得随时准备死。不能坦然面对死亡，绝对成不了高手。这些话也是他师傅告诉他的。尉迟敬德不仅记住了，而且深信不疑。所以，尉迟敬德能够等。等什么呢？等对手肩膀跳动。

寻相久经沙场，死在他长矛之下的不计其数，可他从来见过尉迟敬德这样的对手，竟然不动！方才要是我真出手了呢？你还不已经是死人了么？这么一琢磨，寻相就于不声不响之中刺出了他的绝招凄凉犯。不声不响，他做到了，凄凉犯那一招使得不焦不燥，刚柔相济，他也做到了。不过，出手之前，他肩膀上的三角肌不免轻微抖动了一下。接下来发生的事情令寻相与尉迟敬德先后一惊：寻相一惊，因为他那从未失手的绝招竟然刺空了。尉迟敬德一惊，因为当他重新站稳，等着寻相刺出第二招时，却见寻相把长矛扔到地上，双手抱拳道：寻某输了。

这样的结局也令刘武周与宋金刚各自吃一惊。不过，两人的惊，略有不同。宋金刚的惊，是惊讶的惊：马邑这边陲荒郡居然藏龙卧虎，有这等高人？刘武周的惊，是惊喜的惊：寻相的功夫已经不可多得，如今更冒出个尉迟敬德这样的高手来，何愁天下不平？真是天助我也！惊喜之余，立即传下圣旨：任命尉迟敬德为前将军、寻相为后将军。

"乳臭未干的小儿，从来不曾上过阵，哪来什么万夫不当之勇？"尉迟敬德这么回答刘武周。

"说得好！与寡人之意正合。"尉迟敬德的回答令刘武周信心大增，南下之策就这么定了。

唐高祖武德二年三月，刘武周以宋金刚为西南道大行台，统军三万南下，一路势如破竹。前锋黄子英恃勇轻进，直抵晋阳城下叫阵。李元吉有心逞能，见状大喜，立即出城迎战。两人斗不到十个回合，李元吉买个破绽，横扫一招大江东去，黄子英躲闪不及，右胸早中一槊。亏得宋金刚大军及时赶到，方才免于被李元吉活捉。刘武周闻黄子英失利，遭尉迟敬德前往助战。消息传到长安，李渊令太常卿李仲文将兵两万，赶往晋阳增援。李仲文行到雀鼠谷，遭遇一彪人马截拦。有认识的，指出领军的正是黄子英。听了这话，李仲文顿时起了轻敌之心：不就是李元吉手下败将么？有何能耐？黄子英果然不堪一击，与李仲文斗不数合就落荒而逃。李仲文立功心切，不知是计，穷追不舍。转过谷口，失了黄子英的踪影，却见一条黑汉骑一匹黑马，口称：尉迟敬德在此等候多时矣！哪儿来的黑鬼？也配在老爷面前逞能！李仲文挥刀便砍，尉迟敬德一闪而过，顺势一抓，不费吹灰之力便把李仲文擒下马来。唐军将士见主帅如此轻易被擒，顿作鸟兽散。

尉迟敬德生擒李仲文的消息传到晋阳，令李元吉大吃一惊。这李仲文功夫相当不错，他同我比试过，斗了五十回合方才败落下风。谁有这么大的本事，竟然不出一招就将他活捉？李元吉说。同谁说？同他老婆杨氏。当时杨氏听了李元吉这番不着边际的废话，没好气地顶了一句：人家李仲文说不定是看在老爷子的面子上故意让着你，他都接不了一招，那你就更不成了，还整日说什么横行天下！你懂个屁！受了老婆的奚落，李元吉气得七窍生烟，可是除去一掌拍在床边之外，别无泄气的办法，他从此没敢再开城门，听任宋金刚把晋阳围个水泄不通。

李仲文全军覆没，晋阳陷入重围的消息传到长安，京师为之震动。叫谁去解晋阳之围？李渊犯愁。怎么不叫李世民去？李渊不是没有这么想过。当时李世民已经拥有太尉、尚书令、雍州牧、陕东道行台等等这么一串官衔，李渊又下一道圣旨，更以李世民为左武侯大将军、使持节凉、甘等九州诸军事、凉州总管。无功而加官进爵，什么意思？那意思不就是想李世民自动请缨么？可是李世民装傻，只把这串新官衔笑纳了便没有下文。为何如此？还不就是因为与李元吉过不去么？知子莫若父，李渊只好死了叫李世民去救援晋阳的心思。

李渊的犯愁，被右仆射裴寂觑个正着。我去如何？他问李渊。军旅之事，并非裴寂所长，难道他裴寂没有自知之明？裴寂的请行，令李渊满腹狐疑，忍不住问道：却敌之计安在？裴寂说：实不相瞒，却敌之计嘛，眼下还没有。不过，只要能令齐王突围而出，即使暂时丢了晋阳，又有何妨？李渊一笑道：果然老奸巨猾！还没去就预留失律之地。"老奸巨猾"四字本是贬义，可此时从李渊嘴里说出来，却是婉转的褒奖，透露出李渊对裴寂的无比信任。这人可靠，简直比儿子都可靠！李渊当时这么想。裴寂的确比李世民更可靠么？其实未必，因为裴寂此举，不止是替李渊排纷解难，也是替李世民消除隐患。李世民的隐患从何而来？倘若李元吉没于晋阳，李渊能不怀恨李世民么？不过，裴寂的这层用心，李渊并未觉察，立即兴冲冲下诏：以裴寂为晋州道行军总管、讨伐军元帅，听便宜从事。所谓"听便宜从事"，就是一切都听他裴寂自便了，能不是信任无比的反映么？

裴寂有什么妙计能令李元吉破围而出？说穿了，很简单，就是尽量分散围城的兵力。他故意走漏风声，令宋金刚以为他要效仿围魏救赵之计，绕开晋阳偷袭马邑。宋金刚得了风声，立即令尉迟敬德率领精骑五千抢占裴寂北上必经之地介休。裴寂果然向介休进发，既然受阻于尉迟敬德，就选择介休南面的索头原安营结寨。有人警告裴寂：索头原上无水，恐非驻军之地。裴寂听了大笑，兵法说："投之亡地而后存，陷之死地然后生。"你不懂。那人也许的确不懂。问题是：裴寂当真懂么？其实，问题的核心还不在于懂与不懂，而在于能否办得到。古往今来，办到了的，好像只有韩信一人。他裴寂办得到么？裴寂并无把握，不过，他以为无论办得到与办不到，这置之死地而后生的策略，都不失为一条可行之计。办得到，自然是大好。先杀退尉迟敬德，再与李元吉来个内外夹攻，那还不把宋金刚杀个落花流水？办不到

144

呢？也未必就不好。裴寂已经安排了一个败退方案：后撤晋州，把尉迟敬德引离介休，李元吉于是可以趁机经介休逃归长安。当然，败退的代价可能惨重。不过，死亡的是普通士卒，能与齐王的性命相提并论？

裴寂没能改写历史，索头原之役以唐军大败告终，成功地运用置之死地而后生之计的，至今仍旧只有韩信一人。不过，裴寂毕竟成功地实践了他的败退方案：尉迟敬德尾随裴寂一直追到晋州城下，李元吉趁机突围，经介休逃归长安。晋阳虽然失守，李元吉保全了性命。

刘武周进驻晋阳之后，诏宋金刚、尉迟敬德急攻晋州。裴寂知道尉迟敬德的厉害，下令闭门坚守。留守晋州的右骁卫大将军刘弘基自恃骁勇，以裴寂为怯，私自偷开城门，单挑尉迟敬德决斗。两人恶斗二十回合，刘弘基渐落下风，不得已虚晃一招，以为可以拍马回城，却被尉迟敬德识破，不接那虚招，一槊直戳过来，正中刘弘基坐骑后股，那马站立不住，顿时翻倒，把刘弘基掀下马来。尉迟敬德麾下一拥而上，将刘弘基活捉。失去主力战将，裴寂无心守城，夜间突围，退守浍州。尉迟敬德追至浍州，裴寂守城无方，尉迟敬德再下一城。

唐军接连败退，夏州豪强吕崇茂趁机而起，自称魏王，投靠刘武周，配合宋金刚，截拦裴寂的后路。裴寂腹背受敌，狼狈万分。李渊闻讯，诏永安王李孝基为行军总管，率工部尚书独孤怀恩、陕州总管于筠、内史侍郎唐俭等赴夏州讨吕崇茂。李孝基是李渊的从弟，独孤怀恩是李渊的表弟，于筠、唐俭都是李渊的亲信，阵容如此，可见李渊对夏州事变极其重视。这不足为奇，因为夏州是李渊在黄河以东的最后一个据点，夏州沦丧，就只有闭潼关自守了。宋金刚也明白占据夏州意义重大，急令尉迟敬德、寻相率精骑五千前往增援。尉迟敬德赶到夏州城外之时，李孝基等行动迟缓，尚未站稳脚跟。骤然遭到城内城外的夹击，仓皇应战，结果全军覆没，李孝基、独孤怀恩、于筠、唐俭没有一个逃脱，皆被尉迟敬德生擒。

"该主公出手了吧？"消息传到长安，房玄龄提醒李世民。

"尉迟敬德这本事，恐怕裴行俨也不过如此吧？不知这人究竟什么来历？"李世民没理会房玄龄的提醒，却问了这么一句。显然，李世民对尉迟敬德的关注远在河东全面失陷之上。

"我已经叫人去打听过了，据说尉迟敬德祖上本是武川镇户，父母早亡，孤苦伶仃，流落朔州。"说这话的是段志玄。

"武川？"李世民隐隐约约听说过自己的祖先正从武川发迹，不禁失口反问。

"有什么不妥么？"段志玄误以为李世民对尉迟敬德出自武川之说表示怀疑。

"没有。接着说。"

"其他的嘛，只是些不相干的琐屑。"

"什么琐屑？"

"他的槊柄之上镶着一块玄武玉刻，腰带之上也系着一块玄武玉雕。"

李世民听了，沉默不语。还能问什么呢？真是些不相干的琐屑。

"虽是琐屑，也未必就不能提供消息。"看见李世民沉默，杜如晦趁机插嘴。

"什么消息？"

"这人曾经是个游方道士。"

嗨！这么简单的事情，我怎么就没想到？李世民不由得对杜如晦瞟了一眼。当时的习俗，但凡游方道士，皆在腰带上悬挂玄武以为标志。其实，杜如晦并不见得比李世民更聪明，只是他从来不那么投入。不那么投入，就能保留旁观者的心态。能旁观，所以就能明。

得了杜如晦的指点，如何应付尉迟敬德？李世民心里有了谱，虽然还没有具体的方案。既然有谱了，他就回想起了房玄龄提起的话头。

"不错。是该咱出手的时候了，你这就去替我起草一份出师表。"

房玄龄替李世民起草的出师表原文已不可见，据《旧唐书》的记载，大致是这么几句话："太原，王业所基，国之根本；河东富实，京邑所资，若举而弃之，臣窃愤恨。愿假臣精兵三万，必冀平殄武周，克复汾、晋。"

太原真是李渊的王业基础么？其实未必。李渊受命为太原留守，在隋炀帝大业十二年十二月，次年六月就起兵造反，呆在太原的日子屈指可数，根本没有时间打下什么基础。长安当真需要靠河东供养么？也是泛泛不实之词。隋代粮仓之积蓄，莫过于控制在李密之手的黎阳，而不在河西。关中平原之富，远在晋、汾地区之上，足以供长安之需。不过，当时李渊正派遣使者东出潼关，对割据一方的众多英雄好汉进行招降纳叛的活动。所谓英雄好汉，不言而喻，都是识时务之辈；而所谓识时务之辈，说得不好听些，其实也就是趋炎附势之徒。倘若李渊不能把河东及时夺回，英雄好汉们还会看好李渊么？显然不会。因此，太原虽然并非李渊之根本，长安虽然无需河东的给养，"平殄武周，克复汾、晋"，依然是当务之急。所以，李世民的出师请求，立即获得李渊的批准。

武德二年十一月，也就是刘武周南下马邑的七个月以后，李世民率领李渊所有的精锐，从龙门渡河。说是渡河，其实无河可渡。那时候冬季气温比如今低，旧历十一月，黄河早已冻实，如同今日三九的黑龙江。李世民等三万人马浩浩荡荡踏坚冰进入河东之时，刘武周的主力何在？宋金刚统领大军驻扎在晋州，前锋由尉迟敬德、寻相率领，在风陵渡严阵以待，等待唐军从风陵渡渡河时予以迎头痛击。显然，宋金刚错误地估计了李世民出击的地点。不过，宋金刚的错误，仅在于情报不灵通，并不属于战略性。何以言之？因为风陵渡向来是兵家必争之地。当年曹孟德与马超相争于此，后来宇文泰与高欢也相争于此。就在不久前，李仲文、裴寂、李孝基的出师，也都是取道风陵渡北上。

不过，尉迟敬德在风陵渡也不是一个人都没等着。就在李世民率领三万大军越龙门而东之时，有两个人悄悄地东出潼关，踏上了风陵渡口的河岸。两个什么人？一个是李渊的特使。另一个呢？李世民的特使。李渊的特使是什么任务？收买吕崇茂，干掉尉迟敬德与寻相。开的价钱是多少？赦免吕崇茂之罪，并授以夏州刺史之职。至于李世民派遣的特使，那是不足为外人道的秘密。外人是谁？包括李渊在内。知道这秘密的，只有李世民、段志玄、王晊三人。不言而喻，李世民的特使就是王晊。

"特使"与王晊一踏上风陵渡，就遭到尉迟敬德前哨的截拦与盘问。"特使"自称受魏王吕崇茂故人之托，有口信传递给魏王。既是魏王之客，渡口前哨不敢怠慢，遣人护送"特使"至夏州自不在话下。至于王晊，蓬首垢面，衣裳褴褛，神色慌张，语言吞吐，支支吾吾说不清个来龙去脉，这就不免令人生疑了。尉迟敬德下过命令，但凡形迹可疑者，切不可放过，务必押解夏州经由尉迟敬德亲自审讯。于是，渡口前哨也不敢怠慢，着人将王晊绑了，押送夏州交尉迟敬德。

王晊装出一脸的委屈，心中却暗自叫好。不费吹灰之力，任务就已经完成了一多半，能不叫好么？什么是王晊的任务？收买尉迟敬德。怎么收买？不见面自然无从收买。所以，押送夏州交尉迟敬德审讯，正中王晊下怀。能见面，不等于能收买。王晊凭什么信心十足？凭他掌握的一个秘密。

"一个道士，怎么不安分呆在道观里，却来在兵荒马乱之地？莫不是唐军的间谍，假扮道士，前来打探虚实？"提审王晊之时，尉迟敬德问。

"贫道不过一游方道士，哪来安分于道观那份福气？"这时候的王晊，既不慌张，也不支吾，神色自若，口齿伶俐得近乎油滑。

"游方道士"四字令尉迟敬德心中一震。想当年，我自己不也曾经打着

"游方道士"的名目行乞过么？倘若不是师傅收留了我，如今的我难道也会像眼前这人一样寒酸潦倒？

"吃饭了吗？"这么一想，尉迟敬德就收起威严，问了这么一句。

王晊不答，却问："有酒么？"

哈！有种！得寸进尺！当年的我，敢这么放肆？好像不敢。这人不简单。尉迟敬德心中这么琢磨，嘴上喊道："拿酒肉来！"

酒醉饭饱之后，王晊用衣袖揩揩嘴，从腰包里摸出一个竹筒来，道："贫道例不白吃白喝。占个卦？"

游方道士，例不白吃白喝，否则，不就是降格为名副其实的乞丐了么？这规矩，尉迟敬德自然也懂。看见尉迟敬德点头，王晊双手把竹筒抱紧，用力摇了三摇，大喊一声"开！"

蓍草跌落桌上，布成一个"蒙"卦。

王晊先摇摇头，然后抬头望着尉迟敬德发一声叹息，道："不好！"

"怎么不好？"尉迟敬德反问。

"蒙者，蔽也。蔽者，前无去路。前无去路，就是死路一条的意思。怎么能好？"

"休要胡说！占卦这把戏，俺也玩过。《易传》上分明说：蒙者，生也。怎么到你嘴里，就成了死？"

"卦之要，存乎变。变之诀，存乎心。据《易传》而占卦，那是书生之见、门外之谈。"

"不识好歹！好心以酒肉相待，却说出这番鸟话来蒙人！"尉迟敬德听了这话，不禁大怒，双掌一击，喊一声："来人！"

"且慢！"王晊处变不惊，反问："将军说贫道拿鸟话蒙人，倘若'蒙'不是'蔽'而是'生'，请问这'蒙人'二字，当作何解？"

这一问，令尉迟敬德一愣，两名帐下恰好于此时疾步奔进门来，立在门边待命。尉迟敬德本来是想叫人把王晊拖下去的，还拖下去吗？他稍一迟疑，终于回心转意，只向门外摆摆手。两名帐下会意，当即转身退出。

"好！道长巧舌如簧，俺自愧弗如。不过，敢问'前无去路'从何说起？怎么就不是'后无退路'？"

"这话嘛，就不是能从卦里看出来的了。"

"占卦不从卦里看，难道还有别的法子？"

王晊笑而不答，却往立在尉迟敬德身后的两个侍女一瞟。尉迟敬德会意，叫侍女退下。于是，王晊从容不迫，把李渊收买吕崇茂之计和盘托出。

往后的事情如何？史册有如下记载：吕崇茂谋泄，尉迟敬德、寻相杀吕崇茂后退走浍州。李世民遣殷开山、秦叔宝等截击于美良川，斩首两千级。宋金刚令尉迟敬德、寻相潜引精骑从浍州南下以增援蒲反。李世民自将步骑三千间道夜行，大破之于安邑，尉迟敬德、寻相全军覆没，仅以身免。先后被尉迟敬德俘获的刘弘基、李仲文、独孤怀恩等陆续逃归。不曾逃脱的只有李孝基与唐俭。李孝基不得逃归，因为人在晋阳，由不得尉迟敬德做主。至于唐俭，则并非不能逃归，而是留在尉迟敬德军中，作为唐军的联络。

尉迟敬德既已杀吕崇茂，又未曾遭唐军攻击，为何主动北撤？宋金刚既令尉迟敬德等潜师南下，李世民如何获得精确的南下时间与路线？精骑全军覆没，如何单单走脱了尉迟敬德与寻相？尉迟敬德原本骁勇善战，所向无前，如何忽然一败而再败，变得不堪一击？刘弘基、李仲文、独孤怀恩等要犯如何能够逃脱？唐俭如何能与尉迟敬德密谋，从而令李渊逃过孤独怀恩的政变阴谋？这些问题，史册皆无解释。为何没有解释？因为这些都是李世民与尉迟敬德之间的秘密，不足为外人道也！

再往后，事情又如何？两军对峙于柏壁，李世民看准宋金刚粮草不济，坚壁不出，宋金刚多番求战不得，无计可施，只有退走。两军相持不下之际，先撤，乃兵家之大忌。能否全军而退，全看断后的安排是否妥善。宋金刚如何安排断后？他叫尉迟敬德率精兵五千扼守大路，自己统领大军从鼠雀谷小道退走。尉迟敬德勇冠三军，令尉迟敬德断后，不能不说是个正确的选择。大军行动例取大路，取小道之谋，魏延建议过，被诸葛亮否决。成功取小道的前例，只有邓艾的偷渡阴平，名副其实绝无仅有。绝无仅有之谋，自然就是奇谋，但凡是奇谋，罕有不成功者。由此可见，宋金刚的路线选择，也不能不说是正确的选择。可当宋金刚撤至鼠雀谷时，却意外地遭到李世民的伏击，伤亡惨重。

李世民怎么能绕过尉迟敬德的断后精兵？又怎么能猜中宋金刚的后撤路线？史册同样没有记载，不过，虽无正面记载，却于侧面貌似不经意地提到早先被尉迟敬德俘获的于筠，恰于此时逃归李世民的大营。中国修史传统，例有曲笔之法。所谓曲笔，或闪烁其词、点不到即止，或化整为零、散见于别处，希冀后世的读史者能够推敲琢磨从而窥见其奥。可惜后世读唐史者，却都把隐含在于筠于此时逃归的意义给忽略了。于是，柏壁之战就成为后世吹捧李世民为军事天才的证据。其实，李世民何尝能够用兵如神，只不过是有尉迟敬德为其间谍而已。

话说宋金刚退至介休，清点余众，尚有两万人马，庆幸没有全军覆没之余，忘了琢磨其他，更没想到一直受他器重的尉迟敬德竟然是身边的内奸。匆匆修整之后，宋金刚令尉迟敬德与寻相领精兵五千屯于城中以为后援，自己统领一万五千人出城西十里布阵，只等唐军追来，背城一战以决雌雄。

　　率先追到介休城外的不是别人，正是刚刚在窦建德手上栽了个大跟头的李世勣。把投靠李渊时的本钱丢了个精光，李世勣急于立功捡回颜面，匆匆在宋金刚阵前望了望。嗨！不就是个玲珑四犯阵么！从坎门杀入，折入遯门，折冲损门，然后自益门杀出，必令阵容大乱，有何难哉？于是，既不等待李世民，也不叫麾下跟随，单枪匹马便杀进阵去。李世勣从坎门杀入，折入右路，一路冲杀，却找不着遯门。难道是一时大意，走错了方向？急忙拨转马头，向反方向一路横扫，却仍旧不见遯门的踪影。难道不是玲珑四犯？不错。宋金刚布的这个阵势，叫做追魂侧犯，只是看起来貌似玲珑四犯而已。追魂侧犯？李世勣没听说过，更别说破解的方法了。不过，李世勣毕竟久经沙场，临危不乱，明白自己搞错了，不慌不忙，凭借一身本事与直觉，受了几处轻伤之后，总算狼狈逃出。眼看得了先机，宋金刚亲率精骑从阵中追出。李世勣麾下抵挡不住，正欲败退之时，李世民恰于此时赶到。待到李世勣重新稳住阵脚，李世民却不与宋金刚正面交锋，只管指挥精骑五千从左右两边包抄。宋金刚见了，急忙鼓吹号角，意思叫尉迟敬德出城接应。尉迟敬德却视若罔闻，按兵不动。

　　"咱怎还不出击？"寻相不解，紧张而疑惑地问。

　　"唐军新胜，气势如虹。俺劝宋王婴城固守以待后援，宋王不听，恃勇轻进，无异于自投罗网，咱也跟着他去找死？犯得上么？"

　　尉迟敬德这话令寻相大吃一惊。宋金刚决定背城一战之时，寻相也在场。他怎么没听见尉迟敬德劝宋金刚"婴城固守"？"以待后援"之说更是信口开河，刘武周精锐尽在于此，哪来什么后援？分明是胡搅蛮缠嘛！难道……？他不敢往下设想。不过，尉迟敬德于他有再生之恩，倘若不是尉迟敬德探得吕崇茂的秘密，他寻相还不早已死于吕崇茂之手了？他不便与尉迟敬德作对。再退一步说，即使他想与尉迟敬德作对，他有那本事么？

　　"下一步你打算怎么走？降唐？"寻相试探着问。

　　"不急，走着瞧。"尉迟敬德这么安抚寻相。

　　尉迟敬德的按兵不动致令宋金刚腹背受敌，腹背受敌而不被杀得落花流水者绝无仅有，宋金刚固然格外骁勇，毕竟无力扭转乾坤，恶斗多时之后，终于溃败。大约是猜到自己为尉迟敬德所卖，宋金刚没有奔回介休，而是率领数十骑亲信北走突厥。宋金刚败走突厥的消息传到晋阳，刘武周知大势已去，也匆匆弃晋阳投奔突厥。于是，半年前失陷于刘武周的河东之地，全数回归李渊。全数？难道也包括握在尉迟敬德手中的介休么？不错。宋金刚败走之后，李世民遣任城王李道宗与宇文士及往见尉迟敬德与寻相，走了个劝降的过场。尉迟敬德自然是欣然从命，寻相别无他路可走，自然也是选择了归降。

尉迟敬德既降之后，李世民授以右一府统军之职，仍令统其旧部五千精骑。当时唐设左、中、右三军之制，所谓右一府统军，就是右军一部的统领，虽然不是什么显赫的官位，却是个亲信的职务，得以随侍李世民的左右。这样的安排令一些人感觉不安。什么人感觉不安？几个并非李世民亲信却自以为是李世民亲信的人，比如屈突通与殷开山。屈、殷二人，都是隋朝旧吏，也都没多少能耐，不过都是李渊故人。殷开山跟随李渊自太原起兵，屈突通则装模作样地尽忠于隋，被李渊俘获之后方才归顺。

右一府统军可是个要职，尉迟敬德可靠吗？仍令统其旧部尤其不妥，风险太高。屈、殷两人这么提醒李世民。李世民与尉迟敬德之间的秘密，即使对其亲信中的亲信如房玄龄、杜如晦，李世民都不曾透漏，屈突通与殷开山在李世民心中是属于老爷子的人，他怎么会以实情相告。如何应对？李世民摆出一副豁达的神态，说出一番什么"疑人不用，用人不疑"的废话，致令屈、殷两人由感觉不安转变为感觉不满。对谁不满？以理推之，不满的情绪应当是冲李世民而去。不过，两人却都下意识地以为是针对尉迟敬德。这不足为怪，也不说明屈、殷两人傻。不敢对主子不满，往往就会不自觉地迁怒于主子的奴才。

不满又能如何？如果尉迟敬德不授之以柄，也许，屈、殷只能在酒楼里发发牢骚，骂几句脏话。不过，事实却是：尉迟敬德行为有失检点，令屈、殷的不满得以有所发泄。什么事情有失检点？无关男女，只关尉迟敬德的天性残忍，这从他屠夏州而知。自从尉迟敬德与寻相撤离夏州之后，夏州又重新落入吕崇茂余党之手。尉迟敬德降唐伊始便自告奋勇向李世民请缨。干什么？不是穷追宋金刚、刘武周，却是去夺回夏州。这建议十分荒谬。吕崇茂死前既已降唐，吕崇茂余党的重新占据夏州，难道不是替李渊从刘武周手上夺回夏州吗？怎么还用得着尉迟敬德再次夺回？可尉迟敬德的请缨，竟然获得李世民的肯首。难道李世民不明事理？非也。李世民知道尉迟敬德恨吕崇茂至深，虽手刃之，心中怨气犹存。怎么才能令尉迟敬德快意？给他这个机会去杀尽吕崇茂一家老小。尉迟敬德既下夏州，不仅杀尽吕崇茂一家，而且下令屠城，城中百姓无论男女老幼，一概杀个精光，不留一个活口。

这是什么行径？匪类所为嘛！屈、殷等人相视而怒。尉迟敬德从夏州返回大营之时，李世民恰好外出射猎未归，寻相又恰于此时叛逃走脱。机不可失，时不再来。屈、殷等人趁机合谋，以叛逃不遂的罪名把尉迟敬德拿下，正准备把尉迟敬德押送长安之时，李世民回来了。李世民既回，如何处置尉迟敬德自然就由不得屈突通与殷开山了。

"立即给我放人！"李世民大怒，"简直是造反嘛！"

"先别急。"

谁敢在李世民气头上劝阻？除去房玄龄还能有谁？

"什么意思？"

"主公何妨趁此机会试他一试？"

"怎么？难道你也不放心他？"

即使房玄龄不放心，李世民能说什么呢？他并没有把他与尉迟敬德之间的暗中勾结向房玄龄透露过。不过，他觉得房玄龄应当猜得出。他打听尉迟敬德背景之时，点出尉迟敬德曾经是个游方道士的，虽然不是房玄龄而是杜如晦，他房玄龄当时不是在场么？以他房玄龄的精明，在场还猜不出，不大可能吧？

"防人之心不可无。况且，尉迟敬德屠夏州之举，委实令人发指。回到长安之时，怎么向皇上交待？"

李世民听出房玄龄最后的那句话不无弦外之音。什么弦外之音？房玄龄不傻，的确已经猜出我利用吕崇茂收买尉迟敬德。否则，他提老爷子干什么？不错，回长安时我是得向老爷子有个交待。不过，怎么交待嘛，就不用你房玄龄操心了，我李世民早已胸有成竹。

李世民胸中的成竹究竟为何？就是那孤独怀恩的造反一案。孤独怀恩造反之谋，发生在被俘于尉迟敬德之前。被俘之后，以为没希望了，一不留神，透露出口风给因于同室的刘世让。尔后独孤怀恩被尉迟敬德放跑，据守蒲反。李渊秘密渡河亲临前线视察，视察地点包括蒲反在内。哈！真是天赐良机！独孤怀恩闻讯大喜，一切准备就绪，就等李渊进入蒲反之后来个瓮中捉鳖。刘世让本是唐俭的下属，当时与唐俭同时留在尉迟敬德军中，听到李渊即将亲临蒲反的消息，唐俭立即找到尉迟敬德，叫尉迟敬德赶紧放走刘世让。倘若尉迟敬德不从，李渊无缘从刘世让口中获悉独孤怀恩的造反阴谋，如今的李渊安在？那还不早已化作独孤怀恩刀下冤魂了么？尉迟敬德既有如此之功，还怕抵消不了滥杀夏州无辜百姓之罪么？

不过，这秘密，李世民觉得也没有必要向任何不知情者公开，即使亲信如房玄龄、杜如晦也不例外，这倒不是说李世民对房、杜缺乏信任，只是因为李世民一贯认为：但凡是秘密，知道者越少就越好。对谁越好？对主子越好，对奴才也越好。于是，李世民就顺水推舟，说道："嗯，有道理。你说说咱该怎么试探他？"

"主公不妨这么同他说：人都说你与寻相是死党，寻相既然不肯留，你想必也萌去志。咱大唐一向光明正大，用人绝不勉强。合而愿留，则留；不合而不愿留，则听其自去。你若想去，尽管明说，不必学寻相之潜逃。"

"这么说有用吗？"李世民觉得房玄龄这话十分可笑。

"看对谁说。以我之见，尉迟敬德这人憨直重诺，亲口许下的然诺，往后必不反悔。"

"是吗？"李世民将信将疑，扭头问杜如晦。

杜如晦只说了四个字。四个什么字？"试试无妨"。

既然杜如晦赞同，李世民就果真如此这般试探了尉迟敬德一回。他不仅对尉迟敬德说：你尽管可以走。而且还增添一节：倘若选择走，馈赠黄金百镒，为你压惊。说罢，还真叫手下用小车推出黄金。哈哈！同俺玩这一手，也太小看游方道士了吧？尉迟敬德见了大笑，他一眼就看穿李世民试探他的把戏。游方道士是什么人物？李世民与房、杜固然都不是书呆子，却也都从来不曾接触过社会的下层，不知道不是老油条绝对干不了游方道士这一行。老油条如何应对李世民玩的这一招？

"走，俺往哪儿走？秦王是俺的救命恩人，救命恩人就是再生父母。哪有为儿的弃父母而去的道理？"老油条这么反问。反问毕，话锋一转，又道："至于黄金嘛，可别怪俺见钱眼开，俺还真舍不得退还。"

嘿嘿！还真是憨直！听老油条这么说，李世民心中窃喜。尉迟敬德当真憨直么？其实，尉迟敬德不过抄袭战国时秦将王翦蒙混秦王嬴政的故智。当年王翦出征楚国，临出函谷关前三番五次向秦王求田问舍，王翦的下属亲信不解，问：将军难道不怕秦王以将军为贪么？王翦听了大笑：贪，野心止于发财。不贪，野心何在？何惧秦王以某为贪哉？当年王翦哄得秦王嬴政心花怒放，不足为奇，这就是王翦之故智。

不过，无论如何，尉迟敬德这老油条都是赢家，不仅在主子心目中赢得了憨直的形象，而且无端发一笔横财。这笔横财对他尉迟敬德来说，意义非同小可。他听说长安米贵，居大不易。没有这笔横财，如何能够纵情声色犬马？不能纵情声色犬马，如此这般替主子出生入死，值么？

跑江湖的人喜欢说什么"人在江湖，身不由己"。其实，人在朝廷，也一样身不由己。当时尉迟敬德跟随李世民在洛阳前线，无论他自己觉得值不值，都得替主子出生入死，李世民一日不拿下洛阳，他尉迟敬德一日休想去长安享受声色犬马，即使有大把金子在手也不成。

据《旧唐书·尉迟敬德传》的记载，尉迟敬德在洛阳之役战功显赫，而其尤著者，在于救过李世民一命。事情的经过如下：一日李世民在洛阳城外观望，被单雄信在城楼上觑个正着。单雄信提槊策马，出城奔袭。李世民招架不住，性命危在旦夕之时，尉迟敬德赶到，只一槊，刺单雄信下马。这说法有些离奇古怪。因为根据《唐书·单雄信传》，赶来救主的，不是尉迟敬德而是李世勣，单雄信也并没被谁刺伤，只不过看在李世勣的情面上放李世民一马而已。

难道同样的事情接连发生两次？不大可能。究竟哪一说更加可信？以后事推之，当以李世勣救主之说更为可信。什么后事？其一，攻下洛阳，生擒王世充、窦建德之后，李渊在庆功典礼上册封李世民为上将、李世勣为下将，两人皆披金甲、乘戎车，联袂赴太庙告捷。嘿嘿！好不威风！检阅史册，李世勣在洛阳之役的战功并不在尉迟敬德之上，如果救主之功亦复属于尉迟敬德而不属于李世勣，受此殊荣的，难道不该是尉迟敬德么？怎么轮得到李世勣？其二，洛阳城破之时，单雄信被俘。李世勣为单雄信求情，李世民不许。不仅不许，而且也不待回长安请示李渊，迫不及待立即处斩。倘若救主的不是李世勣，李世勣也许根本不敢出面替单雄信求情。临刑之时，单雄信抱怨李世勣：我早就知道你办不成事儿！一腔怨气由何而来？正由原本对李世勣的求情满怀希望而来。倘若救主的不是李世勣，又怎能满怀希望？再进一步说，倘若李世民的逃脱，因单雄信被尉迟敬德一槊刺倒，李世民未必对单雄信耿耿于怀。毕竟是他手下的败将，饶他一死又何妨？只有其逃脱出于单雄信的高抬贵手，这"逃脱"，才会成为李世民"终身藏之、何日忘之"之耻。有耻如此，才会必杀之而后快。当年刘邦之杀丁公，亦正因有耻如此。

不过，尉迟敬德虽未必救过李世民之命，却干了件令李世民心中大快之事。洛阳未下之时，李渊遣李元吉前来助战。李世民得了这消息，起先极其不悦，转念一想，未尝不是机会。什么机会？他叫人把尉迟敬德唤来。

"听说你曾徒手击败寻相？"

"不错。"

"有兴趣同齐王过几招么？"

什么意思？尉迟敬德没问，只是笑了一笑，不置可否，等着李世民给出更多的讯息。

"没什么别的意思。"看出尉迟敬德狐疑不决，李世民做了这么一番解释："我这老弟生性轻狂，自以为握槊的本事天下第一。我怕他将来早晚吃亏，想让你教训教训他，让他明白'天外有天，人外有人'这道理。"

真这么简单么？其实不然。三年前，李世民做了个恶梦，梦见李元吉将他打翻在地，骑在他身上，双手握槊，卡在他脖子之上，令他喘不过气来。他也双手握槊，奋力抵抗，无奈力不从心。正觉手软力怯之际，猛听得李元吉一声大吼。往下应当是个什么结局？被李元吉掐死？他没法儿知道，因为这一声吼，令他顿时惊醒，只知道吓出一身冷汗。从此以后，每逢他见到李元吉，这梦中情景就不由得重现脑海，令他惶恐不安。梦因何而生？自古以来，不乏解说者。街边的风水先生，道观里的道士，甚至朝廷上的太史令，只要你问，未尝不能娓娓而谈。不过，李世民没去问。这种梦也好意思问？没问过人，自然没有人知道，除去他自己。

虽说尉迟敬德归唐的日子不多，他已经风闻李世民与李元吉不睦的流言。李世民的这番解释恰似此地无银三百两，更令他相信所闻属实。他并不想卷入李世民与李元吉之争，不过，他知道除去应承李世民，别无选择，于是便道："成。只要齐王肯。俺必定奉陪。"

"你来得正好。"李元吉来到洛阳大营，寒暄的客套既毕，李世民说。

"什么意思？"李世民这话令李元吉一愣：什么时候对我这么客气过？又憋着什么坏主意？

"尉迟敬德自恃手段高强，目中无人，出言不逊。段志玄、程咬金、秦叔宝都怕他三分。你来了，正好煞煞他的威风，叫他明白天外有天，人外有人之理。"

李元吉翻了李世民一眼，心中暗笑：你哄谁呢？明明是想看我露怯嘛！你以为我当真怕他尉迟敬德不成！

"行。什么时候过招？"

"你远道而来，想必累了。先歇个三五日？"

"不必。明日一早就在你帐前空地一决雌雄。如何？"

"一言为定！"

次日的天气没什么特别，同前两天差不多。有点儿风，不大；有点儿云，不厚，正是比武的好日子。风大，处在下风的难免不会吃亏；有太阳，面向阳光的也难免不吃亏。倘若下雨，那自然就更扫兴了，说不定还得换日子。李元吉与尉迟敬德没来，观众先到。观众不多，除李世民之外，只有段志玄、秦叔宝与李世勣三人。程咬金怎么不在？被李世民找个由头支走了，免得勾起令他不悦的回忆。

"你们看好谁？"李世民问。他本来相信尉迟敬德绝对能赢，否则，就不会安排这场比武了。不过，昨日李元吉的那副信心十足的样子令他忽然有些心虚。难道他李元吉在这一年中潜修了什么武功秘笈，别搞不好又搞成程咬金对李元吉的翻版。

段志玄、秦叔宝、李世勣三人皆作沉思状，没有一个开口。

"怎么？都不是行家？都看不出来？"李世民勉强笑了一笑，尽量藏起心中的不悦。

"依我之见，齐王恐怕不是尉迟敬德的对手。"段志玄看出李世民的不悦，赶紧接过话茬。其实，秦叔宝与李世勣又何尝没听出李世民的不悦。不过，两人都知道段志玄一向自负是武功行家。这种问题，自然得让他段志玄先行开口。

"何以见得？"李世民追问。

"尉迟敬德每日早起必在帐外练功，那一日碰巧让我撞见，没好意思细瞅，大致看了几眼，他练的好像是……"

段志玄说到这儿，把话顿住，对各人瞟了一眼。然后不紧不慢地吐出三个字来。三个什么字？"散余霞"。段志玄为何说得这么慎重其事？不是故弄玄虚，实因"散余霞"这三字不简单。因何而不简单？因为散余霞是名动江湖的上乘拳法，招法诡异，会的人极少，最近甚至有传言，说这套拳法已经失传了。

"散余霞？"这三个字果然令秦叔宝吃了一惊，"他真会散余霞？那拳法不是已经失传了么？"

李世勣摇头一笑："失传之说，未必可靠。而且所谓失传，仅指散余霞的绝招潇潇雨十式，并非指散余霞的全套招式。"

"哈！这么说，你原来竟是散余霞的行家？"李世民道，语气似问非问。

"行家嘛，岂敢！略会几招几式而已。"

"人说'真人不露相'。果不其然！趁他两人还没来，快露几手，叫咱开开眼！"

李世勣脱下外衣，顺手一甩，撂到身后的兵器架上，刚刚向前迈了一步，栅栏之外传来马蹄杂沓之声。

"高手既然已经来了，我就不露怯了。"李世勣说罢，退回原处。

156

"怎么个玩法？摘去槊头？还是留着？"李元吉从兵器架上挑选长槊的时候，问李世民。

同样的问题，李世民也问过。不是在当时，而是在昨晚李、房、杜的三人例会上。

"各有优劣。"房玄龄略一思索，答道，"摘去槊头，无死伤之忧。不过，不能逼真，恐怕有碍发挥。"

"你的意思呢？"李世民扭头问杜如晦。

"不摘槊头，尉迟敬德必输无疑。"

"哦？"这话显然令李世民大吃一惊，"愿闻其说。"

"不摘，就是玩真的。谁敢玩真的而毫无顾忌？"

杜如晦提出这么个问题，却并没有解答的意思。他用不着答，李世民与房玄龄都不是傻冒，经他这么一点，早已明白问题的答案：毫无顾忌的自然是李元吉，尉迟敬德哪敢伤着齐王，更别说误杀了！

"这还用问？"李世民听了李元吉的问题之时不禁大笑，不只是笑李元吉傻，也笑他自己不怎么聪明。换成是杜如晦，必定不问，拿起槊就下场，就当留着槊头为当然的比试。笑完了，李世民又补充这么一句："当然是把槊头去掉了，难道你还想把尉迟敬德捅死不成？"

这句补充补得妙，把李元吉抬举得高高在上，叫他找不着台阶下坡。

"我当然得把槊头摘下。至于齐王的槊头嘛，留着不妨。"尉迟敬德说。

尉迟敬德这话令李世民、段志玄、秦叔宝各吃一惊。李世勣呢？他没吃惊？没有。不仅没有吃惊，而且心中暗笑：高！这尉迟敬德真是高人！不仅武功高不可及，谋虑也高不可及。只要让李元吉先刺着，他尉迟敬德就是输了，有无槊头，有何相干？有，不过出点儿血；没有，其实也会出血，区别仅在于：前者是外出血，后者是内出血。但凡练内功的，宁可外出血，不愿内出血。这就是李世勣之所以感叹尉迟敬德谋虑高不可及之一。自己不留槊头，却叫李元吉留。言外之意是什么？不是分明等于说：你我不在一个级别之上，我不过哄你玩么？李元吉听出这意思能不大怒？怒气发作而不影响手脚功夫的发挥者，有。怒气发作而不影响内力释放者，无有。倘若尉迟敬德真把散余霞的拳法用到槊法上，李元吉唯一的破解法，在于以内力相克。内力释放不能如意，还怎么赢？这就是李世勣之所以感叹尉迟敬德谋虑高不可及之二。有这么两个高不可及，李元吉还能有获胜的希望么？

李世勣这么琢磨之时，李元吉与尉迟敬德已经在场地上斗了十来个回合。李元吉有望获胜么？仅凭这十来个回合看，不仅有希望，而且希望好像还挺大。何以言之？因为李元吉的招式沉着而轻灵、凶悍而圆滑，攻中带守、守中藏攻。反观尉迟敬德，虽然不是手忙脚乱，却似乎只有招架之功，全无还手之势。上次李元吉与程咬金过招，段志玄、秦叔宝都在场，两人都还记得，当时的李元吉出手招招凶狠而不留余地，与今日所见，真是不可同日而语矣！想到这一点，两人不约而同瞟一眼李世民。那一日李世民当然也在场，如果他也还记得当时的李元吉出手的那种境界，手心是否会出汗？

李世民手心是否出汗，段志玄与秦叔宝自然是看不到，两人看到的只能是李世民的眼神。眼神如何？十分镇定，没有丝毫的不安。李世勣也瞟了一眼李世民，他所看到的自然不能与段、秦两人所看到的有所不同。不过，他的见地不一样。以他李世勣之见，李世民的眼神不是"十分镇定"而是"过于镇定"。"十分"，没问题，"过于"就有问题了。什么问题？唯恐别人以为不够"十分"，才会做出"十二分"。倘若不是想隐藏什么，何做作之有？段志玄与秦叔宝所见不及此，所以两人只配为李世民的爪牙，听其颐指气使。李世勣就不一样了，虽然终其一身，也不过为人臣，不过，那是时势使然。以后事观之，李世民完全在其牢笼之下而不自知，根本不是其对手。什么后事？既是后事，且待下文分解。

话说李元吉与尉迟敬德斗到第三十回合，尉迟敬德招式忽然一变。每一招击出，无论是攻是守，皆虎虎生风，走势诡异。终于使出散余霞来了？秦叔宝偷眼斜看李世勣，李世勣神态不变；再望段志玄时，段志玄恰好转过头来，两眼相向之际，秦叔宝从段志玄的眼神应证了自己的猜想。

散余霞果然厉害，尉迟敬德一旦使出散余霞，李元吉与尉迟敬德的主客之分立即转换了位置，接连使出杀着的变成了尉迟敬德，李元吉一开始尚能沉着应战，十个回合过后，渐呈焦燥，频频于守中抢攻。斗到第五十回合之时，李元吉不待尉迟敬德的攻击贴近，一步窜前反击。不料尉迟敬德这一招恰是虚晃，李元吉反击落空，招式用老之际，尉迟敬德将槊一挺，趁虚直捣李元吉心窝，李元吉来不及用槊抵挡，急忙向右一闪。岂料那直捣仍是虚着，贴近李元吉身体之时，忽然变为横扫。只听得"噗哧"一声响，李世民定睛看时，李元吉左脚腕子上早中一槊，一个踉跄，跌倒在地。尉迟敬德一招得手，立即跳出圈子，把槊仍了，双手抱拳，口喊一声"承让"！

李世民见了，故作失口，"哎呀"一声，慌忙趋前，意思显然是要搀扶李元吉起身。岂料李元吉就地一个鹞子翻身，一跃而起，一言不发，忿忿然翻身上马，绝尘而去。目送李元吉的马跑出辕门，李世民不无尴尬地摇头一叹："嗨！这小子就这么不懂事，还自以为打遍天下无敌手，让各位看笑话了。"

李世民既然说的是"各位"，自然不特指尉迟敬德一人。不过，尉迟敬德明白其他人不便开口，所以立即接过话茬道："哪儿的话！齐王年方十七，功夫就已经如此了得。依我之见，少则三年，多不过五载，必定会成为天下第一高手。"

尉迟敬德说的是实话么？不错。方才他已经费尽九牛二虎之力，倘若李元吉能够沉得住气，谨守门户而不冒进反击，他要赢肯定还得再斗五十回合方才能见分晓。

"天下第一高手？"李世民不以为然，"难道裴行俨都对付不了他？"

话说出口，李世民立刻明白自己犯了个严重的错误，慌忙解释："我的意思是，倘若裴行俨还在的话。"

怎么？难道裴行俨已经死了不成？不错。裴仁基、裴行俨父子阴谋算计王世充，结果反遭王世充算计，双双见杀。

本来，李世民听到尉迟敬德预测李元吉武功即将盖世，心中极其不安。因为极其不安，所以才会一时糊涂。因为一时糊涂，才会忘却裴行俨已死。可因为提起裴行俨，却又忽然想到：王世充懂什么武功？不懂武功的人，不是照样能杀天下第一高么？可见胜负之要，并不在于武功而在于心计。我这么担心元吉的武功干什么？他能算计得过我？想到这一层，李世民不觉释然大悦，喜形于色。

"走！咱去龙泉居喝一杯。"

龙泉居？四个听众听了这话无不一愣。龙泉居当时号称天下第一酒楼，因想喝酒而想到龙泉居，顺理成章，不足为怪。为何一愣？因为龙泉居不在别处，正在洛阳城中，而当时的洛阳，不是尚在王世充手中么？怎么去？李世民一向精明，为何忽然接连失误？不过，四人都无暇细想，因为程咬金恰于此时匆匆从外面闯入。李世民意识到再次失言，趁此良机赶紧把话岔开，问道："行色匆匆，莫不是得了什么重大消息？"

程咬金的确带来一个重大的消息：窦建德亲率大军十万前来救援王世充，前锋已达虎牢关外。军情如此紧急，还有谁会去琢磨李世民的失语？

总之，经过这场比武，尉迟敬德成为李世民格外宠信的将领之一。接下来擒窦建德、降王世充，以及稍后的破走刘黑闼之役，尉迟敬德皆紧跟李世民左右，其受宠信的程度超过程咬金自不在话下，也非秦叔宝所能及。获得主子的格外青睐，当然也不能不付出格外的代价。等到鹿死谁手已经不再是一个问题，尉迟敬德终于可以在长安散尽千金买一笑之时，却发现业已力不从心。原因何在？冲锋陷阵之际，哪能不受创伤？有一回对方的长矛没长眼睛，捅着那话儿，虽然不曾捅个正着，从此留下后遗症。李世民登基之后，曾经想招尉迟敬德为驸马。尉迟敬德辞谢不肯，掉句书袋子，说什么"臣闻之：富贵不易妻，仁也。臣窃慕之。"其实是有此隐患，不敢在公主面前丢人现眼。

受宠惯了，难免不骄横。一旦看见新来的张公瑾既无功劳亦无苦劳，却居然能够与自己平起平坐，尉迟敬德如何能不愤懑？

"这姓张的小子什么来路？"一日，尉迟敬德问段志玄。

"我还正想问你呢。"段志玄要是这么轻易就泄露机密的人，李世民怎么会用为贴身的心腹？

"装什么傻！你手下耳目众多，谁的事情能瞒得过你？"

"实不相瞒。我还真叫人打听过。只听说这人会什么乾坤掌法，别的当真一无所闻。"

一言不发、守口如瓶，并非保密的上乘手法。透露些无关痛痒的消息，让对方误以为自己以诚相待，这才是严守机密的高手所为。张公瑾的武功，其实无关其进入李世民核心的机密，却可以令人误以为如此。

"咱主公看上他的乾坤掌了？"尉迟敬德果然上当。

"这俺就不知道了。"段志玄故作神秘，进一步加强误导的效果。

"我倒是想知道究竟是他的乾坤掌厉害？还是我的散余霞厉害？"

怎么才能知道？不比自然是没法儿知道。

"你能帮个忙，安排我同他过几招？"尉迟敬德问段志玄。

"我跟你一样，同他不熟，不便开口。不过，你这意思，我可以转告主公。"

其实，想知道张公瑾的武功究竟有多高的，岂止尉迟敬德！段志玄、程咬金、秦叔宝，甚至李世民本人，也都想知道。不过，对于段志玄的怂恿，李世民却犹豫不决。何以犹豫不决？因为无论谁输谁赢，都未见得有什么好结果。李世民既然是以李世勣的替身身份接纳张公瑾的，即使张公瑾输了，也不能因此而罢黜张公瑾。这就会令尉迟敬德更加不满，绝对无益。倘若尉迟敬德输了，尉迟敬德肯定会丧气，无论张公瑾的功夫有多高，毕竟是个新人，可靠么？难说。李世勣本人不就是采取袖手旁观的态度么？关键时刻他李世民还得靠尉迟敬德。令尉迟敬德丧气，也绝对无益。

"你怎么想？"李世民问房玄龄。

"不比为妙。"

"你的意思呢？"李世民转而问杜如晦。

"能不比，自然妙。不过嘛，恐怕躲不掉。"

"什么意思？"李世民追问。

"以尉迟敬德的为人，绝对不肯就此休。主公不安排，他恐怕会自己找机会，那就更加不妙了。"

"嗯，言之有理。那依你之见，咱该如何做？"

"乾坤掌在江湖上的名声并不在散余霞之下，想必不同寻常，必有令人钦佩的独到之处。李世勣既然极力推荐张公瑾，这人的乾坤掌法必定不一般。主公不如安排个机会，让张公瑾露一手，尉迟敬德见了，知道厉害，说不定会放弃与之一较胜负的心思也未可知。"

"这主意不错。不过，倘若尉迟敬德不服呢？"房玄龄不大以为然。

"谋事在人，成事在天，咱只能尽力而为。"

"不错。"李世民点点头。转而问段志玄："这乾坤掌法可有什么特别的讲究？"

"据我所知，乾坤掌与散余霞相反，是一种极其阴柔的掌法。乾坤掌所能者，恰好是散余霞所不能。"

李世民略一沉吟，笑道："好！既然如此，怎么安排，我已经有了主意。各位还有什么别的想法？"

"在场的人越少越好。"杜如晦作了这么一点补充。

"很好。"李世民对杜如晦的补充表示赞赏。

次日午后，李世民叫上尉迟敬德与张公瑾一同前往越溪春品尝新茶。回归天策上将府之时，途径原本经由无名道士王晊主持的玄武观。当时王晊在太子府上供职，早已不在观中，道观大门终日常关，内有半尺直径的圆木门闩锁住。

"好久不曾来此，不知三清殿前的牡丹是否开了？"

李世民说罢，用马鞭一指玄武观大门。三人一起在道观门前下马，尉迟敬德率先登上石阶拍门，连拍数下，却寂无人声。

"如今这道观里只有一个灌园的老叟，耳朵不怎么好使，恐怕是听不见，却如何是好？"李世民假作无奈之状。

"有何难哉！"尉迟敬德哈哈一笑，"只消我一掌，还怕不把门闩振断？"

"且慢！"李世民慌忙摇手，"这门闩乃百年槐木，弄断了可惜。"

尉迟敬德退下台阶，抬头向围墙看了一看，道："不过一个人高，待我跳进去把门开了！"

"使不得！"李世民又将尉迟敬德喝住，"光天化日之下，翻墙成何体统！咱又不是做贼。"

"那怎么办？"尉迟敬德略一踌躇，无可奈何地反问。

"你可有什么妙法？"李世民不答尉迟敬德，却扭过头去问张公瑾。

"待我试一试。"

怎么试？张公瑾并不趋前登阶，就在阶下原地立定。举手向门遥遥一推，两扇半尺厚的大门居然前后晃了一晃，李世民与尉迟敬德见了，皆不禁一惊。不过，晃动不等于开门。我倒看你究竟怎么把门打开！尉迟敬德吃惊过了，转念这么一想，嘴角不禁略呈鄙夷的笑意。张公瑾看在眼里，不为所动，凝神静气，猛然将双掌向上凭空一托，门内传来"喤啷"一声，令李世民与尉迟敬德又吃一惊。什么响？难道是门闩跳出扣眼，弹落在地？不错。两扇半尺厚的大门应声而开。

"好一个乾坤掌！敬德自愧弗如！"尉迟敬德吃惊之后，道出这么一句由衷的钦佩。

张公瑾冲尉迟敬德拱手称谢，笑道："尉迟兄不必谦虚，临阵却敌，散余霞其实略胜一筹。"

李世民听了，哈哈大笑，道："你两个都不必故作谦虚。依我之见，乾坤掌、散余霞，一阴一阳，各有千秋，实无高下之别。走！还不进门看牡丹，更待何时？"

15

张公瑾在玄武观门前露的那一手乾坤掌，不仅令尉迟敬德折服，也令李世民改变了对张公瑾的看法。岂止是李世勣的替身而已，到时候还真能派得上用场嘛！

"到时候"是什么时候？"用场"又何所指？当李世民在玄武观门前这么琢磨的时候，并没有具体的含义，只是模糊的概念。等到那一晚在天策上将府召集那次紧急聚会的时候，"到时候"的意思明确了，就是明后日；"用场"的意思也明确了，就是要先下手杀人。

叫谁参与这杀人之举？李世民首先想到是长孙无忌、高士廉、长孙顺德，然后是段志玄、刘弘基、房玄龄、杜如晦、侯君集、尉迟敬德、秦叔宝、程咬金，最后几经犹豫，方才令张公瑾入选。毕竟，干这种事儿的时候，可靠第一，能力第二。如果张公瑾不曾有机会露那一手上乘武功，论可靠，轮不上他，论能力，数他不着，恐怕就会被打入另册，排除在外了。

没想到在紧要关头，满厅的在李世民心目中比张公瑾更可靠的人物都犹豫不决了，只有张公瑾从容不迫，俨然如有成竹在胸。一句"窃料主公已经有了安排，咱只消按着主公的安排去做，必然去凶趋吉"，令李世民捞到一根救命稻草。时不可失，机不再来。张公瑾的话音刚落，李世民立即咳嗽一声，既为提醒各位注意，也为镇定自己。

"不错。诚如公瑾所料，如何应对的决策嘛，咱已经有了。"

李世民说到这儿，略微一顿。一厅的人顿时鸦雀无声，一个个打点精神、竖起耳朵，等着聆听李世民的决策。不过，李世民接下来的话却无关决策，他说时候不早了，不能叫大伙儿饿肚子，先吃饭要紧。说罢，双掌一击，喊一声"上酒"！大伙儿的确都早已饿了，只是因为紧张而忘记了饿。酒肴上席，一个个举箸如飞，不移时便把几席酒菜一扫而光。杯盘狼籍之时，忽然有人发觉李世民不见了。众人正纳闷之际，长孙无忌离席而起，走到方才李世民讲话的位置，用手敲敲桌子，叫大伙儿安静下来。

"主公有点儿要事，不得不先走一步。走前吩咐我，请各位今晚就在天策上将府上歇息，说不定明日一早就会……"

就会怎样？难道明日一早就会动手？长孙无忌没有说，留给大伙儿各自去猜想。长孙无忌的话不仅没说完，而且也掺了水分。李世民有要事先走了，不错。不过，并非是什么突如起来的意外事件，是事先计划好的。既然如此，叫长孙无忌替他主持局面，当然也是预先计划好的，并不是什么临走前的即兴安排。

明日一早真有可能就动手么？太匆忙了，其实不可能。叫大伙儿都在天策上将府住下的真实目的，是谨防走漏风声。不能怪李世民多心，他既然能在李建成属下安插一个王晊，李建成、李元吉难道就不能在他的腹心之中安插个什么人么？所谓"疑人不用，用人不疑"之说，其实不过是为人主者调兵遣将之时的一种自我安慰。能疑时而不疑，能防之时而不防，那是书生的浅见。"宁我负人，勿人负我"，方才是枭雄的卓识。

先走了的，其实不止李世民一人，王晊、段志玄，都没留下来吃这顿晚饭。七八个侍女进进出出，穿梭一般给大伙儿上菜斟酒之际，三人趁乱退出，没人留意。王晊直接回太子府，继续潜伏，以备万一。段志玄同李世民一道走出天策上将府的后门，不过，出了府后的夹道也就很快分道扬镳。李世民往北，直奔玄武观。段志玄转而西，上了长椿街。长椿街的尽头有座大宅，门前高挑一面锦幡，锦幡上绣一个斗大的"裴"字，那大宅正是裴寂的府邸，也是段志玄的目的地。

长孙无忌在天策上将府替李世民做主人之时，李世民与裴寂对坐于玄武观后院的偏殿。中间隔一方茶几，几上一个茶壶，两个茶杯，既无酒，亦无菜肴。两人需要的都是茶后的清醒，而不是酒后的轻狂。殿门紧闭，段志玄立在门外把风。

"上次与裴爷在晋阳玄武观一见，不觉已经十年。"寒暄既毕，李世民说了这么一句开场白。

"可不！十载光阴，一弹指倾。"裴寂附和着发一声感叹。

十年前，两人都野心勃勃。李世民有心干一番大事业，裴寂不甘心沉沦下阶。如今裴寂已经位极人臣，如愿以偿了。李世民呢？

"咱不能功亏一篑。"

这是李世民紧接着开场白之后的第二句话。如今的局面于李世民是功亏一篑么？不错。李世民想干的事业并非是帮他老子打天下，那只是手段，目

164

的是自己南面称孤。十年前他以为打天下他的功劳居多的话，太子就会非他莫属。十年后的今日，他明白那不过只是梦想。

李世民貌似不经意地说一个"咱"字，其实是着意如此，旨在把裴寂与自己视为一体，不可分割。真的不能分割么？裴寂在心里琢磨。他至今并没有明确站在李世民一边，倘若接班的是李建成，或者即使是李元吉，他裴寂不是照样能当他的尚书左仆射么？不错。不过，倘若他袖手旁观而李世民抢班夺权成功，李世民能饶得了他么？绝对不能。其实，他根本用不着想那么远。十年前，他不知道段志玄在玄武观后门的夹道外等他。他没见着段志玄，因为当时他的野心救了他一命。如今他知道段志玄就在门外，如果他明确表示不上李世民这条船，或者哪怕是表示出些许犹豫，当他步出这偏殿殿门之时，等着他难道不会是段志玄的那根打狗棍里暗藏的尖刀？即使李世民的阴谋最终以失败而告终，他裴寂还能见得着么？绝对见不着。

"可不！绝对不能。"想到这儿，裴寂爽快地回应了这么一句，然后用反问的语气补充道："我裴寂能干什么？秦王尽可吩咐。"

"有了裴爷这句话，还怕大事不成！"虽然裴寂的答复本在李世民的意料之中，这答复仍然令李世民喜形于色。微笑过后，李世民反问："昨日太白经天，太史令傅弈怎么没有上奏皇上？"

这问话令裴寂一愣：叫我来就为问这事儿？不会吧？裴寂略一思索，猜到了几分。不过，并没有十足的把握，于是闪烁其词道："傅弈这人谨小慎微，恐怕是不敢泄漏天机。"

傅弈是裴寂推荐的，所以裴寂有资格对傅弈的为人评头论足。至于什么是天机，裴寂没有说破，给自己留个余地，万一会错意呢？

"明日太白又将经天，这回不能让他再错过。"

明日太白又将经天？裴寂有些疑惑：听谁说的？难道你也懂天文？

看出裴寂的怀疑，李世民笑道："我虽不懂天文，懂天文的不止傅弈一人。明日太白究竟经天与否，并不重要。重要的是：傅弈明日必定得把太白经天一事上奏皇上。如果那人推算得准，极好，就奏明是两次。如果那人推算错了，也没关系，就奏明是一次。"

谁是那人？李世民没有说明，裴寂不便追问。不过，他觉得事情不能就这么简单。

"恐怕不能仅仅奏明一次、两次，总得有个解释才成吧？"

"不错。裴爷真是明白人。就说太白经天之处，正当秦岭之分，乃秦王得天下之兆。"

李世民这话令裴寂一惊：这不等于是公然暴露抢班夺权的野心么？奥妙何在？

"就这么解释？"裴寂反问。

"不错。傅奕的责任到此为止。不过，至于裴爷嘛，还要额外帮忙。"

"尽管吩咐。"

"皇上看了傅奕的奏章，必定召裴爷商议如何处置。"

"我该怎么说？"

"裴爷不妨说：前几日外间流言齐王阴谋兵变，如今傅奕又据天象而指控秦王。流言、天象虽不足据，然亦不可不慎。皇上听裴爷如此说，必然问裴爷如何慎重处置。裴爷趁便建议皇上召集太子、齐王与我次日一早于太极宫朝见皇上，由皇上亲自鞠问，审个明白。"

听了李世民这一番话，裴寂略一沉吟："秦王要在玄武门内下手？"

这回吃惊的是李世民：这家伙果然老奸巨猾！怎么猜得这么准！本来就没想瞒着他，只是还没想好怎么开口。既然让他猜着了，也省了启齿之难。

"裴爷料事如神，令人佩服得五体投地！"

李世民这顶高帽子送过去，并没有令裴寂飘飘然，他很清楚事情的严重性。有多严重？搞不好，就连李渊也得死。弑君、弑父、杀兄、杀弟，往后这皇上还怎么当？虽然不是叫他当，将来在史册上，他能逃脱助桀为虐的罪名？他裴寂虽然并不期望流芳千古，却也还不想遗臭万年。

"细节都安排妥当了？千万不可叫人走脱到太极宫。倘如此，则后果不堪设想！"

谁是裴寂口中的"人"？裴寂觉得难以启齿，因而含糊其辞。

"多谢裴爷提醒。不过，裴爷不必担心，绝对不会出事。"

什么是李世民口中的"事"？李世民觉得难以启齿，因而也是含糊其辞。

接下来是一阵沉默。沉默之中，两人都听到门外传来风雨之声。其实，外面风风雨雨已经有些时候了，只是两人此时方才觉察。风雨的声音不足以打破沉默，恰恰相反，令沉默更加深沉、更加深邃、更加令人难以忍受。

毕竟，姜是老的辣，最终沉不住气的是李世民。他拿起茶杯，品尝一口，说道："裴爷还不喝茶？茶要凉了。"

裴寂没有吱声，静静地端起茶杯，静静地喝了一口。他觉得是该走的时候了，于是站起身来告辞。"明日一早我去观像阁会傅奕，如果没有意外，那就后日早晨在太极宫再见了。"

什么是"意外"？裴寂没有说，李世民没有问，两下心照不宣。

"他靠得住么？"裴寂冒雨走了，段志玄问李世民。

"他"指的当然就是裴寂。为何不明说？"靠不住"是什么意思？告密？还是不慎而走漏风声？为何也不明说？怎么今日都变得隐晦了？李世民感觉到一些不安与烦躁。

"靠不住又能如何？想要成大事，能不担风险？"

李世民不怎么耐烦地答复段志玄，他说的并非完全是实话，只是懒得同段志玄啰嗦。风险不能说没有，不过，他算计过，觉得裴寂靠不住的风险很小。告密？他裴寂犯得上么？已经位极人臣了，置我李世民于死地，他裴寂一无所获。走漏风声？他裴寂一向谨小慎微，不至于在这生死攸关的大事上反倒疏忽大意。其实，真正的风险并不在于裴寂，而在于李渊。如果李渊不召见裴寂商量对策，或者虽然召见而不按裴寂的建议行事，自己另拿主意，那就不好办了。谁知道那主意会是什么？最坏的可能性是直接拿李世民问罪，贬窜，甚至赐死都并非不可能。李世民很清楚他并不是老爷子的宠儿，当真是，还不早就换上他李世民当太子了么？还用得着出此孤注一掷、铤而走险的下策？倘若李渊犹豫不决，拖延一两日，李元吉就率领大军北上了，那岂不是放虎归山，难得再有下手的机会了么？段志玄发问的时候，这些想法正在李世民心中翻腾。

一夜风雨时断时续，五鼓敲过，雨停而风不止，乱云飞渡，东方泛白，太白若隐若现。

不知是被鼓声惊醒，还是一夜无眠，李世民披衣而起，疾步走到廊下，举头一望，心中不禁大喜。倘若太白不经天，难道他李世民就会放手不干了么？肯定不会。所以，对于天人感应之说，李世民并非深信不疑者。不过，话虽这么说，看到太白经天的景象，仍然令李世民信心倍增。

好不容易熬到中午时分，宫中传下令来，吩咐李世民明日一早去太极宫朝见。得了这道圣旨，李世民明白裴寂已经得手，兴冲冲把长孙无忌、房玄龄、杜如晦三人唤到书房，和盘托出他反复思量过的计划细节：

"明日四更，我等率领天策上将府帐下七十精骑乔装成左勋卫，潜入玄武门。叫门的暗号，高士廉已经知会掌控玄武门的云麾将军敬君弘，绝对不会有误。

"进入玄武门之后，尉迟敬德、秦叔宝、程知节率领帐下七十骑前往临湖殿后埋伏。其余各人，随我先上玄武门隐藏。一俟太子、齐王进门，张公瑾立即用乾坤掌法将玄武门关闭，截断两人的退路。太子、齐王发觉有异，必然往临湖殿方向逃窜。你三人与段志玄、长孙顺德、刘弘基下门追击，尉迟敬德、秦叔宝、程知节率七十骑从临湖殿后杀出。太子与齐王纵有三头六臂，必然插翅难飞。

"倘若薛万彻等率领太子府属前来增援，我与张公瑾协助敬君弘把守城门，高士廉领假释囚犯从后夹击，必然杀他个落花流水。"

李世民说到这儿，把话顿住，用眼光向三人一扫。意思是：有什么问题？

长孙无忌率先叫好："布置慎密，未见破绽。"

"你二人以为如何？"李世民问房玄龄与杜如晦。

房玄龄略一迟疑，道："亦未见其不妥。"

杜如晦一笑，道："英雄所见略同。"

"既然如此，计策就这么定了。"李世民说到这儿，又把话顿住，看看三位听众都没有什么特殊的反应，于是，咳嗽一声，道出简短的结束语："不过，先别透露。我会在今晚的聚餐上当众宣布。"

三人唯唯，拱手退下。李世民目送三人迈出书房的门槛，步下走廊前的台阶。刚一转身，忽然听见"啊呀"一声喊，急忙扭头看时，但见杜如晦一个踉跄跌倒在地。

长孙无忌与房玄龄也急忙转身，意欲趋前相扶。杜如晦挥手制止。"用不着，不过崴了一下脚，你们先走。"

两人相向一望，当真撇下杜如晦先走了，也许是识趣，也许是心中不静，未暇仔细思索。

看着两人出了院门，杜如晦一跃而起。

"就好了？"李世民将信将疑。

"差不多是好了。不过嘛，还得进房里去歇一歇。"杜如晦蹀进书房。

李世民会意，随即将房门掩上，轻声问道："怎么？有什么不妥么？"

"岂止是不妥而已，必败无疑！"

"此话怎讲？"李世民听了，大吃一惊。

"太子是什么人？齐王又是什么人？有谁敢动太子、齐王一根毫毛？"

李世民略一沉吟，问道："你的意思是：我得亲自出手？"

"不错。主公若不亲自出手，太子只消大喊一声：我是太子！你们想造反么？尉迟敬德等人能不犹豫？齐王手段高超，即使是尉迟敬德使出全力，也一时莫奈他何。倘若众人稍有犹疑，那还不叫太子或者齐王给跑了。两人之中只要有一人逃至太极宫，见到皇上，咱就只剩下一条路可走。"

李世民沉吟半响，反问道："一条什么路？"

"一条死路！"

当真只有一条死路？不能连老爷子一起杀掉？连老爷子一起杀掉固然是下下之策，难道不也是一条活路么？李世民心里这么琢磨，嘴上却没问。难于启齿，所以不曾问？非也。倘若面对的是裴寂，这话的确难于启齿，可杜如晦并不是裴寂，只不过是他李世民手下的一条走狗，有什么不能说的？李世民没问，乃是另有原因。什么原因？他明白杜如晦一定不会没想到连李渊一起杀掉这步棋，必然是觉得这步棋是死棋，方才会说出"一条死路"四个字。为何会是死棋？略一思量之后，李世民笑了。不是笑杜如晦呆，是笑自己傻。倘若论功夫，尉迟敬德一人就足以对付齐王。太子谈不上有什么功夫，任谁都可以不出两招就结果其性命。既有段志玄、秦叔宝，程知节、刘弘基、长孙顺德等等一流高手在，还外加七十精骑，如果竟然还让太子或者齐王跑掉一个，或者甚至两个都跑掉，能是本事不济么？绝对不是。只可能是因为没有胆量动手。太子、齐王况且不敢杀时，还怎么敢杀皇上？

"嗯！说得好。"想通了这一点，李世民点头，"幸亏你及时提醒了我，几乎坏了大事！"

综观古今中外的历史，因为不肯亲自动手，不能亲自动手，或者不曾想到非亲自动手不可而坏了大事的，不知凡几！倘若杜如晦不曾提醒李世民，玄武门之变会是个什么结局？还真是难说！

杜如晦再次退出书房的时候，魏征恰好踏进书房的房门。魏征？不错。不过，魏征踏进的自然不是李世民的书房，而是李建成的书房。

"你说明日朝见皇上，会出事么？"魏征刚刚踏进房门，李建成便问。

就为这事这么急着召见我？魏征不以为然地笑了一笑，然后反问："不就是朝见皇上么？能出什么事？"

"我也这么想，可是架不住心中惶恐不安，该不是什么不祥之兆吧？"

预感不祥？谁能有这本事？还不都是叫什么太白经天之说冲昏了头，十足的杯弓蛇影嘛！魏征这么想。魏征不信天人感应这一套，其来有自。他干过道士这一行，深谙其中之秘。

"主公千万别信什么太白经天之说，那不过是阴阳家、道家捏造出来骗钱的把戏。"

"当真？"李建成望着魏征，一脸狐疑。

"千真万确。实不相瞒，魏某在武阳郡道观里混饭吃的时候，没少干过这类勾当。"

其实，人之将死，未必就没有预感，无奈这种预感虚无缥缈，难以捉摸，也没人愿意相信，所以，既经魏征这么一解释，李建成也就当真以为自己的预感不过因为误信天人感应之说而起。既然这些说法不过是骗钱的把戏，何不祥之有？应当没有。不过，李建成仍旧感觉不安。

"话虽这么说，不过，防人之心不可无。"他说，"依我之见，咱还是格外谨慎些为好。"

听了这话，魏征瞟了李建成一眼。眼神之中既有几分惊讶，也有几分无奈。惊讶，因为在魏征心目中，李建成固然缺乏英雄应有的霸气，却也并不怯懦窝囊，今日怎么啦？畏畏缩缩，胆小如鼠。无奈，因为不管怎么说，李建成都是他魏征的主子。改变主子，令合己意，难；改变自己，迎合主子之意，也难。

魏征正觉为难之时，门外的台阶上传来急促的脚步声。谁能不经传唤径自至此？除去李元吉，没有旁人。李建成与李元吉的关系本来既不亲密，亦不和谐。年龄差距过大，性格又不相合，不亲密和谐，如水之走下。然而，近半年来两人的关系却渐趋密切。年龄上的差距无从缩短，性格上的不同亦难以调和，好转的原因何在？在于魏征的撮合。

"咱不能两面树敌，要拉一个、打一个才成。"半年前，魏征这么向李建成建议。

"元吉脾气乖张。怎么拉？你有办法？"李建成问。如何应付李元吉，他一向发怵。

"主公不妨以太弟相许。"

"以太弟相许？这代价是不是太高了？"

"所谓以太弟相许，当然只是个钓饵。"

"钓饵？你的意思难道是说：等他帮咱收拾掉世民，咱再来收拾他？"

"不错，正是此意。"

"咱这么做，岂不是十足的小人么？"

魏征听了一笑："身在朝廷，亦如身在江湖，不由得你不做小人。"

"此话怎讲？"

"有人劝翟让剪除李密，翟让以为非君子所为，不从。结果如何？翟让见杀于李密。有人劝窦建德袭围魏救赵之计，舍王世充而偷袭长安。窦建德以为非君子所为，不从。结果如何？窦建德成擒于洛阳。前车之鉴，焉可视而不见？宁我负人，勿人负我。古往今来的英雄莫不如是。所谓成大事者不拘小节，此之谓也！"

李建成起先还有些犹豫，无奈架不住魏征的怂恿，终于依从其计。

看见李元吉来了，魏征假作退出之状，却被李元吉一把挽住。

"洗马别急着走，正要找你。"

"何事用得着我魏征？"魏征谦恭地一笑，顺势留步。

"洗马消息灵通，知道尉迟敬德、段志玄、秦叔宝、程知节四人的去处么？"李元吉问。

"据我所知，但凡出征将领，都该于昨日酉时至行营报到，这四人怎么不在行营？"魏征反问。

"应该的事情多了去了。"听了魏征的反问，李元吉道，"这四人至今尚未露面。"

"你没叫人去四人家中打听？"李建成问。

"那还用说？当然派人去问过了。"

"什么结果？"

"四人的家人也都在找人。"

"当真如此？"

"看样子不假。"

"既然如此，想必是藏在秦王府中，逃避出征？"

"洗马以为如何？"李元吉不答李建成之问，转而问魏征。

"这四人都是秦王的腹心，莫不是在搞什么阴谋？"魏征本以李建成的惶恐为怯，如今听了这四人失踪的消息，自己也不禁感到紧张。

"天下兵马元帅的职位已经转交给了我，如今他能够支配的，也就是秦王府中百十来号人马，还能搞什么阴谋？"李元吉不以为然。

"兵权在握之时，何须阴谋？如今他失了兵权，方成狗急跳墙之势，咱可千万不能掉以轻心！"

"言之有理。依你之见，咱该怎么办？"李建成问。

魏征略一沉吟，道："明日一早，先叫薛万彻去齐王府接齐王来太子府上，然后叫薛万钧、薛万彻兄弟领二百精骑护送主公与齐王同至玄武门外。太子与齐王进门之后，叫他两人在门外恭候，等主公与齐王出门之时，再一路护送回府。"

薛万彻的武功与裴行俨相伯仲，薛万均的功夫虽不及其弟，却也不在段志玄、秦叔宝之下，来去皆有这么两兄弟护驾，还能不安全么？为何不叫薛氏兄弟一直护送李建成与李元吉至太极宫门？因为玄武门内便是禁区，太子、齐王，倘若不曾奉召，亦不得其门而入，更何况随从！

李建成想了一想，觉得并无破绽，于是点头称善："嗯！这主意不错。"

16

　　魏征的主意本来的确不错，只可惜被李世民猜个正着。一个主意无论多么不错，一旦被对手猜中，就难免不铸成大错。李世民的阴谋之所以不是在玄武门外拦路劫杀，而是在玄武门内关门打狗，正是因为猜中李建成一路可能会由薛万彻兄弟护送。魏征叫齐王先来太子府上，然后与太子一同前往玄武门，本意在于集中防范，结果却于无意中替李世民解决了一个难题。

　　难题何在？万一太子与齐王进入玄武门的时间相距过大，将如之何？六月初三晚，当李世民在那顿最后的晚餐上宣布次日行刺的细节时，张公瑾提出这个问题。这问题由张公瑾提出，不足为奇，因为他的首要任务，正是用乾坤掌关闭城门。倘若太子与齐王不一同进门，怎么关法？他张公瑾不能不关注。

　　对于这个问题，房玄龄首先作了如下答复："据我的观察，最近这儿个月来，每逢朝见，太子与齐王总是在门外会期，然后一同入门，窃料明日亦复如是。"

　　"窃料"云云，不过是揣测之词，万一揣测不准，又将如之何？并没有谁这么进一步追问。不过，李世民从众人的眼神看出这问题其实存在于各人心中，于是，他进而做了如下解释：

　　"玄龄的观察不错。即使明日反常，两人岔开了，也绝对不会相差太久。他两人都知道皇上一向性急，最烦人迟到。况且明日之会，不同寻常，一准不会有谁姗姗来迟。"

　　没人质疑这进一步的解释，也许是确信不疑了，也许只因在座的皆是江湖老手，深悉世上从来没有所谓万全，不敢承担风险则必然一事无成。李世民用眼光向下方一扫，看看没有什么疑惑的眼神了，伸手举起酒杯，向左右一晃，一厅人见了，也都举杯起立，一同干下了这顿晚餐的第一杯，同时也是最后的一杯酒。面临生死一搏，谁都明白不能喝醉。静静地用完晚餐，各自回房，早早歇息，养精蓄锐，以待明晨。

一夜无话。

六月初四卯时三刻，李建成、李元吉在薛万钧、薛万彻的护送之下来到玄武门外，掌控玄武门的敬君弘一如往常，亲自在门口迎接。

"秦王还没来？"李建成问。

"秦王已经先进去了。"

"先进去了？"李建成听了，心中陡然一惊。

秦王应当在门口等候太子么？并没有这样的规矩。秦王一向在门口等候太子么？也没有这样的先例。既然如此，李建成为何吃惊？难道又是不祥的预感么？如果有时间，他也许会这么琢磨。可他没时间琢磨，就在他感到惊讶之际，李元吉给了这么个解释。

"嘿嘿！恶人先告状！"

李元吉说罢，两腿一夹，坐下骑放开四腿，溜烟泼水一般穿过门洞而去。李建成见了，未遑思索，也将缰绳一提，策马而入。两人一前一后跑出将近一箭之地，李建成忽然产生九年前自玄武门入太原时感到的那种警觉，心头又一惊，不禁勒住缰绳，回首一望，发现玄武门城门业已关闭。

"不好！"李建成失口喊了一声。

"什么不好？"李元吉马不停蹄，顺口这么一问。

没有听到回答，却听到砰然一声响。李元吉慌忙扭头一看：李建成已经中箭落马，口角淌血，双眼翻白。"万彻！万彻！"李元吉见了，慌忙连声大喝，从玄武门边应声转出来的六七骑人马却没有一个是薛万彻。当头一人，头着龙虎盔，身被黄金甲，一手持弓，一手把箭，不是别人，正是李元吉的二哥。李世民望见李元吉回头，并不搭话，只顾搭箭上弓，弯弓便射。李元吉把缰绳向右猛然一提，令素有箭无虚发之称的李世民失手射空。

也许是因为坐骑受惊而失控，也许是因为李元吉猜到前边会有埋伏，李元吉躲过那一箭之后，并不曾往临湖殿的方向逃窜，却奔向右边的一片松林。李建成是个呆鸟，一箭便能了结，这早在李世民的意料之中。李元吉身手矫捷，一箭未必能了结，这也在李世民的意料之中。不过，李元吉的窜入松林而不奔向临湖殿，却出乎李世民的意料之外。松林的尽头是什么出处？好像有一条小径直通太极宫后的东海池。糟糕！怎么百密一疏，竟然把这一点给忘了？怎么没想到在松林里也埋伏下人？不过，李世民深知后悔的无益，立即吩咐跟在身后的长孙无忌去通知藏身临湖殿后的尉迟敬德，一边把弓箭扔了，顺手接过房玄龄递过来的禹王槊，放马追了过去。

李世民的坐骑，原本是隋炀帝的御骢，后来落入王世充之手，赐予其侄代王王琬。李世民在阵前望见，赞叹不已。尉迟敬德善讨主子欢心，立即率领手下三骑驰入敌阵，生擒王琬，夺其坐骑献予李世民。这马不仅毛色光鲜出众，而且其快无比。李元吉没来得及跑入松林，李世民已经追及。看准李元吉后心，李世民提槊尽力一刺。岂料李元吉闪过，不仅闪过，而且反手一抄，把李世民的槊杆抓个正着，顺势一拖，把李世民搞个人仰马翻。李元吉随即纵身一跳，不偏不倚，恰好骑在李世民身上。他奶奶的！怎么同那噩梦中所见一般无二？李世民暗自骂了句脏话。不过，他也没工夫仔细琢磨那令他深恶痛绝的噩梦究竟有何实际意义，因为四只手紧攥的槊杆正向他的喉咙压过来。两只手属于李元吉，两只手属于李世民，虽然用力的方向不同，李世民膂力本不及李元吉，更何况李元吉在上，可以加上半身的重力，李世民在下，全靠胳臂之力仰推。力已不如，势又不如，如何抵挡得住？不出两三个回合，槊杆与李世民的喉咙已经只隔着半个拳头，只要李元吉再使一把力，李世民即使不因窒息而死，也必然因喉管折断而身亡。正当这生死悬于一线之际，李世民听见李元吉一声大吼。

结果如何？在那个梦境之中，李世民顿时惊醒，吓出一身冷汗。现实不是梦境，却也有惊醒的时候。李世民显然有片刻失去知觉，惊醒之时，发现李元吉居然被他推倒在一边。怎么回事？他先听到一片马蹄杂沓之声，然后听到尉迟敬德的声音道："在下来迟，令主公受惊了。"尉迟敬德这句话令李世民想到身为主子的身份，这么仰倒在地，成何体统？想到这一层，说明李世民不仅是惊醒了，而且是清醒了。清醒了的李世民立即挺身一跃，跳将起来，说道："一个不留神，让树枝给绊倒了，幸亏你及时赶到！"

让树枝给绊倒了？尉迟敬德抬头一看，李世民倒地之处距离松林分明还有三四步之遥。怎么可能？尉迟敬德没有问。主子怎么说，事实就应当是怎么回事。这道理，尉迟敬德深信不疑。别笑尉迟敬德奴性十足，后世史册的记载正是："世民马逸入林下，为木枝所绊，堕地不能起。"

分明是李世民纵马追杀，史册上却下一个"逸"字，好像是马惊而至林下，真是妙不可言。李世民既非书生，亦非儒将，多次单骑陷阵、所向披靡。骁勇如李世民而为树枝绊倒，真如阴沟里翻船，怎么可能？李世民信口胡诌，无非是想掩盖武功不如李元吉的事实。当时是史官不敢道出真相，后世的纂史者则是不能辨析，依样画葫芦。

正史关于玄武门之变的记叙，未可信之处，还远不止于此。比如，史称张婕妤探知李世民的阴谋，急告太子。太子问计于齐王，齐王以为宜托疾不朝，以观形势，太子不从，遂与齐王共入。参与李世民之谋者，并无宦官、内侍，张婕妤身处后宫，缘何得知李世民之谋？李世民之谋，实乃谋反，但凡探听得消息者，势必立即呈报李渊。张婕妤本是李渊身边之人，更不当舍近求远，不投诉李渊而转告李建成。如此机密之事，倘若当真有人泄露，事后断然不会置之不理。而玄武门之变以后，但凡参与机密者，无不加官晋级，未曾有一人因走漏消息而见杀或遭贬审，可见所谓张婕妤探得机密云云，纯属无稽之谈。史书捏造这么个说法，目的不过是继续续散布太子淫乱后宫的谎言，为李世民的血腥篡夺编造一个合理的借口而已。

此外，史书又称李建成与李元吉发觉中计之时，李元吉率先动手，接连向李世民射三箭皆不中，李世民反射太子，一箭而杀之。玄武门为皇城禁区，即使身为太子、齐王，也断无可以带弓箭入内之理，李元吉的弓箭从何而来？策划玄武门之变的是李世民而不是李元吉，先动手的，怎么反而会是李元吉？倘若李元吉当真率先动手，则李元吉当是首先要除掉的危险人物，李世民回击的目标，怎么不是李元吉却反而是不曾动手的李建成？李世民策划玄武门之变，事实无可辩驳。于是纂史者转而于这等细节上做文章，企图制造一个李世民的动手出于无可奈何的自卫。

且说李世民从地上一跃而起之时，从玄武门上传来一片喧哗之声。不知是因为李元吉的呼救当真传到了门外，还是大门的关闭引起了薛万彻的警觉。总之，薛万彻一面遣人火速去太子府与齐王府搬救兵，一面率领手下急攻玄武门。敬君弘不知高低，跳上女墙大喊：你们的主子已经死了，还在替谁卖命？薛万彻听了大怒，一箭正中敬君弘左耳，敬君弘顿时丧命，麾下大惊失色，幸亏张公瑾及时登上城楼督战，方才免于树倒猢狲散之溃败。

正当门楼告急之时，高士廉率囚犯五千杀到。薛万彻腹背受敌，渐呈败势。然而好景不长，薛万钧领太子、齐王两府精骑两千旋即赶到。高士廉所率，不过是一帮乌合之众，原本欺负薛万彻人少，是以斗志昂扬，如今面临大敌，顿时无心恋战，不移时便溃不成军。

房玄龄在门楼上望见，对李世民道："主公再不去见皇上，恐误大事。"

李世民听了，双眉紧锁，应道："不错。不过，怎么见，我还真没想好。"

如此重大的问题，李世民竟然还没想好？自然并非如此。其实，就在昨夜，李世民一晚都不曾合眼，心中琢磨的，正是既杀李建成、李元吉之后，怎么去见李渊。无奈无论怎么琢磨，也琢磨不出个得体的办法来。这不怪李世民笨，只缘杀兄杀弟，篡夺政权，史无前例，怎么向老爷子交代，的确是个难题。不敢见，不等于无路可走，连同李渊一起杀掉，未尝不是一条出路。这办法，李世民不是没有考虑过。不过，叫别人下手，没问题。叫他自己下手，他李世民还真有几分不忍。有别人肯替他下手么？杜如晦点醒过他：杀太子与齐王非他李世民自己下手不可。说明什么？说明至少以杜如晦之见，不会有人替他去杀李渊。杀兄杀弟固然不是什么光彩之事，与弑君弑父毕竟不可同日而语。手下没人肯干，未必是坏事。倘若有，事成之后那人能留下么？绝对不能。今日能替我杀父者，明日未尝不肯替别人杀我。这道理，李世民懂。不能留，就得再杀。一杀而再杀，杀到何时方能罢休？想到这一层，李世民不寒而栗。急起索衣之时，东方已白。没工夫再琢磨了，没想好也得去，所以，玄武门之变的策划，就成了个不完整的策划。

"主公恐怕不宜于此时去见皇上，不如叫尉迟敬德先行。"

一如往常，每逢李世民犯难之时，解围的总是杜如晦。李世民瞟了一眼杜如晦，这办法妥当么？不错。杀李元吉的是尉迟敬德，他的干系比谁都大，卷入比谁都深，应当是最合适的人选。不过，怎么说呢？李世民想不出个两全其美的措辞。李世民心目中的两全其美，意思是既令李渊明白木已成舟，想不让位给他李世民都不成，又不至于让李渊感到生命威胁，从而孤注一掷，铤而走险。

"你既然想好了人选，想必也想好了说辞？"李世民试探着问杜如晦。

杜如晦应声说道："太子与齐王谋反，秦王已经奉旨诛灭。从太子、齐王作乱者攻打玄武门甚急，秦王恐惊动陛下，故遣臣宿卫。"

厉害！不假思索便能想得出这两全其美的措辞！李世民不禁又瞟了杜如晦一眼。杜如晦当真有李世民以为的那么厉害么？他那两全其美的说辞，并非是不假思索的结果。昨日一夜，杜如晦也不曾睡稳多时，心中琢磨的，正是事成之后该如何向李渊交待明白。不过，杜如晦的确比李世民高。高多少？一个思量一夜竟然一无所得，另一个思量将近一夜已有成竹在胸。

李渊正与裴寂泛舟太极宫后的东海池，望见尉迟敬德被甲持槊而至，少不得吃了一惊。人呢？这是他的第一个反应。李渊所谓的"人"，指三卫禁军。李渊没有召见尉迟敬德，尉迟敬德应当不能进入玄武门，就算是掌控玄武门的敬君弘失职，放尉迟敬德同李世民一起进来了，太极宫门外的卫队怎么不阻拦他？难道是……李渊想起傅奕昨日上的那道奏章，心中不禁打了个冷战，难道这一切都是李世民的预谋？傅奕、裴寂都是同谋？他扭头看裴寂，裴寂毫无惊恐之态。是因疏忽而忘了作假，还是故露破绽？裴寂的泰然，令李渊猜到裴寂必是同谋无疑。猜到这一点，既令李渊愤恨，也令李渊略感欣慰。愤恨，好理解，李渊一直以为能与裴寂推心置腹，到头来，却发现这推心置腹只是单向的，裴寂竟然瞒着他跟李世民相勾结，能不愤恨？然则为何略感欣慰？因为裴寂毕竟是李渊最信任的人物，李渊觉得有裴寂从中斡旋，远比直接面对李世民为好。倘若无人从中周旋，或者那人不是裴寂，情况势必会更加糟糕。

听罢尉迟敬德的申述，李渊不禁倒吸了一口凉气。虽说他已经猜到肯定出了大事，毕竟没料到事情竟然大到如此地步。两个儿子已经见杀，下一个会是谁？会轮到他自己么？这混账简直畜生不如！李渊心中暗骂。不过，他毕竟是权力斗争的老手，深谙不能感情用事，呈现在脸上的，只是一丝惊讶而已，而且就是这一丝惊讶，也让一声冷笑掩盖住了，不善察言观色者，根本觉察不出来。

先发一声冷笑，高。这时候居然还能笑，令尉迟敬德折服不已。他原本以为所谓勇，就是奋不顾身、单骑陷阵。那种勇，他尉迟敬德不输给任何人。李渊的冷笑，令他认识到另一种勇，临危不惧、镇定自若的勇。这种勇，他尉迟敬德办得到么？原本根本没有意识到其存在，遑论办得到？所以，看到李渊冷笑，尉迟敬德不由得对李渊肃然起敬。

冷笑过后，李渊问裴寂："奉旨？奉谁的旨？"

不理会尉迟敬德而问裴寂，也是一手高招。既公然藐视尉迟敬德的威胁，又不露痕迹地乞援于裴寂，一箭双雕！裴寂老奸巨猾，自然意识到李渊的用心。他暗示过李世民：千万不能杀李渊，不仅因为弑君、弑父之后皇帝难当，而且因为只有捧着李渊才能变篡夺的阴谋为合法的行径。杀李渊，就是赤裸裸的造反，赤裸裸的造反，难得成功。听到尉迟敬德声称奉旨除乱，裴寂暗自庆幸他对李世民的暗示起了作用。

"自然是奉陛下的圣旨。"裴寂道，"陛下不是说过：本来有意以秦王为太子，只因碍于'立长不立贤'之说方才主意不定的么？可见秦王之所为，不仅上应天意，而且正与陛下之圣意正相吻合。"

李渊什么时候说过说这句话？昨日一早，傅奕上奏，说什么太白见于秦分，预兆秦王当得天下。李渊召裴寂问计，裴寂说：倘无天意，立长不立贤，可。既有天意如此，违之，恐不吉。李渊听了，随口附和了那么一句。是李渊的本意么？无人知晓。不过，事已至此，是与不是，已经没有多少实际意义。李渊不是没有其他男儿，只是都还幼小，未足以论接班。况且，事至如今，倘若仍旧不立李世民为太子，那就非杀之方才能行，他李渊还有杀李世民的能力么？被甲持槊的尉迟敬德近在咫尺，要他李渊的性命，只须举手之劳，亲信如裴寂，也已经上了贼船，同李世民一个鼻孔出气，他李渊显然已经没这能力了。

"不错。"李渊顺水推舟，"不过，朕那意思，太子、齐王府属显然不知。你从速草诏一纸，赶紧着人到玄武门上去宣读。"

圣旨传到玄武门上，李世民大喜，知道这回皇帝是当成了。无奈门外的薛万彻不买账，谁知道这圣旨是真是假？薛万彻冲城楼上喊话，皇上怎么自己不上玄武门来？你要是再不开门，咱就去秦王府，放一把火，把秦王府烧个精光！

老婆孩子都是身外之物，李世民听了薛万彻这话，心中并不怎么着急。当上了皇上还怕没女人替我生儿？不过，如果真叫人一把火令秦王府化为灰烬，毕竟被搞成个孤家寡人，即使是暂时的，也不怎么吉利。

"怎么办？"李世民问左右。

请个圣旨来撑腰，是杜如晦的主意，杜如晦是李世民左右公认首屈一指的高参。杜如晦的主意都不管用了，谁还能有什么妙计？

众人正不知所云之际，张公瑾匆匆登上城楼，冲李世民道："外面有人放火烧门，恐怕只有借两颗人头却敌了。"

"两颗人头？"李世民听了，略微一愣，"你还想杀谁？"

"用不着杀谁，只消切下太子与齐王的首级，从城楼上仍下去。两府属员见了，明白主子当真死了，还会卖命么？俗云'树倒猢狲散'，此之谓也。"

"好！就这么办。"李世民不由得对张公瑾投以赞赏的目光，心想：幸亏李世勣推荐来这么个人，两番危急，都意想不到靠他化解。

太子、齐王活着的时候，没谁敢动手。如今既然已死，抢着切其首级以邀功者却不乏其人。李世民的话音刚落，程咬金、秦叔宝就率先抢下城楼，其他人手脚不够快，只好作罢。圣旨可以假，人头假不了。两颗人头落地之后，太子、齐王手下见了，果然一哄而散。手下的人都跑光了，薛万彻虽有万夫莫当之勇，无济于事，也只有一走了之。

薛氏兄弟逃回太子府时，正好碰上魏征夺门而出。

"洗马往哪儿去？"薛万彻问魏征。

还能往哪儿去？魏征恨不得没在窦建德破灭之时，返回武阳去重操道士

178

的旧业。以往魏征读《史记·李斯列传》，读到李斯临刑时后悔不该从政的感叹，心中窃笑李斯糊涂：哪是从政之错？分明是错在你李斯自己有问题嘛！这时候方才醒悟原来并不见得如此。他魏征有什么问题？不就是错在热衷于功名么？

"上瓦岗？"看见魏征犹豫不答，薛万彻这么建议，他知道魏征本是瓦岗寨的人。

"上瓦岗？"魏征摇头，"此一时也，彼一时也。如今天下已定，人心思静，有谁会跟咱上瓦岗？"

魏征这话不错，不过，并不是他心中的全部意思。没说出来的意思是：你我都不是占山为王的料，倘若瓦岗寨上已经有人称王，你我奔去入伙还差不多，这话自然是不便对薛氏兄弟明说，所以他也就没说。

"那咋办？上终南山？"薛万均问。

"嗯，这主意不错。"魏征略一思量，点头称善，"终南山近在眼前，容易，远处再好，半路上难免不测。"

魏征这回应不假，不过，也没有说出他心中的全部意思。没说出的意思是：终南以隐士闻名，不是瓦岗那种强人出没之处。逃奔瓦岗，必遭搜捕；藏身终南，说不定能等到赦免。他之所以没说，一来是没摸透薛氏兄弟的心思，二来是猜不准事态的动向。说出来，搞不好，或与薛氏兄弟相失，或者成为笑柄，不说为妙。

主意拿定，事不宜迟，三人当即策马奔出长安城，逃入终南山，一路无话。魏征三人之所以能够一路无话，因为李世民未曾下令追杀。李世民之所以未曾下令追杀，却并非是因为不想再杀人，而是因为有更重要的人要杀。太子、齐王已死，皇上已经归顺，还有什么重要人物非杀不可？据史册记载，玄武门之变后，李世民立即遣手下诛杀安陆王、河东王、武安王、汝南王、钜鹿王、梁郡王、渔阳王、普安王、江夏王、义阳王，共计十王见杀，前五王皆是太子之子，后五王皆是齐王之子。当时太子李建成不过三十八，齐王李元吉不过二十四，两人之子能有多大？太子的长子也许能有二十岁，齐王之子，必定全在十岁以下。男儿赶尽杀尽，即使是在童稚之龄亦不能幸免，美其名曰斩草除根，真所谓草菅人命！

女人呢？怎么处理？史册不曾记录。不过，从李世民之杀庐江王李瑗一案，可以窥见一斑。李瑗何许人？李世民叔父之子。玄武门之变后，李世民立即唆使右领军将军王君廓诬告李瑗参与太子、齐王之谋反。既杀李瑗，遂"以李瑗家口"赐王君廓。所谓家口，就是李瑗的女人以及李瑗的女儿。不过，有一个女人例外。这女人本是他人之妻，被李瑗看上，杀其夫而夺之，其美艳之名，早已入于李世民之耳，记在李世民之心。李世民依样画葫芦，杀李瑗而据为己有。由此推测，太子、齐王的家口，想必亦由替李世民斩草除根者瓜分。不过，也有一个女人例外，这女人就是齐王李元吉的夫人杨氏。李世民对这位风骚弟媳早已垂涎三尺，杀却老弟的当晚就上了弟媳的床，杨氏从此宠信无比，几乎被册立为皇后。

太子与齐王的男女都有下落了，两人的财产怎么分配？太子府上的财产何所去？史册没有记录，因由李世民独吞，所以故意忽略。至于齐王府库所有，李世民一并赐予尉迟敬德，理由明显之至，倘若不是尉迟敬德从背后击杀李元吉，李世民早就死在李元吉手下了，哪还能有今日？

太子、齐王的左右又如何处理？史称诸将怂恿李世民尽杀太子、齐王左右一百余人，籍没其家。所谓"诸将"，自然就是参与玄武门之变的那一伙。"籍没其家"四字，恰似画龙点睛，一语道破天机。原来一场貌似惊天动地的宫廷政变，其实也不过就是如土匪的打家劫舍，最终目的无非是谋财害命而已。听到诸将的怂恿，裴寂警告李世民：当今之急务，在于笼络人心，力求安定。这么搞下去，势必酿成人心惶惶之势，恐怕是有弊无利，李世民心下深以为然。不过，倘若不从诸将之请，会失欢于自己的左右么？自己的左右是自己的权力基础，为笼络太子、齐王的左右而动摇自己的权力基础，岂非得不偿失？

"这事儿还真有些棘手，舅爷可有什么良策？"李世民问计于高士廉。

问计于高士廉？怎么不问计于房玄龄、杜如晦这两位李世民一贯倚重的高参？因为无论房、杜如何可以信任，毕竟只是李世民的左右，高士廉才够资格算得上李世民的自己人。任人不能唯亲，这道理，李世民懂。任人不能内外无别，这道理，李世民也懂。

高士廉说："良策嘛，谈不上。不过，你不妨假意应允诸将之请，令尉迟敬德出面唱反调，说出一番不能如此的道理来，然后你再作恍然大悟之状，听从尉迟敬德的劝阻。"

李世民听罢大喜，连声赞道："嗯，妙！妙！"

高士廉的主意，也不过就是自己唱红脸，叫别人唱黑脸的老生常谈。何妙之有？妙在尉迟敬德这个人选。尉迟敬德与李世民手下其他人的关系一向不怎么和谐，如今又独得齐王的府库，早已成为众人眼中之钉。由尉迟敬德出面断送众人的财路，从而能够轻而易举把众人之怒转移到尉迟敬德身上。既有他尉迟敬德成为众矢之的，李世民于是不难继续充当好人。好人怎么当？参与玄武门之变者一个个都升官晋爵，虽然不曾大发横财，至少是显贵有加，能不感恩戴德？

对太子、齐王左右手下留情，直接受益的少不得包括薛万彻兄弟与魏征。李世民早就想把薛万彻延至自己麾下，得知薛万彻藏身终南山，多次遣使者劝谕投诚。薛万彻既归顺，李世民旋即授以副护军之职，令与秦叔宝、程咬金等同列。至于魏征，李世民本来只想当面羞辱一番，然后打发一个闲差了事。

"你多番唆使废太子害我，如今废太子死了，你还好意思到我这儿来讨饭？"

李世民召见魏征之时，并无寒暄客套，劈头就来这么一句。他以为这一句足以令魏征魂飞魄散，趴地上求饶。岂料魏征有备而来，不慌不忙，反唇相讥道："倘若前太子早听魏征之计，何至于枉死于玄武门？"

17

　　魏征的反唇相讥令李世民一愣。愣后的第一反应是：这家伙想找死？不过，这反应只延续了一瞬间就消失了。他魏征绝对不是那种找死的主儿，倘若他想为了名节而死，早在李密见杀时就可以死了，早在窦建德见杀时就应该死了，早在建成见杀时就必定已经死了，不仅不肯死，得了特赦令不旋踵就出来求生，赏个从七品的卑职忙不迭就赶来谢恩，能够心有死意么？绝对不可能！既然不是肯死的主儿，说这话是什么意思？李世民琢磨不透。琢磨不透，可以问。不过，李世民并不想好言相问。

　　"蒙赦死囚，居然大言不惭，想找死？"李世民继续诈唬。

　　"蒙赦，不错。死囚？什么时候判的？找死？绝对不想。再说，刚蒙特赦，倘若忽又见杀，天下人还有谁敢相信太子？"魏征继续反唇相讥。

　　"哈哈！你还当真以为我不敢杀你了？"李世民颇有一些被魏征这话激怒之意，不由得失口发一声冷笑。

　　"以太子今日之势，想杀谁皆易如反掌。只是不知太子是想流芳百世呢，还是想遗臭万年？"

　　魏征这话令李世民心头一震。自从李世民萌生玄武门之变的阴谋始，这问题就一直隐约存在于其心。只是事变之前，他不愿意多想，唯恐想多了会犹豫不决，搞不好落得个"当断不断，反受其乱"的下场。如今事变成功了，他仍旧不愿多想。为何仍旧不愿多想？业已杀兄、杀弟，少不得还要逼父让位，作恶多端如此，还作流芳百世之想，该不是痴人说梦吧？

　　看见李世民迟疑不语，魏征猜度出李世民的心思，进而说道："太子已经喋血禁门之内，倘若不作流芳百世之想，多杀一个魏征，无妨，不足以增恶。不过，倘若有此一想，则杀却魏征，恐难成全。"

　　"杀却你魏征便难以成全？很会自我吹嘘嘛！"

　　"自我吹嘘？魏某不敢。魏某窃料：参赞帷幄、入为腹心，不如房杜；

冲锋陷阵、出为爪牙，不如尉迟；提百万之众，却敌制胜，不如李靖；居庙堂之上，协调阴阳，不如裴寂。不过，至于犯颜廷争，令主上得从谏如流之名，则实无出魏某之右者。"

"嗯，四个不如，说得不错，看来你还有点儿自知之明。至于犯颜廷争，你好像也还真有这份资质。不过，得从谏如流之名，就能流芳百世么？"

听了魏征上面那番话，李世民没有马上回答，而是想了一想，回答的时候，也不再是冷嘲热讽，而是换成了理性的言语与口气。显然，魏征的那番话，令他心有所动。

"可不。从古至今，文治武功蔚然可观之君，不乏其人。能够容忍臣下进言的，却只得一个。"

"哪一个？"

"据《战国策》所记，齐威王曾经开廷受谤，一时传为美谈。不过，齐威王毕竟只是一区区诸侯，并非天子，事迹也不可深考，所以……"

魏征说到这儿，把话顿住。目的何在？他希望李世民能够把话接过去。李世民绝对不是不明白的主儿，如果话说到这份儿上还不接下茬，不是无意于流芳百世，就是不信得靠他魏征方能流芳百世。无论属于前者还是后者，他魏征都犯不着再废话。

李世民会意，笑道："所以，只要我容忍你犯颜廷争，我就可以成为有史以来第一位从谏如流的天子，从而流芳百世？"

"正是。"

"你这主意恐怕不只是为我着想吧？"

"实不相瞒，太子得为流芳百世之君，则魏某或可附骥尾以传。"

听了这话，李世民不由得又一愣。这家伙是真老实，是大智若愚，还是大奸若愚？无论是裴寂，是房玄龄、杜如晦，还是长孙无忌、高士廉，都不敢在我面前如此这般直言不讳。这家伙果然不同凡响，当真出类拔萃？说不定我还真得靠他才能圆那流芳百世的梦。这么一想，李世民不禁喜形于色，道："我喜欢同直爽的人打交道，你我这犯颜廷争与从谏如流的戏什么时候粉墨登场？"

"事不宜迟，何妨从今便开始？"

从今？太性急吧？李世民心中暗笑。本来李世民对魏征还多少有些放心不下，魏征毕竟同房玄龄、杜如晦不同，上过瓦岗寨，跟过窦建德。跟众强人厮混过的，难免桀骜不驯，会不好驾驭么？"从今"两字暴露出魏征原来依旧是不识时务的书呆子，还有什么好担心的？于是点头称善道："不错，事不宜迟。咱过几日就开始。"

过几日？听到这三个字，魏征顿时意识到方才的失言。他其实并不如李世民以为的那么呆，只因一时兴奋过度而有所忽略。忽略了什么？他李世民虽然已经掌握实权，毕竟尚未登基为天子。我魏某人的官职，不过是詹事主簿，级别既低下，执掌之职与进谏又了不相涉。如何能"从今"便开始？可不是还得等几日么？

几日是多久？无多。玄武门之变发生在六月初四，魏征获赦之后前往太子府谢恩在七月初七，八月初八，李渊正式退位，李世民即位于东宫，大赦天下之后，旋即任命魏征为谏议大夫，犯颜廷争与从谏如流的文戏从此开演。

18

　　玄武门之变成就了李世民，自在意料之中，附带成就了魏征，却属于意料之外。其他人结局如何？先从裴寂谈起。李世民登基伊始，加封裴寂一千户，次年李世民祭祀南郊，命裴寂与长孙无忌同升金辇。所谓金辇，就是皇上的专车。能与皇上的大舅子一起陪同皇上登上皇上的专车，何等风光！只可惜这风光纯属表面文章，李世民登基之后，用事的是杜如晦、房玄龄，李渊的左右一概靠边站，裴寂也不例外。靠边站不也能落得个清闲么？嘿嘿，没那么容易。贞观三年，裴寂开始走厄运了。厄运从何而来？从一个名唤做法雅的和尚而来。法雅本来既得宠于李渊，亦得宠于李世民，却忽然失宠，于是口出妖言。什么是妖言？史册语焉不详，大致可以理解为如今的反革命言论。唐代相当于今日司法部门的衙门称之为大理寺，大理寺负责人称大理寺卿。然而，法雅和尚专案组的负责人却是兵部尚书杜如晦。当时的兵部尚书大致相当于今日的国防部长，不由司法部门的负责人，而由国防部门的负责人来处理法雅一案，不能不说有些古怪。原因何在？史无记载。揣测之，当因案情之中有不可告人之秘密，非亲信如杜如晦者莫可审理。据杜如晦提交的审讯报告，法雅一口咬定曾经对裴寂说过妖言，而裴寂则矢口否认。法雅的揭发是否诬告，恐怕只有法雅与裴寂二人得知。至于法雅的揭发是否出于示意或者逼迫，那就恐怕只有三个人晓得了。哪三个人？除去法雅之外，自然只有杜如晦与李世民。无论如何，裴寂因此案而罢官，逐回老家。裴寂乞留京师，李世民不仅不准，而且数落裴寂在李渊朝为政过失多端，早该罢黜。

　　裴寂既遭放逐，返回浦州老家安置，能过上安宁日子了么？没能。岂止是没能，不旋踵而再次卷入更为重大的官司。这回得罪之因，更为迷离扑朔。据说有个狂徒自称信行，看出裴寂有天子相，把这话儿对裴寂的仆人某甲说了。信行死后，裴寂手下一个叫做恭命的管家把这话转告裴寂，裴寂闻言不禁大惧。惧从何来？李世民对这类言语极其敏感，不上报，可以整成死罪；上报，会引起猜忌么？猜忌的结果会是找个借口杀掉么？难说。裴寂想了一想，觉得还是私了比较保险。怎么私了？吩咐恭命买凶将某甲杀却灭口。却不料恭命阳奉阴违，瞒着裴寂将某甲放走，尔后恭命私吞裴寂财产。案发之后，唯恐裴寂捉拿，逃奔京师予以揭发。李世民大怒，称裴寂有四可杀之罪，赖朝臣救援，得以免死，流放静州（今四川马尔康西北）。不久，静州地区羌人叛乱，有人在李世民面前使坏，说裴寂可能会趁机作乱，李世民心中也不无疑惑，口中却大言道：裴寂犯了死罪，是我饶他一命。他当感恩戴德才是，岂敢造反？裴寂果然率家僮平定羌乱。李世民于是龙颜大悦，想起裴寂拥戴之功，下一道圣旨，放裴寂回京。不过，裴寂没那运气。圣旨尚未至静州之时，裴寂已死，享年六十。

下一个该谈谁？率先想到的是李靖。李靖因与李渊有过节，故行事格外谨慎。李靖不肯卷入李世民兄弟之争，正属于格外谨慎的表现之一。据说李靖中立于李世民兄弟之外的立场，颇受李世民的谅解与尊重。李世民即位之后，李靖起先受命为刑部尚书，次年兼任检校中书令。中书令是掌握实权的重任，不过，既加"检校"二字，就成了虚衔，只是以示荣宠而已。

贞观三年，突厥来犯，李靖受命为征突厥诸军统帅，远征漠北，生擒颉利可汗，凯旋而归之日，应当加官进爵吧？没有。为何没有？御史大夫温彦博奏李靖"军无纲纪，致令虏中宝物散于乱军之手"。温彦博是李世民的心腹，所以李世民深信不疑？或者，温彦博的奏章其实出于李世民的授意？总之，李靖因此备受责难。没隔多久，李世民又亲自好言相慰，说什么不该听信谗言云云，并任命李靖为尚书右仆射。尚书省的最高负责人是尚书令，权同丞相，因李世民曾为此官，自李世民登基始，终唐之世，尚书令一职始终虚设，而尚书左右仆射就成了尚书省的实际主管。任命李靖为尚书右仆射，不能不说是委以重任的表示。问题在于：谁进的谗言？是温彦博，还是另有他人？怎么不见温某或其他人因诬告而贬官？或者至少公开予李靖以平反？李靖是什么人物，这一斥一呵的驾驭手段怎么会看不透？这加官晋级之举不仅未曾令李靖放松警惕，恰恰相反，而是越发小心谨慎了。小心谨慎到什么程度？每上朝，"恂恂然似不能言"。换成今日的白话，就是每逢上朝，都拿出一副卑谦的面孔，好像什么话都说不出来。

贞观八年，想必是如此这般忍气吞声的日子实在难熬，李靖以足疾为名请求告老还乡，却遭李世民拒绝。为何拒绝？因为还有用得着李靖的时候。不错。次年，吐谷浑入寇，李世民遣人暗示李靖为将，李靖不敢违拗，见房玄龄请行。李世民不直接任命李靖为将，李靖不直接见李世民请求为将，这等大事还得通过第三者，说明两人之间的君臣关系极其不和谐。不和谐的根源何在？在于李世民的猜忌。证据何在？就在下文。

且说李靖大破吐谷浑，回京之后却再次因功而受累。这一回，不是"军无纲纪"那么简单，是遭人诬告其谋反，最终虽然以查无实据不了了之，李靖更如惊弓之鸟，从此杜门，不仅是谢客，连亲戚亦大都拒而不见。

十年后，李世民亲征高丽，李靖以老病为由，请留长安。岂料李世民亲自到李靖家中探视，手抚李靖之背道："勉之！昔司马仲达非不老病，竟能自强，立勋魏室。"司马仲达就是司马懿，司马懿伪装老病，骗过曹爽，成其篡夺曹魏政权之势，怎么在李世民嘴里就成了"立勋魏室"？这么明显的反话，李靖如何能听不出？分明是暗示我李靖别做司马懿的梦，趁他李世民亲征高丽之机，效仿杨玄感嘛！李靖于是不得不带病而起，行至相州（今河北临漳西南），实在走不动了，李世民这才临时把李靖安置于相州，免了辽东之行。

贞观二十三年阴历五月十八，李靖寿终正寝，享年七十九，去李世民之死，不过十二日。

说罢李靖，自然想到李世勣。虽然两人出身、经历皆相去甚远。一个是名将之甥，堪称高干子弟。另一个出身土豪，入伙瓦岗为强人。不过，新旧两唐书皆合二李的传记为一卷，可见史官也作如是联想。

同李靖一样，李世勣也不曾卷入李世民兄弟之争，据说李世民亦因此而颇为尊重其人。李世民登基之后，拜李世勣为并州都督，负责北边防御，并实封九百户。

贞观三年，以李世勣为通漠道行军总管，受李靖节制，出征突厥。大破突厥之后，二李会师白道。颉利可汗请和，李世民许之，遣唐俭至突厥大营受降。二李相与谋，以为不如趁突厥大意之际发动突袭，彻底破灭之。李靖统领大军从正面出击，李世勣率精骑从背后截其归路，生擒颉利可汗，凯旋京师之后，授光禄大夫的虚衔，继续驻守并州。

贞观十五年，授兵部尚书，没来得及回京上任，适逢薛延陀八万入寇，当即受命为朔州行军总管，率轻骑三千追及薛延陀于青山，大破薛延陀，斩其名王一，生俘五万有奇，以功封李世勣一子为县公。

贞观十七年，太子李承乾因谋反而被撤换，立李治为新太子，以李世勣为太子詹事兼左卫率，并拜特进、同中书门下三品。特进属于最高虚衔之一，同中书门下三品，相当于丞相，詹事是太子府最高文职，左卫率是太子府最高武职，集最高虚衔、实职以及太子府最高文武官位于一身，可见李世民对李世勣的器重之深，远非李靖可以相提并论。次年，李世勣随李世民征高丽。驻跸山之役，亏李世勣苦战方才免于一败涂地。以功，再封李世勣一子为郡公。二十二年，再破薛延陀，廓清漠北。

二十三年五月十五，李世民病危。李世民既然这么器重李世勣，并且令其兼任太子府属的首席文官武职，想必会托孤于李世勣？或者至少会令李世勣参与临终告别仪式？没有。不仅没有，而且就在这一日将李世勣贬为叠州都督。叠州（今甘肃四川交界处的迭部县）既属边远，又属边缘，李世勣因何罪而遭贬如此？问这话的不是李世勣，是李世民那宝贝太子李治，史称唐高宗，也就是大名鼎鼎的武则天的老公。还真是傻，幸亏我有主意！听了李治这一问，李世民不禁叹口气。

李世民有什么主意？据史册记载，李世民对李治说了这么几句话："李世勣才智有余，然汝与之无恩，恐不能怀服。我今黜之，若其即行，俟我死，汝于后用为仆射，亲任之。若徘徊顾望，当杀之耳！"

还真是高招！听了老爹这一席话，李治如梦初醒，当下叹服不已，把老爹这几句话字字句句当作真言记取了。真高明么？那得看对谁说。李世民玩的这一招，在李世勣眼里，不过是几下花拳绣腿。李世勣得了诏书，直接从朝廷走马上任，连家都不回。这么做，是否有些过分，过于流露痕迹？倘若对付李世民，也许，不过，对付李治这种傻冒，不露痕迹只怕还会误作"徘徊顾望"，反倒给错杀了。

李世民这么处置李世勣说明什么？说明平时对手下的恩宠顾眷都不过是虚假的笼络手段，其为人也，其实心狠手辣。亏得李世勣识破其心思，否则，还不得化作一道冤魂奔赴黄泉？李世民奔赴黄泉后四个月，李治遵李世民遗命，召李世勣回京，委以尚书左仆射之职。

乾封元年十二月，李治以李世勣为辽东道行军大总管，出征高丽。总章元年九月，李世勣攻克高丽京城平壤，生擒高丽国王高藏，分高丽为五部、九都督府、四十二州。二十三年前李世民兵败高丽之耻，李世勣雪之。凯旋京师，以功加官太子太师。

次年十一月，李世勣卒于正寝，享年八十。子早卒，孙袭爵。这位袭爵之孙，就是武则天当政时，于扬州起兵造反的徐敬业。败亡之后，李世勣子孙经武则天杀戮殆尽。唐中宗反正之后，下诏追复李世勣所有官爵，并修复其坟茔。然而子孙后代莫可追寻，绝少漏网者，皆逃窜外邦，不复归还中国。

谈过三位不曾直接参予玄武门之变的人物之后，该轮到李世民的首席谋士房玄龄与杜如晦上场了。

李世民成为太子之后，命杜如晦为太子左庶子，房玄龄为太子右庶子。房玄龄跟随李世民早于杜如晦，官位却反而在杜如晦之下，以此推测，至少就玄武门之变而言，杜如晦的功劳恐在房玄龄之上。

李世民即位伊始，便以杜如晦为兵部尚书、总监东宫兵马，进爵蔡国公。看那意思是把军权以及禁卫军权都交到杜如晦的手上，可见杜如晦受信任之深。次年，杜如晦又加官检校侍中，兼任吏部尚书。检校侍中虽然只是虚衔，吏部尚书负责人事与官员的选拔，却是个替李世民把关的重任。贞观三年，杜如晦继续升迁，接替长孙无忌为尚书右仆射。不过，好景不常，不是失宠于李世民，是失宠于老天爷。天不假年，四年三月病逝。长子杜构袭爵，官至慈州刺史。次子杜荷尚城阳公主，好好的驸马都尉不好好地干，偏要参与太子李承乾的谋反，太子免死流放，女婿不免处斩。杜构成了反革命家属，还能有好日子过？当然不可能，流放岭南而死。杜氏一族的历史，于是可以用"显赫一时，不二世而斩"九个字定论了。

李世民登基之前，房玄龄与杜如晦一同参赞帷幄。李世民登基之后，两人的仕途却分道扬镳，有点儿一文一武的味道。杜如晦为兵部尚书之时，房玄龄出任中书令。中书令是决策机构的最高长官，与负责审议的侍中、负责行政的尚书令一起，构成朝廷的政治与行政核心。贞观三年，房玄龄兼任礼部尚书，与杜的吏部尚书相比，也是偏重文化的方面。四年，房玄龄接替长孙无忌为尚书左仆射，监修国史，进爵魏国公。

贞观十八年，李世民亲征高丽，以房玄龄为京师留守，令房玄龄得以便宜从事，不复奏请。所谓"得以便宜从事，不复奏请"，等于是给予房玄龄代理天子执政之权。给予房玄龄这么大的自由，应当是极其信任的了。也许不一定，何以言之？李世民启程在道，旋即有人前往留守府声称告密。房玄龄问：告谁的密？那人道：就是你。就是我？房玄龄听了不胜惊讶之至，不敢耽搁，随即遣人护送告密者至李世民的行营。李世民听说留守遣人送告密者来，勃然大怒。令人持长刀于前，然后将告密者唤来，问：告谁？那人道：房玄龄。李世民喊一声：果然！立即将告密者腰斩，然后手令责房玄龄道：如何这般不自信？再有如是者，当自行专断之！

不用仔细思量，应当就能感觉到这案子蹊跷离奇。当时李世民并没走离京城多远，告密者怎么不直接去行营找李世民？即使说告密者离京师近，离行营远，不是还有个留守副使在长安么？要告房玄龄而不找副使却直接找房玄龄，有这么傻的人么？李世民不等告密者开口，已经准备下刀斧手，难道是预知告密者要说什么？只问了一句话，立即腰斩之，与李世民多日经营出来的以民为重、绝不妄杀无辜的英明形象相去甚远，正正经经扮演一次暴君角色。为何如此？唯一合理的解释是：告密者是李世民安排好送死的奴才，恐怕至死不知死之将至。如此的目的何在？当然是在于试探房玄龄。倘若房玄龄不曾把告密者送往李世民的行营，擅自杀了，被腰斩处死的会是房玄龄么？极可能如是。这手法，同临终前对付李世勣的那手法如出一辙，只是更加残忍狠毒。

据史册记载，李世民至少两次接受臣下的建议放宫女出宫。一放就是三千，规模之大，大得惊人。留下的会是多少？无疑更多。这么多女人，李世民宠幸得过来么？当然不会个个有机会得幸于上。不过，李世民宠幸过的女人，肯定得以百计。他不仅自己宠幸，高兴的时候，还赐宫女予得宠的臣下。房玄龄就是有幸受赐者之一，可惜老婆钏儿凶悍，不敢受用。岂有此理！李世民听了房玄龄的解释，不禁大笑。怎么这么不中用？你把她送进宫来，看我怎么调教她。别说那会儿钏儿已老，房玄龄自然是放心大胆让她去，即使钏儿是年方二八的小妞，李世民要见，敢不让见么？

李世民见了钏儿，正襟危坐，讲述一通女人不妒就是德的大道理。岂料钏儿听了，撇嘴一笑，只当西风贯马耳。难怪房玄龄不敢，这婆娘居然如此凶悍，幸亏我早有准备。李世民见了，心中暗自这般想。他李世民早有什么准备？他大喊一声：上酒！两个花枝招展的宫女捧出一个酒壶来。

"这里是一壶毒酒，你不肯把这两个宫女领回去，就把这壶酒给我喝了！"

钏儿二话不说，双手捧起酒壶，把头一仰、嘴一张，但听得"咕咚"、"咕咚"，早把一壶毒酒喝个一干二净，喝完了，双腿一软，往后便倒。毒死了？没有。只是酸得够呛，因为壶中所盛，并非什么毒酒，不过陈年米醋而已。据说俗语"吃醋"之说，便从这段故事而来。

"算你没福。"李世民事后对房玄龄道，"你这女人，我都怕。"

贞观二十二年七月，房玄龄疾笃。其时，李世民正筹划再征高丽，房玄龄鉴于四年前征高丽之失利，上表再三劝阻。李世民最终不曾再次亲征高丽，与房玄龄的临终进谏有关否？难以断言。七月二十四，房玄龄病逝，享年七十。李世民为之废朝三日，册赠太尉。长子房遗直袭爵，次子房遗爱尚高阳公主。李治永徽四年，高阳公主与房遗爱阴谋夺取房遗直的爵位，诬告房遗直非礼高阳公主。李治叫长孙无忌负责审理此案，长孙无忌趁便搞出一个房遗爱与高阳公主谋反案。结果，房遗爱处斩、高阳公主赐自尽，房遗直除名为庶人。所谓除名为庶人，就是革除官籍，发落为草民的意思。房家一如杜氏，不过二世而亡，真所谓无独有偶。

杜如晦与房玄龄为李世民的亲信自不在话下，不过，真正能够与李世民推心置腹的，恐怕还不是杜与房，而是长孙无忌，毕竟是妻舅，又同为衙内出身。玄武门之变成功后，长孙无忌与杜如晦同为太子左庶子。李世民登基之后，长孙无忌历任左武侯大将军、吏部尚书、尚书右仆射、尚书左仆射、司空，封齐国公，名副其实位极人臣。然而，长孙无忌卷入的政事并不多见。当然，不多见，并不等于不见，也不等于不重要。事实上，长孙无忌在一件至关重大的事件上的影响超过任何其他人。什么事件？更换太子事件。李世民既立李承乾为太子，又宠爱魏王李泰，李承乾因谋反被废之后，当立谁为太子？李世民亲口应允立李泰为太子，当时备受李世民宠信的岑文本、刘洎也力劝李世民立李泰为继承人，却遭到长孙无忌的坚决抵制。长孙无忌的意思要立谁为太子？立他的外甥、长孙皇后之子李治。李世民左右为难，以至于想要自杀，最后还是依从了长孙无忌的意思。既立李治之后，李世民嫌其愚蠢，曾经一度又想换立吴王李恪，亦因长孙无忌的极力反对而作罢。

李世民临死之时，把李世勣支走，留在身边受托孤之命的，正是长孙无忌。李治登基伊始，对长孙无忌百般顺从，知道没这舅舅，皇袍不会加到自己身上。可是不久，李治搞上了老爷子的小老婆武则天，对这舅舅就不那么听话了。武则天要当皇后，李治做贼心虚，先征求大臣的意见。问李世勣，李世勣说：这是皇上的私事，何必问人？问长孙无忌，长孙无忌表示反对。武则天遣人给长孙无忌送礼，长孙无忌笑纳礼物，却并不改变反对的立场。既受贿而不替行贿者办事，此乃为人处世之大忌。长孙无忌不是没在勾心斗角的险恶环境中混过，怎么连这种为人处世的基本原则都忘了？想必不是忘记，只是贪财之心过重，又以为自己可以一手遮天，要风得风、要雨得雨，武则天一个臭小妞，能耐我长孙无忌何？

可惜，长孙无忌打错了算盘。能挡得住武则天的，只有一个人，那人是长孙无忌的外甥李治，并非他长孙无忌，而李治并无阻挡武则天之意。武则天当上皇后之后，凡是反对过她的，她不打算放过任何一个，尤其不打算放过既受贿又不帮忙的长孙无忌。显庆四年，报复长孙无忌的机会终于来了。这一年，洛阳人李奉节上告太子洗马韦季方与监察御史李巢朋党为奸。什么是朋党为奸？套用一句如今的政治术语，就是搞反党小集团。负责审理这案件的人，恰好是武则天的亲信许敬宗。"恰好"两字，也许偏离事实，启用许敬宗受理此案，说不定正是武则天的意思也未可知。许敬宗大搞逼供，韦季方招架不住，自杀而未遂。许敬宗趁便把韦季方的自杀，说成畏罪自杀。畏什么罪？不是朋党为奸之罪那么简单，是与长孙无忌谋反之罪。长孙无忌自然矢口否认，无奈李治信许敬宗而不信他长孙无忌这个亲舅舅。长孙无忌起先流放黔州，随后又遭许敬宗手下逼令自杀。长孙无忌之子长孙冲，虽尚长乐公主，于李治是亲上加亲，亦未能幸免于祸，除名为民，流放岭南。其余长孙氏亲属，或杀或窜，没一个落得好下场。

史册的记载，颇有诿过于许敬宗之嫌。其实，许敬宗只不过是一条枪，持枪的人当然是李治自己。李治之所以这么做，固然可能有讨好武则天的成分，想必也出于对长孙无忌干涉其私生活的忿恨。长孙无忌当年如果少点儿私心，支持李泰为太子，绝对不至于落得如此悲惨下场。何以知其必不如此？首先，李泰不见得也会像李治一样，偷老爷子的小老婆。如果没有武则天当皇后一案，长孙无忌何从得罪？其次，就算李泰也搞上武则天，长孙无忌既然不是李泰的舅舅，或者就会如李世勣一样，以不便干涉而采取袖手旁观的态度。倘如此，则祸从何来？

当年李世民指使高士廉编纂《氏族志》时，费尽心机让长孙氏名列第二。结果，长孙氏不出一世便从云端之上跌落十八层地狱。而令长孙氏破灭如此其速者，并非别人，正是李世民与长孙皇后所出之子，真所谓"人算不如天算"！

既谈到长孙无忌，自然想到长孙无忌的舅舅高士廉，史书也正把这两人的传记合为一卷，如同房杜与二李。

玄武门之变成功后，高士廉与房玄龄一起被任命为太子右庶子。高士廉的功劳何在？见诸史册者有二。其一，与长孙无忌一同参与玄武门之变的密谋。其二，释放并率领囚徒前往玄武门增援。

有些论史者以为李世民握有兵权，即使不喋血玄武门，势必会起兵造反。打一场内战死的人会更多，所以，就社会稳定而言，玄武门之变乃是最佳选择。其实，当时李世民的兵权已经被罢免，接替李世民掌握兵权的是李世民的死敌李元吉。倘若李世民依然能调动军队，何须高士廉启用囚徒？

李世民即位为帝之后，任命高士廉为侍中。然而，不久就因故罢免，先下放为安州都督，不久转为益州大都督府长史。因何故？黄门侍郎王珪请高士廉转奏一封密表，高士廉竟然胆敢扣下不呈，这自然令李世民极其不悦。不过，高士廉毕竟不是外人，外放不久就重新调回长安，出任吏部尚书、晋爵晋国公。十二年迁升为尚书右仆射，改封申国公。二十一年二月卒，享年七十二。

子高履行尚东阳公主，历任户部尚书、益州大都督府长史。李治显庆三年，受累于长孙无忌，贬洪州都督，再贬永州刺史，死于永州贬所。虽然如此，较之长孙与房、杜，高氏堪称万幸。

玄武门事变之后，李世民论功行赏之时，亲自判定长孙无忌、房玄龄、杜如晦、尉迟敬德、侯君集等五人功居第一。五人之中，尉迟敬德之功最为明显。倘若无尉迟敬德，便不再有李世民。既然不再有李世民，当然也就不会有此论功行赏之举。

李世民既为太子，任命尉迟敬德为太子左卫率。所谓太子左卫率，也就是太子的卫队长。李世民登基，拜尉迟敬德右武侯大将军，赐爵吴国公。右武侯大将军，是禁卫军的最高首领之一。换言之，官位虽然升迁，尉迟敬德充当的角色，依旧是李世民的保镖。

据史册记载，尉迟敬德自负功高，目中无人，即使是对长孙无忌、房玄龄、杜如晦，亦经常面折廷辱之。某日廷宴，尉迟敬德对坐次安排不满，斥问坐在他上席者：你有何功？竟然居我之上！任城王李道宗恰巧坐在尉迟敬德之下，趁便出面劝解。尉迟敬德勃然大怒，挥拳相向，几乎将李道宗打瞎。李世民大怒，把尉迟敬德叫到一边，训斥道：朕早年读《汉书》，见汉高祖杀韩信、彭越，颇不以为然，如今方知彭、韩其实咎由自取。什么意思？意思就是你尉迟敬德再不放老实些，你就是彭、韩第二。此后，尉迟敬德被逐离京师，外放为襄州都督。贞观八年，迁同州刺史。十一年，改封鄂国公，转任宣州刺史。尔后历任鄜、夏二州都督，都是边塞之地。贞观十七年，大约是在边区呆烦了，尉迟敬德"抗表乞骸骨"。所谓"抗表乞骸骨"，就是"打书面报告请求退休"的意思。李世民授以开府仪同三司的虚衔，准其请。次年，从征高丽，回京后继续隐居，不与外人往还长达一十七年之久。闭门在家何所事事？吞丹化方，修炼长生不老之术。结果如何？自然是仍旧不免一死。不过，总算是好死，没有成为彭、韩第二。

尉迟敬德死后，子尉迟宝琳袭爵，官至卫尉卿。孙辈如何？史册没有记载，想必是没落无闻了。不过，比起房、杜、长孙，尉迟氏亦如高氏，堪称万幸。

据史册记载，李世民算计李建成与李元吉，侯君集参与得最深。不过，并无细节，想必所参与者皆是绝密，不足为外人道，跟着李世民与侯君集一起下了棺材。

李世民即位之后，侯君集官拜左卫大将军，爵封潞国公。贞观四年，侯君集接替杜如晦为兵部尚书，参与朝政。九年，为李靖之副，出征吐谷浑。破灭吐谷浑之役，从运筹帷幄到前线实战，皆为侯君集之功，李靖不过领衔而已。十一年，侯君集出任陈州刺史，改封陈国公。十二年任吏部尚书，加光禄大夫到虚衔。次年，为交河行军大总管，统军远征高昌。越明年，连下高昌二十二城，灭高昌国，置安西都护府于交河城，凯旋而归。

立功如此，既还京师，加官进爵未？没有，献俘既毕就锒铛入狱。原因何在？因有人告发侯君集军纪败坏、私取宝物。听起来颇有些耳熟，因与李靖破灭突厥回归之后所遭遇者，如出一辙。属于巧合，还是属于必然？难说。幸得李世民宠信的中书侍郎岑文本出手相援，方才免于刑罚。

不过，出狱之后的侯君集，不再是出狱前的侯君集。他忽然回想起二十四年前李世民在晋阳对他说过的那席话："小时候常觉得孟德为人太狠毒，如今自己办事了，才明白孟德之所以说'宁我负人，勿人负我'，自有其不得不如此的道理。"好一个不得不如此！侯君集暗自忖度，今后咱也得如此！

贞观十七年，太子李承乾担忧被撤换，通过侯君集的女婿贺兰楚石问计于侯君集。侯君集以为是"宁我负人"的时机来了，欣然献谋反之策，岂料又被人负。负侯君集的不是外人，正是在李承乾与侯君集之间牵线的贺兰楚石。经李世民亲自审讯之后，侯君集在四达之衢吃了一碗板刀面。侯既处死，家口籍没，饶其妻及一子，免死流放岭南。所谓饶其一子，也就是说其余男儿一概处斩，与李建成、李元吉的满门抄斩，相去无多。

程知节，玄武门之变后升任太子右卫率，与尉迟敬德同为李世民的卫队首领。李世民即位，迁右武卫大将军，也与尉迟敬德迁升的官位相近。尔后历任泸州都督、左领军大将军、普州刺史，封卢国公。贞观十七年，迁左屯卫大将军、镇军大将军。

李治永徽六年，升任左卫大将军。显庆元年，为葱山道行军大总管，出征西突厥，与副大总管王文度狼狈为奸，妒忌前军总管苏定方之功，纵寇逃逸。又因贪财而杀降、屠恒笃城，回京受罚，减死免官。不久，复授岐州刺史。程知节请辞，获准。麟德二年，死于京师，赠骠骑大将军、益州大都督。

长子处默袭爵；次子处亮尚清河公主，官至左卫中郎将；少子处弼官至右金吾将军。处弼之子伯献，唐玄宗开元中官至左金吾大将军。环顾李世民之腹心爪牙，程知节人品最为低劣，而其子孙之盛竟然莫之与比。传家之